Naslov originala
T. A. Williams
Murder in Tuscany

Za izdavača
Tea Jovanović
Nenad Mladenović

Glavni i odgovorni urednik
Tea Jovanović

Lektura / Korektura
Agencija Tekstogradnja / Agencija TEA BOOKS

Prelom
Agencija TEA BOOKS

Dizajn korica / Crteži za korice
CC Book Design / Shutterstock

Izdavač
TEA BOOKS d.o.o.
Por. Spasića i Mašere 94
11134 Beograd
Tel. 069 4001965
info@teabooks.rs
www.teabooks.rs

ISBN 978-86-6142-150-1

T. A. VILIJAMS

UBISTVO U TOSKANI

ARMSTRONG I OSKAR 1

Sa engleskog preveo
Danko Ješić

Marianđeli i Kristini, s ljubavlju, kao i uvek

1.

Nedeljno popodne

Nikad to nisam probao, i nemam želju da probam, ali pretpostavljam da postoji jedan trenutak, pre prvog skoka s padobranom, kad stojiš pred otvorenim vratima aviona, stotine metara iznad tla, i jedino što ti prolazi kroz glavu jeste pitanje: *Šta, dođavola, radim ovde?*

Tako sam se osećao tog dana.

Zaustavio sam automobil ispred zarđale gvozdene kapije. Nije bila zatvorena. U stvari, kako mi se učinilo, dok sam je gledao prekrivenu bršljanom i drugim puzavicama, bila je otvorena decenijama. Zastao sam da razmislim šta da radim i imao sam, jednostavno, dve mogućnosti: da ostanem ili da odem.

Prilaz prekriven belim šljunkom vijugao je pod malim nagibom prema šumarku čempresa na gornjem delu padine. Delimično skrivena iza, nazirala se vila, koja je na veb-sajtu bila opisana kao *zadivljujuća renesansna građevina*. Bila je to velika zgrada s nečim što je ličilo na kulu na sredini krova. Zidovi su bili oker boje, spaljene suncem, prilično slični suvoj zemlji koja okružuje prašnjava stabla maslina sa obe strane prilaza, a odatle je izgledalo da je većina izbledelih zelenih prozorskih kapaka zatvorena – verovatno zbog neizdržive vreline julskog sunca. Nije se mogla zanemariti činjenica da je to bio prijatan prizor i predivna zgrada, ali srce mi se steglo dok sam gledao.

Šta, dođavola, radim ovde?

I dalje sam ozbiljno razmišljao da se okrenem i vratim na aerodrom, kad se začuo prodoran zvuk sirene. Gledajući u retrovizor, video sam iza sebe dugačak, otmen oblik skupih sportskih kola. Da

7

je razjareni bik na haubi bio pravi, sad bi besno kopao zemlju papcima. Ubacivši u prvu brzinu, užurbano sam prošao kroz kapiju i pomerio se u stranu, da bi crvena zver iza mogla da zaobiđe moja mala iznajmljena kola. Kad je došlo u ravan moga, drugo vozilo je usporilo i prozor na suvozačkoj strani se spustio. Pošto je krov bio otvoren, to nije bilo neophodno, ali vozač je očigledno želeo da ga čujem. Otvorio sam prozor da čujem šta taj čovek ima da kaže i trgnuo se zbog naleta vrelog, suvog vazduha na licu u rashlađenoj unutrašnjosti vozila. U Toskani je vruće u julu.

– Mogu li da vam pomognem? – obratio mi se taj čovek na italijanskom, i jedna stvar je odmah bila jasna. Jetkog tona i strogog izraza na preplanulom licu, taj čovek nije bio navikao da pomaže ljudima.

Odgovorio sam mu na solidnom italijanskom, zahvaljujući tome što mi je baba bila Italijanka i što sam imao diplomu iz italijanskog jezika, a pomoglo je i to što sam nedavno tri godine neredovno pohađao večernju školu na koledžu *Dalič*.

– Došao sam na kurs pisanja. Gore u vili...

Vozač lamborginija je odmah postao manje agresivan... ni izbliza srdačan, ali primetno manje svadljiv.

– Sjajno. Pođite za mnom. – Te reči su bile izgovorene na engleskom, odsečnim tonom pripadnika povlašćene više klase i još jednom sam zastenjao u sebi, ali pre nego što sam stigao da odgovorim, motor kraj mene je zarežao i taj superauto, koji verovatno košta više od moje petogodišnje zarade, krenuo je prilazom. Kola i puteljak gotovo su nestali iz vidokruga u oblaku prašine koju su podigli točkovi i brzo sam zatvorio prozor, ali ne pre nego što je u auto uleteo zagušljiv oblak toskanske prašine, zbog koje sam počeo da kijam. Tiho psujući, izduvao sam nos i čekao da se prašina slegne pre nego što sam se pomirio sa sudbinom i krenuo prema kući.

Kako sam išao uzbrdo, morao sam da priznam, mada nevoljno, da je to bilo prilično lepo mesto na kojem ću provesti dve nedelje. Pogled je pucao na okolne brežuljke, a moguće je da se u daljini nazirala i Firenca, ali bilo je nemoguće reći zbog vrućine koja je mutila pogled. Naravno, nije me brinulo to mesto. Brinulo me je ono što se očekivalo da uradim tu, i s kim.

Gotovo sam bio stigao do vile kad mi je zazvonio telefon. Navika je jedna muka, a odvika dve, tako da sam skrenuo u stranu i zaustavio kola pre nego što sam se javio, mada je jedina nesreća koju sam mogao da izazovem zbog nepažnje bilo gaženje brojnih guštera koji su iz nekog, samo sebi poznatog razloga, imali potrebu da jure preko ceste baš ispred kola. Pogled na identitet pozivaoca rekao mi je da je to moja ćerka Triša, i oraspoložio sam se... malo.

– Zdravo, dušo, kakvo je vreme u Birmingemu?

– Sunčano je, za promenu, i hvala na pitanju, dobro sam, tata. A šta je s tobom? Jesi li stigao tamo?

– Baš sad vozim prema vili.

– Da li je divna kao što je izgledala na veb-sajtu?

– Pretpostavljam da je prilično lepa, ako voliš takve stvari...

– Potrudi se da zvučiš veselije, molim te, tata. Neće te pojesti, znaš.

– Nisam siguran u to.

– Svideće ti se, čekaj samo. Samo pomisli, ti si pisac, među svim tim piscima tamo.

– Ima pisanja i pisanja, Triš. Ježim se od pomisli kakvim li ću čudacima biti okružen.

– Verovatno su savršeno normalni ljudi koji slučajno vole... – Dala je sve od sebe, ali čuo sam kako je glas izdaje dok je pokušavala, neuspešno, da suzbije kikotanje. – ... erotiku.

– O, bože...

– Hajde, tata. Na osnovu veb-sajta izgleda da će biti dobro. Pokrovitelj je pisac bestselera, predavači su stručnjaci za pisanje, i znaš, neće to biti samo gomila matorih perverznjaka u prljavim mantilima.

– Ti prokletnici...

– Nije pošteno, nisi ih još ni upoznao.

– Nisam pričao o njima. Pričao sam o svojim prokletim takozvanim kolegama koje su to smislile. Više bih voleo da nisam dobio ništa.

– Mislim da je to lep poklon za odlazak u penziju. To je savršeno za tebe... pa, gotovo savršeno. – Čuo sam ponovo veselje u njenom glasu. – Samo što nisu pročitali sitna slova dok nije bilo prekasno. I, uostalom, izvinili su ti se.

– O, izvinili su se, nego šta. Kad su prestali da se smeju. Ne znam zašto sam dozvolio da me nateraš da dođem. Organizator kursa ne vraća pare. Pa šta? Zašto da trpim to?

– Tata, razgovarali smo o tome prošlog vikenda. Sigurna sam da će sve biti u redu. Samo budi otvorenog uma i pokušaj da uživaš. Kao što sam ti više puta rekla, misli o tome kao o besplatnom odmoru na mestu koje si oduvek želeo da posetiš... Napokon, to je upravo to.

– Da, znam, ali poslednja stvar koja mi je potrebna jeste kurs na kome me podučavaju da pišem prostačke knjige...

Bila je u pravu. Već smo razgovarali o tome i obećao sam joj da ću pokušati da se uklopim, koliko god sve to moglo da bude sramotno. Činjenica da je sve to bilo besplatno i u Toskani ulepšavala je stvari, ali nije ublažavala strepnju koju sam osećao. Dajući sve od sebe da zvučim pozitivno – makar samo zbog ćerke – pokušao sam da govorim nešto veselijim tonom.

– Obećavam da ću biti dobar. Pored toga, rekli su da ću biti slobodan svako popodne, pa čak i ako se totalno smorim ujutro, uvek mogu da izađem i uživam u lepotama okoline. Iznajmio sam automobil na aerodromu u Pizi, tako da imam prevoz. A ostaću svega dve nedelje...

– Takvog te volim. A u srcu si istorijske Toskane, možda i cele Italije, ne zaboravi. Samo pomisli na sve te predivne stare crkve i dvorce i druge zanimljivosti. Zar nisi rekao da imaš spisak mesta koja želiš da obiđeš? Čekaj samo – divno ćeš se provesti.

– Voleo bih da delim tvoj optimizam.

– Biće sjajno. Bilo kako bilo, uživaj i javljaj mi se. – Na trenutak je oklevala pre nego što je završila. – Razgovarala sam s mamom i pozdravlja te.

– Zdravo, dušo. Hvala ti na pozivu.

Dok sam vraćao telefon u znojavi džep na prsima, njene reči su mi i dalje odjekivale u glavi. Da li je Helen stvarno to rekla, ili je to bila izmišljotina ćerke koja bi želela da stvari budu kao pre?

Nije bilo vremena za razmišljanje, jer sam u retrovizoru video folksvagen kombi kako mi se približava, pa sam brzo krenuo prilazom pre nego što se ponovo nađem u oblaku prašine. Kad sam stigao do kraja maslinjaka, puteljak je naglo skrenuo udesno kroz šumarak, čija je senka bila prijatna promena nakon neumoljivog sunca. Nakon još jedne krivine, našao sam se na kružnoj šljunčanoj stazi okruženoj žbunjem s predivnim ružičastim i crvenim cvećem. Nasred kruga nalazila se otmena stara fontana, koja nije radila. Bilo je očigledno da joj je očajnički potrebno piće, koliko i meni.

Parkirao sam kola na pristojnoj udaljenosti od onog lamborginija – poslednje što mi treba je da oštetim lambo – i otvorio sam vrata. Kad sam izašao na vrućinu, video sam kombi koji stiže i parkira se između mog automobila i jednog skupog BMW-a s britanskim tablicama. Upravo sam vadio torbu iz prtljažnika malog fijata kad sam čuo korake na šljunku iza sebe i okrenuo se. Neka tamnokosa žena četiri-pet godina mlađa od mene uputila mi je osmeh od koga joj se lice ozarilo, ali oči su joj ostale hladne.

– Zdravo. – Obratila mi se na izvrsnom engleskom, uz jedva čujan italijanski naglasak. – Jeste li došli na kurs za pisce?

Ispravio sam se i ispružio ruku, osećajući se kao da me vode na streljanje. – Tako je. Zovem se Den Armstrong. – I dalje mi je bilo neobično da se predstavljam ljudima ikako drugačije osim kao glavni inspektor Armstrong.

Ta žena se rukovala sa mnom i predstavila se. – Ja sam Marija, Marija Mur. Moj muž je Džona Mur, pisac. Dobro došli u vilu *Volpone*. – Rukom je pokazala na ljude koji su izlazili iz kombija iza. – Upravo sam dovezla još neke učesnike. – Govoreći glasnije da privuče pažnju grupe, pokazala je na mene. – Ovo je Den, ljudi. Došao je na kurs.

Sad nisam mogao da pobegnem, i zato sam spustio torbu i stidljivo mahnuo, spremajući se za gomilu čudaka, perverznjaka i degenerika. U toj grupi ih je bilo četvoro i, na moje iznenađenje i veliko olakšanje, niko od njih nije na prvi pogled pripadao nijednoj od tih kategorija. Tu su bile dve starije dame koje bi se sjajno uklopile u društvo na nekom sastanku crkvenog udruženja, jedna vrlo upečatljiva žena zaprepašćujuće crne kože i neverovatno bujnih dredova sede i crne boje, koja je izgledala kao da joj je pedeset, ali mogla je da bude i deset godina mlađa, i jedna vrlo privlačna pegava žena kestenjaste kose, koja je verovatno imala pedeset godina, ali je prilično uspešno izgledala deset godina mlađe. Bio sam prijatno iznenađen što su sve polaznice kursa bile žene. Dok sam ih gledao, osetio sam nalet olakšanja. Izgledale su izrazito normalno, a neko-liko njih je izgledalo stidljivo koliko i ja.

– Drago nam je što ove godine imamo nekoliko muškaraca. – Marija Mur me je odmerila pogledom, a ostali su sledili njen pri-mer, zbog čega sam se osećao kao najbolji bik na stočnom vašaru (ili u mom slučaju, pre bi se reklo olinjali matori vo). – To veoma menja dinamiku. Dobro, dozvolite da vam pokažem gde ćete biti smešteni. Agata, Elejn, želite li pomoć oko prtljaga?

Dve starije dame istovremeno su odmahnule glavom i posegnu-le za svojim koferima. – Ne treba, hvala, Marija.

Viša od njih dve govorila je u ime obe, jezgrovito i samouvere-no, kao osoba koja ima puno poverenje u sebe. Ona i njena krhka pratilja odvukle su torbe stepenicama, do glavnog ulaza, bez imalo gunđanja. Pomislio sam da im ponudim pomoć, ali imao sam uti-sak da bi visoka dama mogla da se uvredi.

Pustio sam ih da sve krenu prema vili, a onda sam pošao za nji-ma. Dok sam čekao, pažljivo sam gledao oko sebe i nekoliko stvari mi je privuklo pažnju. Mada nisam znao mnogo o superautomobi-lima, izgledalo je kao da taj lamborgini nije u cvetu mladosti, tako da sam ispravio prethodni utisak. Verovatno vredi svega stotinak hiljada evra. Mada to nije mnogo poboljšavalo stvari. To je i dalje mnogo novca za jedan automobil. Vila je izgledala dobro održava-no, a vrtovi veoma uredno. Gospodin i gospođa Mur su ili provodili ostatak godine radeći po dvanaest sati dnevno u vrtu ili su imali poslugu... a posluga nije jeftina.

Na glavnom ulazu nalazila su se predivno rezbarena drvena vrata dvaput viša od normalnih, a unutra me je dočekalo ogromno predvorje popločano mermerom, oivičeno ogledalima u pozlaće-nim okvirima, koja su odbijala svetlost velikog lustera koji je visio nasred tavanice i prikazivala nam uznemirujuće slike svih nas, sa strane, spreda i odostrag. Bilo je to pomalo kao u nekoj velikoj svlačionici. Instinktivno sam ispravio ramena kad sam primetio da sam se pogrbio – Helen mi je stalno zvocala zbog toga – i naravno da sam zbog toga ponovo pomislio na nju. Još sam mislio na nju kad me je neko potapšao po ruci.

– Vi ste Danijel, zar ne? Zovem se Agata. Pišem knjige o čistom seksu. – Bila je to viša od dve sedamdesetogodišnjakinje, i rekla je to bez imalo stida, dok sam se ja trudio da se ne zacrvenim. Zanimljivo je da su joj plavosive oči bile savršeno usklađene s bojom kose i pitao sam se da li je to bilo namerno. Te iste oči su me proučavale pomno i shvatio sam da je, uprkos poodmaklim godinama, to promućurna dama.

Odgovor na upoznavanje s damom koja je mogla da mi bude majka nije mi odmah pao na pamet, tako da sam samo pružio ruku. Prihvatila ju je i stegla je tako jako da sam se zapitao da li zarađuje za život krcanjem oraha. Trljajući bolnu šaku, pomislio sam da bi sa imenom kao što je Agata bolje prolazila kao pisac krimića nego knjiga o „čistom seksu". Ignorišući zdrobljenu šaku, odgovorio sam učtivo: – Drago mi je što sam vas upoznao, i zovem se samo Den.

– A koji je vaš žanr, Dene? – Za slučaj da sam prilično neobrazovan, dodala je prevod. – Kakve priče pišete? – I dalje me je pomno gledala i, pre nego što sam stigao da odgovorim, iznela je začuđujuće oštroumno zapažanje. – Da li stvarno pišete erotiku? Nekako sumnjam u to. Nemate oči za to.

Odmahnuo sam glavom, jedva čekajući da objasnim šta me je dovelo ovamo. – Potpuno ste u pravu; erotika nije za mene. Pišem, ali napola sam jedne istorijske misterije... bez seksa.

Bilo mi je važno da naglasim to. Pitao sam se pomalo šta je to videla u mojim očima i kako bi oči pisca erotike trebalo da izgledaju... da budu iskolačene, možda? Naravno, možda su se na mom licu videle posledice trideset tri godine u odeljenju za ubistva i neuspešnog braka. Brzo sam nastavio da joj dajem kratak opis sleda događaja – brljotina ili zavera mojih bivših kolega – zbog kojih sam se obreo tu, i njen strog izraz lica smekšao je dok se glasno smejala.

– Elejn, dođi i pozdravi Dena. On je ovde greškom.

Manja od dve dame je prišla i rukovala se sa mnom, manje agresivno. Jedva je dosezala do ramena svoje pratilje, kosa joj je bila snežnobela, i na sebi je imala siv džemper na zakopčavanje, uprkos tome što je bilo više od trideset stepeni. Da su joj iz torbe virile dve igle za pletenje, bila bi pljunuta gospođica Marpl. – Stvarno morate da mi ispričate kako se to dogodilo, Dene. Da li vam je ovo prvi put?

– Prvi put?

– Prvi letnji kurs u Montevolponeu. Ja sam prvi put ovde, mada je Agata bila već dvaput.

Klimnuo sam glavom. – Da, sve ovo mi je novo.

Kad smo se upoznali, Agata je ponovo progovorila. – Elejn i ja smo dugogodišnje prijateljice. Ona piše BDSM erotiku. – S divljenjem je pogledala prema svojoj krhkoj prijateljici. – Vrlo je uspešna.

Dao sam sve od sebe da ne izgledam začuđeno. Šta li znače ta slova? Da sam bio u odeljenju za poroke, znao bih odmah. Znao sam da S i M označavaju sadizam i mazohizam, ali ostala slova? B je za bondidž, verovatno, ali šta je s D? Jedno je bilo sigurno: neću pitati. Izgled može biti varljiv. Ili je ta stidljiva ženica imala burnu prošlost i dobro pamćenje, ili joj je mašta bila izuzetna. Sigurno se činilo da su stariji ljudi drugačiji nego što je bila moja mama.

Uhvatio sam sebe kako ponavljam mantru koju sam se trudio da utuvim u glavu svom osoblju: ne sudite o ljudima na osnovu izgleda. Tokom godina u policiji, naišao sam na lekare profesionalnog izgleda koji su mogli da ubiju, nasmejane sveštenike koji su mogli da varaju i lažu i sve dosad sam verovao da sam čuo sve. Sad mi je izgledalo da sam možda pogrešio. Pogledao sam stidljivu malu Elejn s novim zanimanjem i samo promrmljao: – Blago vama.

– Dene, ovo je Dajana. – Marija Mur se stvorila među nama, vodeći onu četrdesetogodišnjakinju, ili možda pedesetogodišnjakinju, bujne kose. Dajana je takođe izgledala kao da joj je neprijatno, i odmah mi se svidela. – I ona je prvi put ovde.

– Zdravo, Dajana. – Osmehnuo sam joj se i pružio ruku. – Radujete se ovome?

– Zdravo. – Stisak ruke bio joj je neprijatno mlitav, ali uspela je da se bledo osmehne. Pojačao mi se utisak da je možda mlađa nego što izgleda. – Da li ste nervozni koliko i ja?

Pre nego što sam stigao da odgovorim, Agata se nadmeno ubacila u razgovor. – A koji je vaš žanr, Dajana? – Očigledno je ponovo tražila informacije. Zapitao sam se da li je i ona nekad bila policajka. U situaciji s „dobrim i lošim policajcem", mogao sam da je zamislim kao nepopustljivog ispitivača. Nikad nisam bio sklon takvim stvarima. Iskustvo mi je govorilo da ako odabereš pravi trenutak i pobrineš se da iznenadiš osumnjičenog pitanjima, možeš da dobiješ rezultat bez maltretiranja.

Dajana je odgovorila otvoreno. – Istorijska erotika. Ja sam profesorka istorije na *Bristolskom univerzitetu* i upravo sam završila prvi roman, smešten u drevni Rim – znate, orgije i sve to. – U njenom glasu bilo je naznaka divnog jamajčanskog naglaska. – U drevnom Rimu je takvih stvari bilo u izobilju.

– Odlično, odlično. – Morao sam da primetim da Agata, osim što je izgledala kao Mardž Simpson, ima sklonost da zvuči kao gospodin Berns iz animirane serije. – Den je ovde greškom. – Ponovo se zakikotala. – I on je istorijski tip.

– Polako, Agata, mlađi sam nego što izgledam. – Moj bedni pokušaj humora izmamio im je osmehe i počeo sam da se osećam manje zabrinuto. Možda moje kolege na kursu neće biti previše zajedljive.

Rekao sam im da me zanima renesansa i upravo sam završio objašnjavanje o poklonu za odlazak u penziju i zabuni, kad se poslednja pridošlica pridružila grupi. Izbliza sam potvrdio prvi utisak da je ta žena vrlo zgodna. Imala je predivnu riđu kosu – prirodnu ili bojenu, nisam stručnjak za to – i da nije bilo istih bora od stresa koje sam primetio i na licu Marije Mur, verovatno bi mogla da prođe pre kao četrdesetogodišnjakinja nego kao pedesetogodišnjakinja. Ne zaboravi, podsetio sam sebe, nemaš pravo da kritikuješ ljude što pokušavaju da uspore starenje. Mada sam se penzionisao u zrelim godinama, s pedeset pet, sama pomisao da opišem sebe kao penzionera bila je zabranjena, i počeo sam da se predstavljam kao pisac, mada još nisam bio završio svoju prvu knjigu.

– Ovo je Šarlot – predstavila ju je Marija, supruga našeg uglednog predavača, i rukovao sam se sa Šarlot, a kad me je pogledala u oči na delić sekunde, pomalo sam se iznenadio kad je kroz mene prošlo nešto nalik na privlačnost. To je bilo iznenađenje, jer je tokom poslednjih trideset godina mog života za mene postojala samo jedna žena, i možda i dalje postoji, uprkos tome što sad živi sama u porodičnoj kući u Daliču, s naše dve matore i vrlo namćoraste mačke, dok se ja patim u mikroskopskom stanu u Bromliju.

– Molim vas za pažnju! – Sve razgovore je prekinuo ozbiljan ton još jednog ženskog glasa i svi su se okrenuli prema prelepim, širokim mermernim stepenicama koje su vodile do gornjih spratova. Na donjem stepeniku stajala je jedna sitna dama, čak manja od Elejn, verovatno starija od šezdeset pet godina, odevena u čipkanu bluzu s visokim okovratnikom, koja bi se sasvim uklopila u *Sobu s pogledom*. Shvativši da nam je privukla pažnju, obratila nam se. Dok je govorila, morao sam da primetim sličnost između njenog otmenog engleskog naglaska i naglaska vozača lamborginija.

– Dobro došli u vilu *Volpone*. – Uprkos njenim rečima, nije izgledala previše srdačno i podsetila me je na bivšeg direktora škole Dupeglavca Bardžesa, koji je mogao da utera strah u kosti čak i najneposlušnijim siledžijama. Uprkos njenoj sitnoj građi, imao sam osećaj da bi trebalo da stojim mirno. – Zovem se Milisent. Moj brat je pisac Džona Mur, koga, naravno, ne treba predstavljati.

Način na koji je govorila o njemu bio je neobičan. Mada je u njenom tonu bilo poštovanja kad je pomenula njegovo ime, bilo je i naznaka još nečeg... možda neodobravanja? Pogledao sam lice Marije Mur dok je posmatrala Milisent, i na trenutak sam bio siguran da sam primetio nezadovoljstvo ili nešto još gore. Bilo je prilično jasno da supruga i zaova nisu u dobrim odnosima.

– Ako pođete za mnom, pokazaću vam vaše sobe. – Bilo je sasvim jasno da to nije predlog već naređenje, i svi smo poslušno podigli torbe i krenuli. Pre nego što je pošla, Milisent je pokazala rukom na hodnik koji je vodio levo. – Piće u salonu u pola sedam. Večera u trpezariji u pola osam. Ležerna odeća. Nadam se da niste zaboravili da nas obavestite o alergijama. Ne možemo biti odgovorni ako niste. Pođimo sad.

Osorna. To je bila prava reč. Setio sam je se dok sam pratio ostale uza stepenice. Da, ponašanje joj je bilo izrazito osorno. Ocena pet od deset za odnos s gostima. Trebalo bi da se više potrudi. Nisam mogao da garantujem za ostale, ali radovao sam se opuštajućem odmoru a ne radnom logoru, i nadao sam se da bi ostali predavači mogli biti više nalik Mariji nego ovoj maloj tiranki. Moja zabrinutost, koja je počela da jenjava, sad se naglo vratila i nadao sam se da to nije neko zlokobno predskazanje.

Svi smo bili smešteni na prvom spratu. Prizemlje je verovatno bilo rezervisano za porodicu. Hodnici su vodili na obe strane od vrha stepeništa i brzo prebrojavanje reklo mi je da tu sigurno ima desetak gostinskih spavaćih soba. Milisent me je pogledala i pokazala nadesno.

– Vi ste tamo u *Danteu*. Treća sleva. Vidimo se u prizemlju u pola sedam. Trudite se da ne kasnite.

Ton joj je ostao zapovednički, i razmišljao sam da joj ironično salutiram ali sam, sećajući se obećanja datog Triši, samo promrmljao hvala i gledao kako četiri gošće idu na suprotnu stranu. Tek je trebalo da se vidi da li je to bila puka slučajnost ili namerno razdvajanje.

Prošao sam kraj soba s natpisima *Botičeli* i *Mikelanđelo*, pre nego što sam stigao do vrata s natpisom *Dante*. Kad sam otvorio vrata, video sam da je prostorija ogromna, s visokom tavanicom, i poprilično veća od celog stana koji trenutno iznajmljujem u Bromliju, s mermernim kupatilom veličine moje spavaće sobe. Kad sam spustio torbu na pod, otišao sam na drugu stranu sobe i otvorio prozore, otvarajući kapke sa žaluzinama da bih otkrio pogled koji je bio prilično zadivljujući. Soba je gledala na pomoćne zgrade prekrivene crvenim crepom i lepo uređene vrtove i dalje, prema toskanskim brežuljcima. Očigledno je to bio zadnji deo kuće i vrtovi su bili dobro održavani i prostrani, s privlačnim bazenom delimično skrivenim iza besprekorno podšišane živice na drugom kraju.

Nakon što sam stajao tu nekoliko trenutaka, osetio sam kako se polako opuštam. Zasad su ostali polaznici kursa izgledali prilično normalno – u zavisnosti od vašeg stava prema sadomazohizmu – i bio sam prilično siguran da sam uspeo da objasnim grešku koja je dovela do mog prisustva tu. Pošto sam bio objektivan, sad sam priznao sebi da se nisam bojao toliko da ću se naći među gomilom perverznjaka koliko da će ljudi misliti da sam podjednako nastran. U stvari, počinjalo je da izgleda kao da pisanje erotike nije rezervisano za sumnjive muškarce koji žive u prljavim potkrovljima, okruženi pornografijom, nego je možda pravi književni žanr i, koliko sam zasad video, njim vladaju žene. Ipak, mislio sam da je najbolje da odložim zaključak dok ne upoznam ostale učesnike.

Pogled na sat mi je rekao da je gotovo pet. Milisent je jasno rekla da nas očekuje tačno u šest i trideset, i to mi je dalo vremena da prvo obiđem okolinu, kako bih se orijentisao i udahnuo malo svežeg vazduha. Izašao sam u hodnik zatvarajući vrata za sobom, i razmišljao sam da ih zaključam, ali odlučio sam da ih ostavim otvorena. To je, napokon, bila privatna kuća i jedina vredna stvar tamo bio je moj stari laptop, koji je verovatno vredeo znatno manje nego svaka od slika koje su visile na zidovima, uglavnom nekih strogih muškaraca s nečuvenim brkovima i bradama.

Na širokom odmorištu na vrhu stepeništa pažnju su mi privukla uska vrata na suprotnom zidu. Uvek sam bio radoznao i kako sam bio sâm i nisam čuo nikog u blizini, otišao sam tamo i otvorio ih. Zavirio sam i video spiralno kameno stepenište, koje je verovatno vodilo do male kule koju sam primetio u dolasku. Nije bilo nikog u blizini i moja urođena radoznalost vukla me je da se popnem i proverim. Stepenice su bile strme i uske, ali prostorija na vrhu bila je zadivljujuća: savršeno kvadratna i prepuna svetla. Bilo mi je potrebno nekoliko trenutaka da shvatim kakva joj je bila prvobitna namena, iako je sad bilo jasno da je to vidikovac. Brojne rupe u zidovima, prečnika nešto većeg od vinske boce, dale su mi odgovor. Sad su bile zaklonjene spolja ili zamenjene prozorima, ali nekad su bile sasvim otvorene. To je bio golubarnik.

Stajao sam i zagledao se kroz jedan od prozora, a onda sledeći, uživajući u pogledu koji se pružao na sve strane. Grad u daljini, na istoku, gotovo sigurno je bila Firenca, a svud naokolo bili su maslinjaci i vinogradi, čokota posađenih s matematičkom preciznošću. U vrtu ispod video sam dvoje ljudi koji su izašli iz vile i krenuli ka bazenu. Muškarac je bio visok i čak odavde se videlo da ta žena, duge plave kose i još dužih nogu, izgleda dobro. Ovde je bilo vrlo vruće i ideja o plivanju bila je vrlo privlačna. Te dve osobe su hodale držeći se za ruke i izgledalo je kao da uživaju u druženju – kao što smo Helen i ja uživali u dobra stara vremena. Zatim se žena iznenada zaustavila i okrenula, ostavljajući muškarca samog... baš kao što je Helen mene.

Kad sam se trgnuo iz razmišljanja, odlučio sam da je bolje da odem. Napokon, upravo sam podsetio sebe, to je nečija privatna kuća, i zato sam ostavio panoramu i krenuo niza stepenice. Gotovo sam otišao u svoju sobu da obučem kupaće gaće, ali odlučio sam da odložim sunčanje svojih bledih engleskih kolena dok ne budem siguran da tamo ne postoji grupa dama koja bi im se smejala.

Nisam sreo nikog na putu dole i predvorje je bilo prazno. Napolju je i dalje bilo vrelo, ali birajući put koji je vodio kroz senku drveća, žbunja i same zgrade, uspeo sam da izbegnem najgore. Obišao sam vilu i spustio se niz blagu padinu na ravan i savršeno pokošen travnjak. Bujno zelenilo podsetilo me je na činjenicu da tu sigurno postoji efikasan sistem navodnjavanja. Obruči na travi ukazivali su na činjenicu da se travnjak koristi za kroket – a tu igru nikad nisam igrao – i iznenada sam pomislio na to kako je sve izgledalo u zlatno doba, kad je engleska aristokratija otkrila Toskanu. Zamišljao sam dame u dugačkim suknjama kako štite svoj beo ten suncobranom, dok muškarci u cilindrima igraju kroket, puše cigare i uživaju u prefinjenim razgovorima o carstvu. Mada bi mi neki šešir koristio u to i dalje vrelo kasno popodne, nijedna od ostalih razbibriga nije mi bila po ukusu, pa mi nije ni nedostajala.

Šljunčana staza vodila je kraj travnjaka, kroz zarđalu metalnu kapiju ukrašenu mirisnim ružama, do oblasti gde se nalazio šumarak od sedam ili osam drevnih maslina s jedne strane, i povrtnjak s druge. Lisnate artičoke bile su posađene oko limunovih stabala prepunih plodova. Zelena salata, paradajz i maline borili su se za prostor između stabala breskvi i kajsija, takođe punih plodova. Vazduh je bio ispunjen zujanjem pčela i video sam četiri košnice malo dalje, blizu živice koja je okruživala bazen. Čula su mi bila preplavljena tom predivnom mešavinom mirisa, i morao sam da priznam da je ovom mestu teško naći manu. Možda ovde neće biti tako loše.

Otvorio sam starinsku kapiju od pruća i prošao kroz nešto što je izgledalo kao tunel od mirisnih žbunova ruzmarina, stigao sam do bazena i doživeo zaprepašćenje. Nasred vode, plutajući na stomaku, nalazio se leš.

Instinktivno sam otrčao do ivice i zamalo nisam zaronio da pokušam da spasem tog čoveka u nadi da bi mogao biti oživljen, kad je telo počelo da se pomera i polako je doplivalo do ivice. Opustio sam se i u mislima ukorio sebe. To je bio još jedan primer onog što je Helen nazivala mojom opsednutošću smrću. Prema njenim rečima, svako drugo normalno ljudsko biće prihvatilo bi taj prizor onakvim kakav jeste: čovek pluta u hladnoj vodi toplog letnjeg dana. A ja sam, da citiram Helen, tvrdoglavo nastavljao da vidim život kroz depresivan, pesimističan veo patnje i smrti, iako sam sad u penziji. Da li je to istina? Možda. Sumnjam da iko može da provede trideset godina u odeljenju za ubistva i ostane neizmenjen. Mada bi moja žena bila užasnuta time, nisam mogao da pobegnem od činjenice da su mi još nedostajali leševi i sve to.

Kad me je taj čovek uočio, izašao je iz bazena i krenuo da gaca ka meni, ispružene ruke.

– Zdravo, ja sam Gavin. Da li ste vi još jedno žrtveno jagnje?

– Ako mislite na kurs pisanja, odgovor je da.

Odmerio sam ga pogledom dok je govorio. Bilo je to nešto što sam oduvek radio i još jedna od stvari koje je Helen imala na spisku mojih navika koje je nerviraju. Bio je mlad, imao je verovatno manje od trideset godina, i bio je visok i vitak. Imao je bujnu tamnu kosu, s prirodnim razdeljkom na sredini. Zavideo sam mu na tome. Moja kosa je uvek bila neuredna, a sad, kad je neizbežno posedela na slepoočnicama, izgledao sam sve više i više kao strašilo. Na ruci je imao *roleks sabmariner* sat i bio sam prilično siguran da to nije jeftina kopija. Sat je, kao i njegov vlasnik, izgledao kao prava stvar. Čak i bez svog otmenog naglaska, bilo je jasno da je još jedan pripadnik povlašćene klase. Naravno, podsetio sam sebe, moje kolege iz policije morale su da izdvoje nekoliko hiljada funti za dvonedeljni kurs, tako da je neizbežno bio dostupan samo ljudima koji imaju znatna sredstva na raspolaganju. Ipak, taj tip je izgledao prilično ljubazno, i pozajmio sam jedno od Agatinih pitanja i postavio sam ga njemu.

– Zovem se Den. Drago mi je što smo se upoznali. Koji je vaš žanr? Ja pišem istorijski roman.

– Nisam sasvim siguran, da budem iskren. Pokušavao sam da napišem gotički horor; znate, mnogo krvi i klanja i tako dalje. Izgleda da postoji interesovanje, ali prilično je teško pisati o užasnim mučenjima, sakaćenjima i ljudima iseckanim i bačenim svinjama, takve stvari.

Stresao sam se od jeze. Jednom sam imao slučaj u kojem je nesrećna žrtva bila iseckana i bačena psima nekog dilera droge iz Ist Enda, i čak i danas mi je muka kad se setim toga. Zanimljivo, psi očigledno nesrećnu žrtvu nisu smatrali ukusnom i ostalo je dovoljno delova za identifikaciju... nije bilo lako, ali bilo je moguće. – Dakle, ne uživate u takvim stvarima?

Gavin se široko osmehnuo i odmahnuo glavom. – Bože, ne. Mislio sam da probam, ali ne vredi. Potrebno mi je nešto drugačije. – Uozbiljio se. – Iskreno, to je razlog zbog koga sam dozvolio Emili da me dovuče na ovaj kurs. Nadam se da ću pronaći svoju nišu.

– Pa, želim vam...

Nisam uspeo da završim rečenicu, jer sam krajičkom oka video nešto crno, ali bilo je prekasno. Zver je dojurila stazom između žbunova ruzmarina, odbila se od Gavinove noge i udarila me je u kolena. Kad sad mislim o tome, verovatno sam stajao previše blizu ivici bazena i nisam imao šanse. Kad je pas projurio kraj mene i veselo se bacio u bazen, zateturao sam se, zamlatarao rukama nekontrolisano i gotovo sam povratio ravnotežu pre nego što sam postrance pao u vodu. Bio sam delimično svestan velikog pljuska vode kad je pas upao u bazen i nestao ispod vode. Delić sekunde kasnije, upao sam za njim. Kad sam izronio, kašljući i pljujući vodu, našao sam se licem u lice s vrlo srećnim labradorom širokog psećeg keza na dlakavom licu. Iznad mene je dopro zvuk nekoga ko ima histerični napad, i gore ugledah Gavina kako se guši od smeha.

Trudeći se da izgledam odraslo, počeo sam da se održavam na površini i izgledam smireno.

– Voda je vrlo osvežavajuća.

Gavin se pribrao i nagnuo da mi pruži ruku, dok sam izlazio iz bazena. Makar je imao dovoljno pristojnosti da prestane da se smeje. Pitanje koje mi je prolazilo kroz glavu je da li je moj novi telefon stvarno vodootporan kao što su rekli u reklami. Stajao sam tamo, dok se voda s mene slivala na vrele kamene ploče, dok je Gavin objašnjavao šta se dogodilo i ispostavilo se da sam ja kriv.

– Ostavili ste otvorenu kapiju, zar ne? – Kad sam klimnuo glavom, objasnio je. – Antonio mi je rekao da se pobrinem da pas ne prilazi bazenu. On je labrador, a oni su opsednuti vodom, ali ovaj bazen je rezervisan za ljude. – Široko se osmehnuo. – Ali ne za ljude u odeći.

– Svakako. A ko je Antonio?

– Niste ga upoznali? – Gavinov osmeh je postao još širi. – Čeka vas pravo zadovoljstvo. Nisam siguran koja je njegova zvanična funkcija, ali izgleda kao grof Drakula bez plašta. Znate, zalizana crna kosa, mrtvačko lice i kukast nos koji bi mogao da posluži kao otvarač za konzerve. Sačekao nas je kad smo Emili i ja stigli pre nekoliko sati. Uterao joj je strah u kosti. Italijan je, ali prilično dobro govori engleski, što je dobro jer moj italijanski pokriva samo reči *vino* i *gelato*. Pretpostavljam da je batler ili čovek za sve.

Zaključio sam da je njegova upotreba tako zastarelih izraza dodatni dokaz da taj mladić dolazi iz povlašćene porodice. – Radujem se upoznavanju s njim. – Osećao sam kako mi voda curi niz leđa, u bokserice, i ponovo napolje, niz nogavice pantalona, i to nije bio prijatan osećaj. Pomerio sam stopala i izuo cipele koje su, očekivano, bile pune vode. – A Emili? Da li je ona vaša supruga?

Gavin je odmahnuo glavom. – Devojka, od pre nekoliko meseci.

– A nije joj se dolazilo na bazen?

– Htela je, ali morala je da se vrati i uzme telefon iz sobe. Ja sam se dvoumio da li da odem na plivanje ili odremam malo. Bili smo u automobilu čitav dan, i po ovoj vrućini nije lako držati oči otvorene... posebno meni. Uvek sam mogao da zaspim u trenu. U stvari, mislim da bih sad mogao malo da prilegnem.

– Jeste li vozili čak od Engleske? – Pretpostavio sam da je Gavin srećni vlasnik otmenog BMW-a na parkingu.

– Da, ali tokom nekoliko dana. Svratili smo usput u Pariz i u neko mestašce u Burgonji, a sinoć smo noćili u Ženevi. A šta je s vama?

– Doleteo sam iz Londona danas i iznajmio kola. – Pogledao sam labradora, koji je veselo plivao psećim stilom po bazenu, stalno šmrckajući. – Mislim da je bolje da pokušam da izvadim tog psa iz vode, pošto sam kriv što je uopšte tamo. Znate li kako se zove?

– Oskar, mislim. Sačekajte, ja ću pokušati. – Gavin je glasno rekao: – Oskare, dođi, momče. Dođi, Oskare.

Bio sam zadivljen kad je pas okrenuo glavu prema nama i počeo da pliva u našem smeru. Kad sam uvideo logistički problem vađenja velike mokre životinje iz duboke vode, pogledao sam oko sebe i video stepenice na drugom kraju bazena. Dozivajući njegovo ime i ispuštajući ohrabrujuće zvukove, otišao sam tamo, a mokre čarape proizvodile su mi grozne zvukove nalik prdenju, dok sam gacao kraj bazena. Labrador je poslušno plivao kraj mene dok nije stigao do plićaka i izašao je stepenicama iz vode. A onda, manje poslušno, nastavio je da se otresa, šaljući smrdljive kapljice vode na sve strane, a većina je pala na mene, ali sad mi to više nije bilo važno. Sklanjajući kosu iz očiju, optužujuće sam ga pogledao.

– Grozna životinjo! – Nisam to stvarno mislio, i pas je to video. Uvek sam voleo pse, ali Helen je volela mačke i nikad nismo imali psa. Čučnuo sam kraj njega i pomazio ga iza ušiju. – Malo ti je vruće, zar ne? Ne krivim te što si krenuo na plivanje, ali moraćeš da budeš oprezniji.

Pas je izgledao nimalo zabrinuto i prijateljski mi je liznuo prste. Upravo sam se uspravljao kad se, na stazi kroz žbunje ruzmarina, pojavila zgodna plavuša koju sam uočio iz golubarnika. Na sebi je imala šorts i tesnu majicu, i nije bilo sumnje u to: ona i Gavin su bili lep par. Propela se na prste i poljubila ga je strastveno pre nego što su krenuli, verovatno natrag u svoju sobu. Pre nego što su otišli, Gavin mi je lenjo mahnuo rukom, a ja sam mu uzvratio mahanjem još mokrom rukom.

Nekoliko trenutaka kasnije, dok sam stajao na bezbednoj udaljenosti od Oskara, koji je odlučio da se ponovo strese, izvadio sam telefon i ohrabrio sam se kad sam video da i dalje radi. Nakon što sam se iskobeljao iz mokre košulje i iscedio veći deo vode, zapitao sam se da li bi trebalo da uradim isto s pantalonama, ali odlučio sam da to nije dobra ideja za slučaj da neko od ostalih gostiju dođe i zatekne me u mokrom donjem vešu. To sigurno nije bio prvi utisak kakav sam želeo da ostavim.

Nakon što sam s mukom navukao košulju i ponovo obuo cipele, uhvatio sam psa za ogrlicu i krenuo sam prema kapiji, čvrsto ga držeći, za slučaj da poželi da se ponovo baci u bazen. Kad smo se obojica bezbedno udaljili od bazena, zatvorio sam kapiju za nama i stavio zasovnicu. Šta ono kažu za naknadnu pamet?

Zastao sam i razmislio. Mada sam bio mokar do gole kože, nije mi bilo hladno i već sam osećao vrelo sunce od koga voda isparava, tako da nije bilo potrebe da odem odmah u svoju sobu; makar dok se ne osušim dovoljno da ne ostavljam sramotne mokre tragove i barice na mermernim podovima i stepenicama koje vode do mojih vrata. Umesto toga, odlučio sam se da se prošetam i dozvolim psu i sebi da se osušimo prirodnim putem.

Staza je vodila do šumice na suprotnoj strani povrtnjaka, tako da sam krenuo u tom smeru. Pas je veselo kaskao kraj mene, očigledno zadovoljan što ide u šetnju, i uživao sam u društvu. Među stablima je bilo primetno svežije i osećao se jak miris smole. Staza je krivudala kroza šumicu dok nije stigla do visoke žičane ograde, gde sam video kapiju zaključanu katancem. Očigledno je tu bio kraj imanja. Kraj nje se nalazila drvena klupa, a na klupi je sedela Šarlot, pedesetogodišnjakinja koja je izgledala kao četrdesetogodišnjakinja, prepoznatljiva po riđoj kosi. Pogledala me je i razrogačila oči.

– O, zaboga, plivali ste odeveni?

– Pazite!

Moje upozorenje je stiglo prekasno. Društveni pas ju je već uočio i pojurio je da je pozdravi. Njegov pozdrav je uključivao pokušaj da joj skoči u krilo, i nekoliko sekundi kasnije suknja joj je bila mokra. Prišao sam i pokazao na klupu kraj nje.

– Smem li da sednem?

– Samo izvolite.

Seo sam i pogledao sam je. Uspela je da smiri psa i on se valjao po suvoj travi kraj njenih nogu. Mokra suknja bila joj je zalepljena za butine i držala je šake stisnute u krilu. Pošto sam osoba koja dobro zapaža, primetio sam da na levoj šaci ima burmu i zapitao sam se na tren zašto njen muž nije došao s njom u Toskanu, a onda sam se setio da je taj čovek verovatno imao istu uzdržanost kad govorimo o čudacima, baš kao i ja. Podigla je pogled s labradora i osetio sam olakšanje kad se osmehnula.

Požurio sam da se izvinim kad je Oskar seo, isplaženog jezika i dahćući. – Izvinite zbog toga. On je vrlo veseo pas. Upravo me je gurnuo u bazen, otud moja mokra odeća. Nažalost, nisam vas video dok nije bilo prekasno.

– Ne brinite zbog toga. Osušiću se. To je divan pas. Da li je vaš? – Sad je mazila pseću glavu koja joj se nalazila u krilu.

– Ne, mislim da pripada nekom iz ove kuće. Uzgred, zovem se Den.

– Sećam se. Ja sam Šarlot.

Na trenutak me je pogledala u oči i isti talas privlačnosti prošao je kroz mene, i nisam znao šta da kažem. Na kraju sam pribegao uobičajenom pitanju. – Šta pišete?

Tužno je odmahnula glavom. – Samo sam početnica, nažalost. Godinama sam razmišljala o pisanju, i tek sad sam konačno odlučila da vidim hoće li mi kurs pisanja dati potreban podsticaj.

– Hoćete li pisati erotiku?

– Zašto da ne. Pogledajte koliko je para zaradila ta žena koja je napisala *Pedeset nijansi*.

– Kako ste se opredelili za ovaj kurs?

Na trenutak je izgledala nesigurno, ali onda se pribrala. – Neko mi ga je preporučio, ali ne mogu da se setim ko. A šta je s vama? Jeste li napisali mnogo knjiga? Neobično je pronaći muškarca koji piše erotiku.

– Stvarno? Ne pišem erotiku; ovde sam greškom. – Krenuo sam da joj pričam kako su mi bivše kolege uplatile ovaj kurs kao poklon za odlazak u penziju, ali nisu pročitale sitna slova... ili su bar tako rekle. Zakikotala se.

– Kladim se da to nije bila greška. Kladim se da su hteli da se zabave; znate, kao vezivanje ljudi u gaćama za ulične svetiljke na momačkim večerima i tako dalje. Vi muškarci uvek volite neslane šale.

– Možda ste u pravu, ali moram da priznam da je ovo sjajno mesto. Gospodin Džona Mur mora da je prilično uspešan.

Osmeh joj je izbledeo na tren, a onda ga je zamenila zavist ili nešto drugo. – Kako bogati žive! – Onda se potrudila da se pribere. – Pa, blago njemu. Volela bih da imam ovakvu kuću...

Razgovarali smo otprilike pet minuta pre nego što sam počeo da osećam sve veću nelagodu kad je moj mokri donji veš odlučio da se skupi kao podveska oko mojih intimnih delova tela, i zato sam ustao – oprezno – i krenuo. Kad me je video da ustajem, labrador je uradio isto i onda se odmah stresao, šaljući još kapljica vode oko sebe.

– Bolje da odem u svoju sobu i presvučem se pre odlaska na piće. Vidimo se kasnije. Hajde, Oskare, neko treba da te obriše.

Baš kad sam se približavao vili, telefon mi je zapištao kad sam dobio poruku. Pogledao sam i video da je od Helen, i srce mi je poskočilo protiv moje volje. Ali odmah sam otkrio da nije bilo razloga za optimizam.

Nadam se da se dobro provodiš. Otputovaću na nekoliko dana, pa ako ti budem potrebna, možeš da me pozoveš na mobilni.

Nije bilo *x* koji označava poljubac, nije bilo potpisa. Nije bilo ničeg.

2.

Nedelja uveče

Odeven u čistu i suvu odeću, sišao sam u prizemlje malo posle pola sedam i prvi put ugledao Antonija (poznatog kao Drakula). Gavin se nije šalio. Batler je bio odeven u ozbiljan crn prsluk i besprekornu belu košulju i izgledao je kao da je izašao iz serije *Porodica Adams*. Kad me je uočio, savio je žilavo telo u zvaničan naklon, i dok je to radio svetlo se odbilo od njegove nauljene kose. Put mu je bila izuzetno bela i da mi Gavin nije rekao kako je video tog čoveka da se kreće tokom dana, možda bih mogao da poverujem da Antonio obično provodi obdanicu ležeći u otvorenom kovčegu u nekoj grobnici ispod zemlje. Potiskujući osmeh, prišao sam mu i ispružio ruku.

– *Buona sera.*

Antonio je nesigurno pogledao moju ruku pre nego što ju je stisnuo.

– Dobro veče, gospodine. Govorite li italijanski?

– Otprilike. Malo sam zarđao. – Bio sam prilično ponosan na te reči koje sam iščupao iz sećanja.

Klimnuo je glavom i nastavio na italijanskom. – Pića su u salonu. – Ispružio je veoma dugačku ruku u smeru desnog hodnika. – Prva vrata sleva. – Ton mu je bio pogrebnički, kao i izgled, ali prijatno sam se iznenadio kad sam video nešto nalik osmehu na njegovom sablasnom licu. Njegov italijanski izgovor bio je jasan i oduševio sam se što sam ga razumeo bez problema. Uzvratio sam mu osmeh i nastavio da govorim njegovim jezikom.

– Ja sam Den. Vi mora da ste Antonio.

– Uistinu jesam, gospodine. Dobro govorite italijanski.

– Gavin mi je rekao da vi mnogo bolje govorite engleski, ali koristi mi da vežbam italijanski, ako vam ne smeta. Kao što ćete čuti, praviću mnogo grešaka.

– Biće mi drago da govorim italijanski s vama kad god poželite, gospodine.

– Hvala, vrlo ste ljubazni, i zovite me Den.

– Da, gospodine.

U tom trenutku, zvuk potpetica na mermernim stepenicama privukao nam je pažnju. Okrenuli smo se i videli da je to Šarlot, koja više nije bila odevena u mokru suknju, i baš se lepo bila doterala. Odabrala je otmenu, svetloplavu haljinu koja je imala dubok izrez i uradila je nešto s kosom – kao što sam već rekao, nisam stručnjak za ženske frizure – i zbog toga je izgledala prilično glamurozno. Kradomice sam pogledao svoje farmerke, polo majicu i patike. Možda je trebalo da odaberem nešto otmenije, uprkos Milisentinim rečima da odaberemo „ležerniju odeću“, ali poneo sam samo dva para cipela, a moje dobre kožne cipele trenutno su se sušile na prozorskoj dasci, uz nadu da će ih popodnevno sunce osušiti. Tek je trebalo da vidim u kakvom će stanju biti kad se osuše.

Antonio joj se naklonio s poštovanjem i obratio joj se na engleskom. – Dobro veče, sinjora. Pića su poslužena dole: prva soba sleva. – Stvarno je dobro govorio engleski... bolje nego ja italijanski.

Ako je bila zaprepašćena Antoniovom pojavom, nije to pokazala. – Hvala vam. – Uputila mu je osmejak i okrenula se prema meni, sa zabrinutim izrazom na licu. Očigledno je da nisam bio jedini koji je nervozan. – Zdravo, još jednom, Dene. – Namignula mi je. – Drago mi je što ste poneli preobuku. Da li ste i vi krenuli na piće?

– Jesam. – Zajedno smo otišli do salona, gde smo zatekli visoku Agatu, koja je pisala o „čistom seksu“, i sedokosu Elejn, čiji je odabrani žanr bio mnogo eksplicitniji. Već su držale čaše s prosekom i razgovarale s Marijom i najverovatnije njenim mužem, čuvenim piscem. Bio je to isti preplanuli muškarac koga sam video da vozi lamborgini. Bio je otprilike mojih godina i iste visine – malo preko metar i osamdeset otprilike – i verovatno je bio zgodan muškarac pre nekoliko godina. Sad je imao mali podbradak, a zbog opuštenog stomaka izgledao je kao da je u sedmom ili osmom mesecu trudnoće, ali još se činio prilično zadovoljnim svojim životom... verovatno i previše. Kad nas je video, pozvao nas je da priđemo.

– *Buona sera*. Drago mi je što sam vas upoznao. Priđite i pridružite nam se.

Zvučao je iskreno zadovoljno što nas vidi, ali nisam morao da budem bivši inspektor u odeljenju za ubistva da bih video da je njegova pažnja bila usmerena na Šarlot... tačnije, na njen dekolte. Ona me je iznenadila jer se zacrvenela kao šiparica. Očigledno je, uprkos zavodničkom izgledu, bila osetljiva osoba. Brz pogled ka našoj domaćici otkrio je da je i Marija primetila u šta gleda njen muž, i na trenutak je izgledala stvarno besno. Bes je nestao u trenu, i onda je izgledala ogorčeno, i nekako sam imao osećaj da je njen muž i ranije pokazivao interesovanje za druge žene.

Nesvestan neodobravanja svoje supruge, naš domaćin se i dalje obraćao samo Šarlot.

– Džona Mur. – Predstavio se pomalo prenaglašeno i pružio joj je ruku. – A vi ste...

Šarlot je još crvenela i izgledala bojažljivo. – Ja sam Šarlot. Videla sam vas kad ste prošle godine potpisivali svoju knjigu u Bristolu.

Uputio joj je izveštačen osmeh s trunkom skromnosti, što mu nije baš pošlo za rukom. – Uvek mi je drago da upoznam svoje obožavaoce. – Konačno je primetio da i ja stojim tu, a onda se okrenuo i pružio ruku.

– Dobro veče. Upoznali smo se napolju, zar ne?

– Den Armstrong, i da, gotovo ste me ugušili oblakom prašine koji su podigla vaša kola. – Shvatajući da Triša ne bi odobrila moj ton, brzo sam promenio temu. – Imate divnu kuću. Koliko dugo živite ovde?

– Živeo sam u Toskani gotovo čitavog svog života. Od prvog velikog bestselera.

Izbor reči nagoveštavao je da je imao mnogo bestselera, ali znao sam da nije tako. Mada se jedna od ranijih knjiga Džone Mura prodala u pristojnom tiražu, nijedno od kasnijih dela nije doseglo tako

vrtoglave visine – ili je makar tako pisalo na *Vikipediji* – i to je ve-
rovatno objašnjavalo zašto je vodio ovaj kurs za buduće pisce, da bi
mogao da plati održavanje ovog mesta. Koliko znam, Dž. K. Rou-
ling i Den Braun nemaju običaj da primaju goste koji im plaćaju.

Nakon što sam se rukovao s tim velikanom, obratio sam pažnju
na Mariju. – Nažalost, moram da vam se izvinim. Nenamerno sam
odgovoran za puštanje vašeg psa u bazen. Nisam znao da treba da
zatvorim kapiju za sobom. Obećavam da neću ponovo napraviti ta-
kvu grešku.

Uputila mi je prijateljski osmeh. Presvukla se u otmenu letnju
haljinu i izgledala je dobro... osim bora oko očiju. – To je u redu.
Antonio ga je osušio. – Tužno je odmahnula glavom. – Nažalost, ne
smem da priđem Oskaru jer sam alergična na pseću dlaku. Prava
šteta, jer je toliko sladak.

Zašto onda imaju psa, zaboga?

– Den i Oskar su najbolji prijatelji. – Šarlot je sad uspela da skre-
ne pažnju s Džone, mada je on i dalje izgledao kao da namerava da
zaroni u njen dekolte. – Išli su zajedno na plivanje.

Marija je podigla obrve kad je to čula. Objasnio sam joj šta se
dogodilo i završio rečima: – Ali ja sam bio kriv, ne on. On je divan
pas.

Tad se na vratima pojavila neka nova osoba i Džona je uspeo da
prestane da bulji u Šarlot, podigao je pogled i ozario se. – Serena,
draga, uspela si. Baš divno što si došla. – Raširio je ruke i otišao
do pridošlice, srdačno ju je poljubio u obraze, uhvatio je za ruku i
poveo prema nama. Dok je to radio, jasno sam video da je njegova
slobodna ruka prešla preko njene zadnjice i ona se trgla. Na licu joj
se videlo da je njena reakcija na Džonin dodir bila daleko od zado-
voljne, ali dobro je prikrila nezadovoljstvo. Izgledalo je da Džona ne
primećuje njeno oklevanje, mada sam bio uveren kako je njegova
supruga videla sve. – Ljudi, ovo je Serena, mada je verovatno znate
po umetničkom imenu: Sabrina Baterflaj.

Serena (poznata kao Sabrina Baterflaj), verovatno je imala oko
trideset pet godina, bila je otprilike dvadeset godina mlađa od
Džone i mene, i nekako neupadljivo privlačna. Imala je kratku kosu

i nije bila našminkana, mada joj šminka nije ni bila potrebna. Bila je odevena u haljinu nalik na kaftan, sa ekstravagantnom zeleno-plavom šarom i imala je viseće minđuše, nekoliko narukvica na zglavcima, i ogrlicu napravljenu od školjki. Na moje iznenađenje, Marija nije izgledala nimalo zbunjeno intimnim pozdravom koji je njen suprug uputio toj ženi, i takođe je s naklonošću poljubila Serenu, bez neodobravanja koje je pokazala zbog njegove reakcije na Šarlot. Objašnjenje za tu neočekivanu trpeljivost dao je njen muž: za razliku od drugih žena, izgledalo je da Serena ne predstavlja pretnju njihovom braku.

– Serena piše najsočnije lezbejske ljubiće, zar ne, draga? Da li si ovog puta došla sama, ili si povela ljupku... kako se ono zvaše?

Sereno lice se smrklo. – Lihini, zove se Lihini. Ove godine sam sama, Džona. Više nisam s njom. – Zvučala je pristojno, ali bez naklonosti prema njemu.

– Žao mi je što to čujem. Bila je tako lepa devojčica. – Džona je mahnuo rukom da privuče ljudima pažnju. – Serena je stručnjak za samizdate, kao i erotiku, i dolazi svake godine da pomaže mojoj sestri i meni.

Agata (poznata kao Mardž Simpson) verovatno je poznavala Serenu od prethodnih godina i požurila je da je upozna sa svojom prijateljicom Elejn, koja je stidljivo stajala kraj nje, odevena u vrećastu haljinu koja, mada je bez sumnje bila tanka i prijatna u ovako toplo veče, verovatno ne bi ušla u letnju kolekciju nijednog modnog kreatora. – Zdravo, Serena. Drago mi je što te ponovo vidim. Stvarno moraš da upoznaš Elejn. I ona piše erotiku. Kaži joj, Elejn. – Gotovo je gurnula Elejn prema Sereni, i morao sam da se uzdržim da se ne osmehnem.

Elejn se stidljivo osmehnula. – Zdravo, Serena. Pročitala sam sve tvoje knjige i drago mi je što sam te upoznala. Mnogo si talentovana.

Dok su svi ćaskali i pili, pridružili su nam se Gavin i njegova devojka. Pojava mlade plavuše ponovo je izmamila Džoni osmeh, i dok je išao da se pozdravi s njom i Gavinom, video sam isto nezadovoljstvo na licu njegove supruge. Čak je i Šarlot izgledala razočarano, ali zadivljujuće je bilo mrštenje na licu mlade plavuše kad ju je poznati pisac odmerio pogledom. Bila je privlačna žena i verovatno je to često doživljavala. Pohotni pogledi nisu bili nešto na šta sam navikao, ali pretpostavljam da je neprijatno kad imaš dvadesetak godina, a neki trbati matorac te odmerava kao da si komad mesa na mesarskom panju.

Tokom narednih sat vremena učesnici kursa su stigli i svi su se upoznali. Dajana, profesorka istorije, izgledala je opuštenije i brzo sam pronašao način da je uključim u razgovor. Nekoliko čaša izuzetno dobrog proseka verovatno je pomoglo.

– Da li biste mi ispričali nešto o svom istorijskom romanu? Da li je sve mašta ili je zasnovan na činjenicama?

To je očigledno bio ključ za njenu ćutljivost, i uskoro je pričala sve u šesnaest, objašnjavajući intrige i sukobe u Rimu u godinama nakon Hristove smrti i kako je roman zasnovala na tome. Njeno poznavanje tog perioda rimske istorije bilo je enciklopedijsko i sigurno je bila sjajna profesorka. Počeo sam da se osećam manje prijatno kad je počela da opisuje, prilično detaljno, stvari koje su razuzdani bogataši radili na svojim orgijama i osetio sam olakšanje kad je počela da mi postavlja pitanja. Ispričao sam joj o svom krimiću, ovlašno zasnovanom na svemoćnoj porodici Mediči, koja je vladala Toskanom od početka petnaestog veka i narednih tristotinak godina. Takođe sam podsetio sve prisutne da u toj knjizi nema erotike... samo da napomenem.

I dalje sam pričao kad su nam se pridružile još dve osobe koje su pažljivo slušale. Kad sam završio s nabrajanjem Dajani mesta koja sam nameravao da posetim zbog istraživanja, posvetili smo pažnju pridošlicama. To su bili muškarac i žena ozbiljnog izgleda, verovatno stari oko četrdeset godina, i čim je muškarac progovorio bilo je jasno da su došli s druge strane Atlantika.

– Ja sam Vil Gordon. Ovo je moja sestra, Rejčel. Dolazimo iz Vankuvera, iz Kanade.

Kao nekom čarolijom, Agata se stvorila kraj brata i sestre i zasula ih pitanjima. Odgovarali su bez oklevanja i objasnili da su oboje pisci u nastajanju, mada izgleda da dosad nisu napisali niti reč. Vil je objasnio njihovu situaciju.

– Pokušavali smo da odlučimo šta da pišemo. Rejč voli erotiku, tako da je možda to pravi izbor, ali ovde smo da učimo od vas stručnjaka pre nego što počnemo.

Pokušao sam da izbacim iz glave pomisao na to šta bi se dogodilo kad bih svojoj sestri predložio da pišemo erotiku i odmahnuo sam glavom. – Nismo svi stručnjaci. I ja sam ovde da učim.

Dalji razgovor je prekinuo zvuk zvona i pojavila se Džonina neugledna sestra, Milisent, još odevena kao Megi Smit u *Dauntonskoj opatiji*. Kao i pre, izgovorila je objavu nežno i otmeno kao neki vojni oficir.

– Večera je *sad* poslužena u trpezariji! Za mnom. – Usledila je pauza, a onda je dodala, kao da se naknadno setila: – Moliću lepo.

Dok smo išli ka trpezariji iskoristio sam činjenicu da je Agata već bila ovde i sigurno poznavala dinamiku u tom domaćinstvu. Govoreći tiho, pitao sam je za Milisent, a odgovor je bio koristan.

– Pet godina je starija od Džone, ali provela je čitav život u njegovoj senci. Obožava ga i, da budem iskrena, ona i Serena vode ovaj kurs... uz Marijinu pomoć.

– Dakle, velikan ne učestvuje u svom kursu?

Odmahnula je glavom i nezadovoljno zacoktala. – To je previše naporno za Džonu. Ima druga interesovanja. – Prinela je ruku ustima kao da drži vinsku čašu i zabacila je glavu. – Previše cirkanja, ako me razumete.

– On je alkoholičar? – Nije mi se svidelo kako to zvuči... ne zbog toga kako je to uticalo na njega već zbog uticaja na njegovu suprugu. Marija mi se prilično svidela, a svojim očima sam video štetu koju alkohol može da izazove u životu ljudi. Jedno je bilo sigurno: Džona nije stekao mnogo poena kod mene.

– O, da. – Agata je zvučala sigurno. – Pije kao smuk.

– A njegova sestra Milisent je u penziji ili nešto slično? – Napola sam očekivao da čujem kako je živela u dokolici i raskoši kao pripadnica bogate porodice, ali dobio sam neočekivan odgovor.

– Rekla mi je da je provela trideset pet godina predajući engleski negde u Midlandsu. Ovo joj je letnji raspust.

– Još radi? Mislio sam da je u penziji.

Agata se mudro potapšala prstom po nosu. – Mlađa je nego što izgleda. – Izraz lica joj je postao ozbiljniji i utišala je glas gotovo do šapata. – Ne zaboravite, razlog za njeno prevremeno starenje verovatno je to što joj je Džona brat.

– Zbog njegovog opijanja... ili je upao u još neke nevolje?

– Sigurno zbog opijanja, ali čula sam da je bio na rubu bankrota kad je upoznao Mariju.

– Stvarno? Ali ova kuća...

– Pripada Mariji. Ona je iz jedne stare italijanske porodice i nasledila ju je od roditelja. Da nije bilo nje, Džona se sigurno ne bi vozikao naokolo u razmetljivim sportskim kolima.

– Vidi, vidi, vidi. A koliko dugo su u braku?

– Desetak godina, valjda.

To me je podsetilo na kratak razgovor s Džonom. Kad sam ga pitao da li dugo živi ovde, odgovorio je nejasno, i rekao je da živi u Toskani od izlaska svog bestselera. Dakle, mora da je upoznao Mariju i oženio se njom dok je živeo na nekom nepoznatom mestu u Toskani, verovatno manje raskošnom od vile *Volpone*. Upoznavanje s Marijom mora da je bilo sudbonosno ako je bio švorc, kao što je Agata rekla. Na osnovu onog što sam video večeras i Džoninog očiglednog zanimanja za druge žene, bilo bi mu bolje da obuzda svoje strasti ako je želeo da zadrži zlatnu koku. A ako je Agata bila u pravu, sigurno bi mu pomoglo i da smanji unos alkohola.

U tom trenutku stigli smo do trpezarije i morali smo da se razdvojimo i sednemo na mesta u skladu s karticama sa imenima – koje je sigurno spremila Milisent – i obreo sam se blizu čela stola, između Marije Mur i Kanađanke Rejčel.

Na suprotnom kraju su se nalazile dve prazne stolice, a Marija je objasnila da čekaju poslednju učesnicu kursa i njenog partnera, koji su kasnili i stići će tokom večeri. Dolazili su iz Amerike i izgleda da je bilo nekih problema s njihovim letom. Kako je zvučalo, osim Amerikanca koji je kasnio, na kursu će biti još svega dva muškarca, a ja sam ih upoznao obojicu. Kanađanin Vil i Gavin s BMW-om izgledali su mi izuzetno normalno. Seo sam da večeram sa obnovljenim optimizmom. Možda sve bude u redu.

Obrok je bio sjajan. Počeo je izborom tradicionalnih toskanskih predjela uključujući bruskete: komade belog hleba prekrivene raskošnim seckanim paradajzom prelivenim gustim zelenim maslinovim uljem. Uz to je poslužena ručno sečena kuvana šunka i dinja narandžastog mesa iz vrta. Iznenada sam shvatio koliko sam gladan nakon šolje čaja i *kit-keta* koje sam pojeo u avionu, i prionuo sam na jelo. Zatim su izneli panzanelu: salatu od mešavine paradajza, krastavca, luka i, kako mi je Marija rekla, bajatog hleba, prelivenu maslinovim uljem i vinskim sirćetom. Bila je hladna i prijatno osvežavajuća. Glavno jelo je bila pečena jagnjetina s kockicama prženog krompira s ruzmarinom. Na kraju nam je Antonio poslužio voćnu salatu od breskvi, kajsija, jagoda i drugog voća iz vrta vile, uz ukusne male puslice i raskošan sladoled od vanile koji je delovao kao domaći. Bio je to sjajan obrok i morao sam da priznam da će, čak i ako kurs bude truba, naredne dve nedelje biti vrlo zadovoljavajuće gastronomsko iskustvo.

Podsetio sam sebe: ako budem jeo ovako svakog dana, moraću ponovo da počnem da trčim.

Pili smo lokalno crno i belo vino. Probao sam oba – da ne uvredim domaćine, ili sam makar sebe ubedio u to – i oba su bila dobra, ali odlučio sam da se držim crnog. Kako je vreme prolazilo, video sam da je Džona popio dosta vina i postao još pričljiviji. Saznali smo od njega da penušavo vino koje smo pili nije proseko nego lokalni penušac koji je pravio jedan „čovečuljak" preko brda. U stvari, uskoro se ispostavilo da je gotovo sve na stolu bilo ili iz njihovog vrta ili nabavljeno u okolini vile. Triša bi sigurno bila zadovoljna – totalno je bila u fazonu održive ishrane – mada, budući veganka, ne bi mogla da uživa u mesu.

Razgovarao sam s Marijom i Rejčel. Marija je bila vrlo ljubazna i pažljiva domaćica i ispričala mi je istoriju imanja. Kad je čula da pišem knjigu smeštenu u doba renesanse, ljubazno mi je obećala da će mi pokazati vilu i neke ostatke iz srednjeg veka i kasnijeg perioda koji se tu mogu pronaći. Kanađanka Rejčel je bila mnogo ćutljivija osoba, ali opustila se nakon čaše crnog vina i uskoro nam je pričala o životu u Vankuveru, gde su ona i Vil živeli i radili. Bila je zaposlena u državnoj upravi, u nekoj vladinoj kancelariji, ali želela je da se proslavi kao književnica. Po načinu na koji je govorila, zvučalo je kao da se raduje što će naučiti da piše erotiku, i poželeo sam joj sreću.

Na kraju obroka, Džona je ustao – pridržavajući se za ivicu stola – i dobroćudno nazdravio svojim gostima polupunom čašom crnog vina. Ruka mu nije bila previše mirna i nadao sam se da neće proliti vino na Mariju ili Agatu, koje su sedele kraj njega.

– Prijatelji, želim da vam se zahvalim što ste došli i da vam poželim uspeh. Nadam se da će vam ovaj kurs pomoći u vašim nastojanjima i da ću uskoro čitati bestselere koje ste napisali. – Zamalo je podrignuo. – Nema ničeg boljeg od pisanja bestselera, verujte mi na reč. Bićete zadovoljni ako uradite sve kako treba. Osvajanje prestižne nagrade kao što je *Srebrni bodež*... – Pokazao je čašom prema kaminu, i Agata i Marija su se sa strepnjom ukočile dok je vinska čaša zlokobno lebdela iznad njih. Na istaknutom mestu iznad ognjišta nalazio se bodež na drvenom postolju. – Dobijanje takve globalne nagrade može da vam promeni život. Promenilo je moj. – Vinska čaša je sad neodređeno pokazivala po sobi, kao da ukazuje na to da je ta vila bila njegova nagrada, ali nakon razgovora sa Agatom znao sam da nije tako.

Prinoseći čašu usnama – srećom bez prosipanja – Džona je ispio ostatak vina i nesigurno krenuo da obilazi sto, želeći laku noć gostima. Taj obilazak je podrazumevao previše prisne dodire gole kože mlađih žena, a kad se vratio do svoje supruge, video sam da se trgla. I dok je to radila, video sam na batlerovom licu izraz koji ne bih očekivao od tako bezizražajnog sluge. Izgledalo je da mogu Antonija da dodam na spisak ljudi kojima Džona Mur nije previše omiljen. Naizgled nesvestan neodobravanja oko sebe, Džona se okrenuo ka svojoj sestri, koja je nervozno stajala kraj njega. – A sad, Milisent, mislim da ću otići na počinak.

Oteturao se, ostavljajući me da razmišljam kako je čudno što je objavio svoje namere sestri umesto supruzi. Način na koji je gotovo pobegla od njega naveo me je da se zapitam da li je Džonino opijanje dovelo do fizičkog zlostavljanja. Nadao sam se da nije.

Video sam dovoljno zlostavljanih supruga u svoje vreme, i stekao sam jako i trajno gađenje prema muškarcima koji to rade. Što se tiče porodica, ova nije bila toliko skladna koliko je mogla da bude... Reč „disfunkcionalna" mi je pala na pamet. Dodatno razmišljanje prekinula je Milisent gromoglasnom najavom dostojnom Dučea. U svojoj punoj visini od metar i pedeset, obratila nam se kao da smo nemirni školarci.

– Doručak je od osam do devet. Kurs će se održavati u sali za sastanke malo dalje niz hodnik. Predavanja počinju u devet i trideset... tačno! Laku noć. – Nije dodala „voljno", ali kao da jeste.

Svi smo ustali i pridružili se grupici ljudi kraj kamina, da pogledamo „prestižnu" nagradu. – Drška je verovatno bila srebrna, ali sečivo, dugo gotovo tridesetak centimetara, bilo je napravljeno od blistavog čelika i očigledno je redovno glancano... To je verovatno radio lično Džona. Metalna pločica na drvenoj osnovi označavala je da je nagradu Džoni Muru dodelila *Međunarodna konfederacija pisaca krimića* pre petnaest godina. Nikad nisam čuo za tu organizaciju i rešio sam da se raspitam, ali Agata me je poštedela truda.

– Pre nego što počnete da zamišljate svašta, to nije ono što mislite da jeste. To nije jedan od bodeža *Udruženja pisaca krimića*... to stvarno *jeste* prestižna nagrada. Ova organizacija je sitna riba u poređenju s njima.

Nekako nisam bio iznenađen. Što sam više slušao o Džoni, to sam više mislio da je njegova slavna karijera izmišljotina podjednako kao zapleti njegovih knjiga.

Kad su se ljudi razišli, pogledao sam na sat i video da je tek prošlo deset – a to je u Velikoj Britaniji bilo tek devet – i odlučio sam da se prošetam po vrtu pre spavanja. Poželeo sam svima laku noć i krenuo ka ulaznim vratima. Kad sam stigao tamo, oklevao sam, pitajući se da li će biti zaključana kad se budem vraćao. Odlučio sam da je dobra ideja da prvo pitam Antonija. Bilo bi sramotno da ostanem i poljubim vrata.

– Mogu li vam pomoći, gospodine?

– Zaboga! – Okrenuo sam se i zatekao mrtvačko Antoniovo lice na pola metra od svog. – Nasmrt ste me preplašili. Nisam vas čuo.

– Izvinite ako sam vas uplašio, gospodine.

Pribrao sam se. – U redu je, hvala, Antonio, i zovem se Den.

– Da, gospodine.

Odlučio sam da ne radim uzaludan posao. – Pitao sam se da li je u redu ako odem u šetnju. Nećete zaključati vrata, zar ne?

– Naravno da nećemo, gospodine. Još čekamo poslednja dva učesnika kursa, ali ako vam je potrebna pomoć, uvek možete da me pozovete. – Izrecitovao je svoj broj telefona i uneo sam ga u svoj telefon, trudeći se da se ne osmehnem. Morao sam da pomislim kako je neobično videti Drakulu s mobilnim telefonom. Kratak poziv u grobnicu, s rečima: „Izvinite što vas uznemiravam, grofe Drakulo, ali ispred je besna rulja s vilama" – izmenio bi drastično mnoge horore koje sam pogledao.

Noć je pala i temperatura se spustila za nekoliko stepeni. Pirkao je vetrić i vazduh je bio svežiji. Duboko sam udahnuo, uživajući u šetnji na otvorenom, i tek što sam stigao do parkinga čuo sam pucketanje šljunka i velika crna prilika stvorila se kraj mene, mašući repom. Sagnuo sam se i pomazio labradora iza ušiju, koje su sad bile potpuno suve.

– Zdravo, Oskare. I ti želiš u šetnju?

Gurnuo me je hladnom, vlažnom njuškom i nas dvojica smo krenuli kroz šumarak i niz prilaz, prema maslinjaku. Mada mesec nije bio izašao, nebo je bilo kristalno vedro i odsjaj miliona zvezda osvetljavao je beli šljunak dovoljno dobro da mogu da hodam bez teškoća. Dole ispod nas, treperila su svetla gradića Montevolpone, a narandžast odsjaj u daljini govorio je o blizini nekog velikog grada, za koji sam sad znao da je Firenca. Noć je bila divna i uživao sam u šetnji, kao i u društvu psa, koji je uglavnom veselo kaskao ispred mene, ali se povremeno vraćao da mi onjuši šaku. Bilo je lepo imati prijatno društvo, za promenu.

Dok smo hodali, vario sam ne samo večeru nego i prve utiske o ljudima u vili. Naš slavni vođa izgleda da nije bio baš najsavršeniji muž i bio je previše pun sebe – i crnog vina – za moj ukus. Mada, nije tu bilo ničeg novog: nailazio sam mnogo puta na ljude nalik Džoni, počevši od O'Flaertija, mog bivšeg načelnika u londonskoj policiji. On je, kao i naš književni mentor, bio previše obuzet sobom i prezirao je sve ostale. A Džona je voleo da pije. Ako je Agata bila u pravu da je on na putu ka alkoholizmu, ili već možda blizu njegovog kraja, to nije bio dobar znak za njega niti njegov brak.

Osim toga, ostali ljudi su izgledali ljubazno, a čak je i jezivi batler uspeo da se osmehne, mada očigledno nije odobravao ponašanje svog gospodara prema supruzi. Džonina sestra, Milisent, sigurno nije bila previše vesela osoba. Marija Mur je bila vrlo ljubazna s obzirom na to koliko je život s Džonom verovatno bio težak, a ostali su bili prijatni. Pre svega, osećao sam veliko olakšanje što su ostali polaznici bili iznenađujuće normalni.

Agata se izgleda nametnula kao vođa grupe, i bilo mi je drago zbog toga. Riđokosa Šarlot, posebno, čak je uspela fizički da mi se svidi, na šta ću morati da se naviknem. Razmišljanje o njoj me je, ponovo, podsetilo na Helen i zapitao sam se gde će moja supruga provesti narednih nekoliko dana – i s kim. Od raskida nisam bio ni blizu neke druge žene, ali nisam znao šta ona radi. Da li je pronašla nekog drugog? Triša možda zna nešto, ali nisam mogao da pitam ćerku o ljubavnom životu njene majke, zar ne?

Razmišljanje mi je prekinuo zvuk motora i svetlost farova koji su išli šljunčanim prilazom prema nama. Brzo sam pozvao Oskara, koji je dotrčao nazad i nas dvojica smo se sklonili s prilaza na usku stazu koja vodi do maslinjaka, da bismo propustili automobil. Prošao je kraj nas bez usporavanja i verovatno ne primetivši nas, i pas i ja smo neizbežno progutali oblak podignute prašine. Želeći da se sklonimo od prašine, Oskar i ja smo potrčali stazom i uskoro sam se vratio među čemprese oko vile. Približavali smo se parkingu kad sam čuo zatvaranje vrata automobila i instinktivno sam zategao Oskarovu ogrlicu, za slučaj da kola ponovo krenu. Zatim sam čuo glas neke Amerikanke.

– Majki, ne mogu da pronađem naočari za sunce. – Zvučala je pomalo cmizdravo.

– Samo ih ostavi, Džen. Možemo da ih potražimo sutra. – Zvučao je umorno i iznervirano. – I zaboga, pokušaj da zapamtiš da ovde nisam Majki. Ja sam Martin. Martin, jasno?

– Dobro, Majk... Martine, jasno mi je.

– Bolje bi ti bilo.

Njihova stopala su drobila šljunak dok su išli stazom do vile, ali sačekao sam s psom dok nisu stigli do ulaznih vrata i nestali unutra pre nego što sam pustio Oskarovu ogrlicu. Majki? Martin? Zvučalo je kao da polaznici koji kasne imaju neke tajne. Pustio sam pseću ogrlicu i pogledao psa.

– Izgleda da će naredne nedelje možda biti zanimljivije nego što sam mislio.

Olizao mi je šaku u odgovor.

3.

Ponedeljak

Spavao sam kao klada. Noć je bila topla i bio sam pokriven samo jednim čaršavom, kraj otvorenog prozora. Probudio sam se u ponedeljak ujutro osećajući olakšanje jer me nisu mučili komarci i ostali dosadni insekti. Kad sam pogledao na sat, video sam da je još rano i odlučio sam da trčim pre doručka. Uvek sam se trudio da budem u formi, i od odlaska u penziju redovno sam išao u vežbaonicu – pre svega zbog društva, da budem iskren.

Baš kad sam izašao iz sobe, čuo sam zvuk zatvaranja vrata malo dalje u hodniku, i kad sam pogledao, video sam Kanađanina Vila. Po njegovoj odeći, izgleda da je imao istu ideju. Mahnuo mi je rukom.

– Zdravo, Dene. I vi idete na trčanje? Želite li društvo?

Vil je izgledao kao da je najmanje petnaest, možda dvadeset godina mlađi od mene, tako da sam odlučio da brzo smislim izgovor.

– Voleo bih, ali ovih dana više trčkaram, pa ako želite da trčite brzo, ne morate da me čekate.

– Trčkaranje je dobro. Samo mi je potrebno malo svežeg vazduha pošto sam proveo sedam sati u avionu.

– Šta je s vašom sestrom? Ona ne ide?

– Sumnjam, ali nikad se ne zna. Ako liči na mene, verovatno oseća posledice leta i želi da spava što duže.

Predvorje u prizemlju bilo je prazno, ali ulazna vrata su bila otključana, tako da smo izašli i potrčali. Jutros nije bilo ni traga labradoru, i osetih prilično razočaranje. Vil je rekao da može da trči bilo gde, pa sam ga odveo niz prilaz, ali ovoga puta sam, kad smo izašli iz šumarka, skrenuo levo na drugu stazu, koju sam uočio sinoć, i uskoro smo trčkarali između dva lepa kamena zida s maslinjakom na jednoj, a lepo održavanim vinogradom na drugoj strani. Staza se stalno pela, ali nije bila strma, i bio sam zadovoljan, a u sebi sam osećao olakšanje, što mogu da držim korak s Vilom i razgovaram bez dahtanja.

Vil se raspitivao čime se bavim i upravo sam mu rekao da sam u penziji. Tokom godina sam naučio da pominjanje rada u policiji može dovesti do neprijatnih razgovora. Vil je bio podjednako neodređen i samo je rekao da je državni službenik koji radi za kanadsku vladu, a meni je to bilo dovoljno. Sporazumno smo počeli da razgovaramo o vremenu, vili i onom što smo očekivali od kursa. Brzo se ispostavilo da Vil ne deli sestrino zanimanje za pisanje erotike i priznao je da je došao samo da joj pravi društvo. Osetio sam olakšanje kad sam to čuo. Smetala mi je ideja da brat i sestra pišu zajedno pornografiju.

Bilo nam je potrebno dvadeset minuta da stignemo do vrha brežuljka, odakle smo gledali pravo preko vile i njenih vrtova do sela Montevolpone i brežuljaka iza. Zastali smo tu da se odmorimo i divili smo se pogledu. U relativnoj svežini jutra, vazduh je bio mnogo čistiji i Firenca je izgledala divno u daljini. Ogromna kupola duoma i Đotov zvonik kraj nje bili su prepoznatljivi. Iza su se nalazile tamne šumovite padine Apenina, a s leve strane, protežući se zapadno ka udaljenom moru, bile su blatnjave vode reke Arno. Bio je ovo gotovo nenadmašan pogled.

Pogledao sam Vila, koji jedva da se znojio, dok sam ja bio obliven znojem. Taj tip je bio u formi, to je bilo jasno. Podsetio sam sebe da je on i mlađi, a ja sam stario. Shvatanje da mlađi ljudi mogu da rade neke stvari bolje i brže od mene bilo je jedan od razloga što sam otišao u prevremenu penziju; to i želja da se udaljim od načelnika O'Flaertija. Mada, da budem potpuno iskren, glavni razlog je bila nada da će ta promena u mom životu navesti Helen da preispita odluku o razdvajanju. Mislio sam da će se možda predomisliti kad bude shvatila da više nije udata za policajca. Ali zasad to nije upalilo, i prema načinu na koji su se stvari odvijale sledeći korak verovatno će biti razvod, a užasavao sam se konačnosti toga. Prvih dvadeset godina našeg braka bilo je tako dobro, ali polako i neizostavno ona se promenila, ili sam se možda ja promenio... sve zbog mog posla. Sad je izgledalo kao da nisam izgubio samo posao koji sam voleo nego i ženu koju sam voleo trideset godina. Izbacujući Heleninu sliku iz glave, pogledao sam u Kanađanina.

– Jeste li ranije bili u Toskani?

Vil je odmahnuo glavom. – Jok, prvi put sam ovde. To mora da je Firenca, zar ne?

– Ni ja nisam ranije bio ovde, ali da, to mora da je Firenca. Marija mi je rekla sinoć. – Istrtljao sam nazive nekoliko poznatih mesta ispred nas, koja sam zapamtio iz istraživanja za svoju knjigu. – U narednim danima nameravam da odem tamo i obiđem grad.

– Agata mi je rekla da će kasnije ove nedelje biti organizovan obilazak Firence, kao deo kursa. Izgleda da je Marija stručnjak za toskansku istoriju i radi kao turistički vodič. Sigurno ću otići.

To mi je zvučalo dobro, mada sam već bio odlučio da samostalno idem u obilaske. U stvari, kao što sam rekao Triši, mislio sam da odem do grada sutra ili prekosutra. Tako ću moći da obiđem sva mesta sa svog spiska, od velikih imena kao što su most Vekio do manje poznatih crkava, muzeja i drugih zgrada koje su mi potrebne za knjigu. Dosad sam pisao uz pomoć vodiča i *Gugl erta*, ali naravno da je najbolje videti nešto uživo.

Kad smo se vratili do vile već je bilo prošlo osam, tako da sam požurio da se istuširam. Stajao sam pod mlazom jedva mlake vode – to je bio moj izbor, a ne problem s instalacijama – razmišljajući o nekoliko stvari koje su me zbunjivale. Prvo, mada je Vil tvrdio da je Kanađanin, nije imao kanadski naglasak. Proveo sam tri meseca na razmeni u Kraljevskoj kanadskoj konjičkoj policiji pre deset godina, i navikao sam se na neobičan način na koji Kanađani izgovaraju slovo o, potpuno drugačije od ljudi iz SAD. I drugo, Vil je govorio o sedmočasovnom letu, a let od Vankuvera do Londona obično traje dvanaest sati.

Dok sam razmišljao o tome, gotovo sam čuo Helenin glas kako me ogorčeno kritikuje: *Jednostavno ne možeš da prihvatiš ljude onakve kakvi su, zar ne? Uvek postavljaš pitanja, pitanja, pitanja. A radiš to i sa mnom.*

Verovatno je bila u pravu.

Vil i ja smo poslednji sišli na doručak i on je upravo uzeo šolju kafe pre nego što je ponovo otišao na sprat, ostavljajući me na jednoj strani stola, dijagonalno od Marije Mur na drugoj. Izgledala je umorno, ali kad je primetila moj pogled, obodrila se.

– Da li ste dobro spavali, Dene?

– Kao klada, hvala na pitanju.

Uspeo sam da se uzdržim da je ne upitam zašto ona izgleda kao da nije nimalo spavala, i usredsredio sam se na odličnu svežu voćnu salatu. Antonio je došao iz kuhinje noseći poslužavnik s palačinkama i pokazao mi je da mu ne promiče mnogo toga.

– Dobro jutro, gospodine. Da li ste uživali u trčanju?

– Vil i ja smo sjajno trčali, hvala. Da li ste i vi bili napolju? – Mada bi se njegova svetla put verovatno istopila na jakom suncu.

– Ne, gospodine, ali stalno jednim okom motrim na prozore. Uglavnom vidim sve što se događa ovde.

U tom trenutku nas je prekinuo Džona, zakrvavljenih očiju i namrštenog lica. Uleteo je u trpezariju i primetio sam kako se njegova supruga ponovo instinktivno trgla, ali uskoro se ispostavilo da Džonu nervira nešto drugo, ili bolje rečeno, neko drugi.

– Znaš li šta je onaj prokleti pas uradio? – Ne čekajući da neko od nas odgovori, nastavio je. – Pojeo je ostatak slanine.

Antonio je izgledao zgranuto. – Ali kako se to dogodilo, gospodine?

– Kuvarica je spustila na sto tanjir sveže ispržene slanine, i taj prokleti pas se propeo na zadnje noge i proždrao sve dok ona nije gledala. – Besno je frknuo. – Ne znam šta me je spopalo da nabavim psa.

– To je lep pas, Džona. – Čuo sam kako se Marija trudi da ga smiri. – Samo je miris te slanine bio previše izazovan.

– Trebalo bi da ga izvedem i upucam.

To je zvučalo preterano i odlučio sam da pokušam i malo smirim situaciju. – To je možda pomalo preterano. I dalje je mlad, zar ne? Naučiće.

Džona je okrenuo pogled prema meni i video sam otvoreno neprijateljstvo koje sam video mnogo puta kod kriminalaca koje sam priveo pravdi. – Mislite da nisam pokušao? Zašto vi ne pokušate kad ste tako prokleto pametni?

– Džona!

Marija je pružila ruku i uhvatila ga za rukav, pokušavajući da ga upozori na ponašanje. Osetivši njen dodir, Džona je odmah neprijateljstvo usmerio prema njoj, nasilno joj je odgurnuo ruku i pritom je uspeo da zakači tanjir s palačinkama u Antoniovim rukama i pošalje ih na sve strane. Jedna je uspela da se obmota oko Džoninog levog uva i njegovo već crveno lice postalo je tamnocrveno.

– Zaboga... – I otišao je sav besan, zalupivši vrata za sobom.

Marija se okrenula prema meni, osmehujući se kao da se izvinjava. – Morate da oprostite Džoni, Dene. U poslednje vreme je pod velikim pritiskom. Sigurna sam da će se smiriti i doći da vam se izvini. Nabavili smo Oskara pre nekoliko meseci i još ga dresiramo.

– Ne brinite zbog mene. Samo mi je žao psa. Džona ne bi išao toliko daleko da ga ubije, zar ne?

– Sigurna sam da ne bi. – Uprkos tim rečima, Marija nije izgledala uvereno.

– Da li ima pištolj? Možda bi bilo pametno videti da li je na bezbednom mestu, ako ga ima.

– Naravno. Sad uživajte u doručku. Moram da razgovaram sa Serenom o prepodnevnom predavanju.

Primetio sam da nije odgovorila na moje pitanje o pištolju. Nakon što je otišla pogledao sam Antonija, koji je još čučao, skupljajući razbacane palačinke i komade slomljenog tanjira. – Ne bi upucao Oskara, zar ne, Antonio?

– Iskreno se nadam da ne bi.

– Ima li pištolj?

Oklevao je na tren. – Verujem da ima pištolj, gospodine, ali siguran sam da ga neće upotrebiti.

– Pištolj? Molim vas, recite mi da je bezbedno zaključan. – Pitao sam se da li Džona ima dozvolu za pištolj. U Velikoj Britaniji se neverovatno teško dobijaju. Pomisao na alkoholičara s pištoljem bila je neprijatna, i na trenutak sam ozbiljno razmišljao da preduzmem nešto, ali onda sam podsetio sebe – kao što bi moja supruga sigurno uradila – da više nisam policajac.

Antonio je i dalje izgledao smrtno ozbiljno. – Stvarno ne bih znao, gospodine, ali verujem da je tako.

– Pa, pokušaćete da držite Oskara podalje od gazde, zar ne? On je dobar pas.

– Iako vas je gurnuo u bazen? – Antonio je ustao i uočio sam naznaku osmejka na njegovom bledom licu.

– Stvarno vam ništa ne promiče, zar ne? Da, i dalje mislim da je dobar pas uprkos jučerašnjoj nezgodi. Sigurno ne bih voleo da mu se nešto dogodi. – Pogledao sam batlera u oči. – A ne bih voleo ni da se nešto dogodi Mariji.

Osmeh je odmah nestao s njegovog lica.

Prvo predavanje počelo je tek u devet i četrdeset pet. Srećom, Serena je bila tu, a Milisent (poznata kao direktorka škole) nije bila tu da beleži kašnjenja. Verovatno bi naterala one koji su zakasnili da izađu u dvorište i streljala bi ih. Serena je danas bila odevena u još jednu egzotičnu haljinu, a narukvice na zglavku su joj zveckale kad pomera ruke. Gavin se, uz izvinjenje, pojavio u devet i trideset pet, ali Dženifer, novopridošla Amerikanka, pojavila se deset minuta kasnije. Nije bilo ni traga od njenog pratioca, Martina ili Majkija ili kako god da se zvao, ali ispostavilo se da on, kao ni Gavinova Emili, nije bio polaznik kursa i samo je došao da joj pravi društvo. I tako smo, napokon, svi bili tu, a niko nije bio u prljavom mantilu.

Serena nas je pozdravila i zamolila svakog od nas da se predstavi i kaže nešto o svojoj dosadašnjoj književnoj karijeri. U većini slučajeva ona je bila nepostojeća, mada je Agata tvrdila da je objavila tri knjige, a Elejn je bila neodređena o svojim erotskim delima, mada je Agata sinoć pričala da ih je objavila dosta. Inače, svi su bili usred pisanja erotskih dela, kao Dajana, profesorka istorije, ili su pisali neki drugi žanr, kao Gavin i ja... ili je tek trebalo da počnu, kao Šarlot, Kanađanka Rejčel i njen brat, i Dženifer. Iznenadio sam se kad sam saznao da, uprkos sumnjama, počinjem da uživam i vreme mi je prošlo neočekivano brzo. Bio sam iskreno iznenađen kad je počela pauza za kafu i svi smo izašli na terasu kroz balkonska vrata.

Stajao sam kraj Dženifer – „Zovite me Džen" – kad se njen pratilac pridružio grupi. Bio je to krupan muškarac, star pedesetak godina, što je značilo da je dvostruko stariji od nje. Kad kažem krupan, ne mislim debeo. Na osnovu širokih pleća i šaka kao u gorile, dalo se zaključiti da je to snažan i grub tip. Predstavio se kao Martin i rukovao se srdačno sa svima, pre nego što je strastveno zagrlio i poljubio Džen. Što se nje tiče, izgledala je zadovoljno što ga vidi, te su moje sumnje zbog njihove razlike u godinama počele da blede. Očigledno njima to nije smetalo. Helen je bila svega tri godine mlađa od mene, mada nas to nije sprečilo da se rastanemo.

Dok sam pio kafu, gledao sam ga i učinio mi se poznatim; nisam poznavao tog čoveka, ali nekako sam prepoznao tip. Danas se očigledno trudio da se ponaša lepo, ali tokom godina u policiji, razvio sam prilično dobar osećaj da prepoznam ono što smo kolege i ja obično nazivali „zlikovcima". Nešto mi je govorilo da Martin/ Majki verovatno nije takva dobričina kao što se trudio da izgleda.

Ipak, sve dok se lepo ponaša ovde, kakve to veze ima sa mnom? Kao što sam stalno morao da podsećam sebe, više nisam bio glavni inspektor Armstrong iz londonske policije. Sviđalo mi se to ili ne, bio sam u penziji i zadatak održavanja zakona i reda bio je tuđ problem. Ne moj. To poglavlje mog života se završilo i, koliko god potajno žalio što više nisam uključen u uzbudljive potere i odmeravanje pameti s kriminalcima, znao sam da moram da prihvatim stvarnost. Šta je bilo – bilo je, i sad sam bivši detektiv i ne smem da zaboravim to.

Pauza se završila tačno u jedanaest i pozvani smo da uđemo. Bio sam na začelju i Marija me je uhvatila za ruku i zadržala je na nekoliko trenutaka. – Kad smo juče razgovarali, obećala sam da ću vam pokazati vilu. Ima nekoliko istorijskih zanimljivosti koje bi vam mogle koristiti u pisanju.

– To bi bilo divno, hvala. Kad god vam odgovara.

– Pa, šta kažete na danas po podne? Negde oko tri?

Marija me je čekala u predvorju u tri sata, po dogovoru, i odvela me je do kuhinje, gde me je Oskar oduševljeno pozdravio, istrčavši iz pletene korpe kraj starog ognjišta, mada je Marija, zbog alergije, ostala po strani. Kako smo bili sami u kuhinji, odlučio sam da je pitam zašto su nabavili psa. Marija je tužno odmahnula glavom.

– Bojim se da Džona ume da bude pomalo nagao. Labradorka jednog prijatelja se oštenila i pomislio je da je dobra ideja da imamo psa čuvara.

– Nisam znao da su labradori dobri čuvari.

Marija se osmehnula. – Nisu... ili bar ovaj nije. Suviše je prijateljski raspoložen prema većini ljudi da bi bio dobar pas čuvar, mada ima ljudi koje ne voli. Naš poštar je divna osoba, ali Oskar laje kao lud svaki put kad ga vidi. Isto se odnosi na prvog komšiju i vozače dostavnih vozila, ali možete se kladiti da bi nekog provalnika lizao do smrti.

– Zašto vam je bio potreban pas čuvar? Zidovi ove kuće su debeli pola metra.

Osmeh joj je nestao s lica i pogledala je oko sebe gotovo bojažljivo pre nego što je odgovorila. – Džona je u poslednje vreme pod velikim pritiskom i, iskreno, možda je pomalo paranoičan. – Glas joj je bio tek malo glasniji od šapata. – U svakom slučaju, mnogo ga volim, ali ne mogu da mu se približim.

Odlučio sam da je malo oraspoložim. – Da li govorite o Oskaru ili Džoni?

– O psu, naravno, zbog alergije. – Oklevala je. – A ponekad i o Džoni.

Odmah je promenila temu, ali ova neoprezna izjava samo je poslužila da ojača moj utisak o njihovoj vezi. Bilo je očigledno da nije sve sjajno u porodici Mur.

Marija me je, u međuvremenu, odvela preko prostorije s visokom tavanicom do ognjišta i pokazala datum uklesan na gornjoj gredi. – Hiljadu petsto šezdeset četvrta... znate li zbog čega je značajan taj datum?

Na trenutak sam razmišljao pre nego što sam priznao poraz. – Neka bitka, možda?

– To je godina Mikelanđelove smrti. Neki kažu da to označava kraj renesanse, mada drugi tvrde da je trajala još neko vreme.

– Dakle, ova vila potiče iz renesanse?

– Da, ali izgrađena je na temelju starije srednjovekovne zgrade. Od nje nije ostalo mnogo osim podruma. Dođite i recite mi šta mislite, ovuda. – Marija je pokazala na niska lučna vrata u jednom uglu sobe i uzela je jedan dugačak ključ sa eksera na zidu kraj vrata. Okrenula je ključ u bravi i gurnula vrata, koja su se otvorila uz jezivu škripu. Mahnula je psu prstom. – Ne, Oskare, ti ćeš ostati ovde. Psi ne smeju u podrum. Dene, čuvajte glavu. Mnogo ste viši od ljudi koji su živeli u to vreme.

Od srednjovekovnog perioda neko je bio dovoljno ljubazan da postavi električne sijalice i sledio sam Mariju niz uske kamene stepenice do podruma s niskom zasvođenom tavanicom. Na zidovima prve prostorije nalazile su se police pune vinskih boca, a na podu se nalazilo desetak velikih, okruglih, slamom prekrivenih staklenih balona, u kojima se nalazilo još vina. Bilo je očigledno da bi svi stanovnici vile, ne samo Džona, mogli da odluče da piju do smrti, i imali bi više nego dovoljno vina da uspeju u tome.

– Tamo se nalaze još tri prostorije. – Marija je pokazala prema još jednom niskom prolazu. – Nisam ljubiteljka paukova, tako da ću vas pustiti da pogledate sami.

Ni ja nisam oduševljen paukovima, ali radoznalost je pobedila. Srećom, električno svetlo je postojalo i u narednim prostorijama i mogao sam da se krećem prilično lako i zaobiđem desetak paukovih mreža. Gledao sam oko sebe kad sam čuo Marijin glas iza.

– Pogledajte možete li da uočite tajni prolaz.

Zainteresovan, pažljivo sam pogledao zidove ali nisam video ništa osim kamena i još paukova. Jedan od njih je imao posebno zlokobne žuto-smeđe pruge i bio je veličine šljive, i gledao me je pakosno gotovo svakim od osam očiju. Zaključio sam da tajni prolaz, ako se nalazi iza tog pauka, slobodno može da ostane skriven.

Kad sam se na kraju vratio u prvu prostoriju, zatražio sam još informacija. – Nisam video naznaku nikakvog tajnog prolaza. Gde je i kuda vodi?

Marija se nasmejala. – Nemamo pojma. Legenda kaže da postoji najmanje jedan tajni prolaz, ali nismo uspeli da ga pronađemo...

mada, da budem iskrena, nismo se previše ni trudili. Jasno je da su ti podrumi stariji od vile nekoliko stotina godina, tako da tu možda ima neke istine, ali ko zna? Možda su to nekad bile tamnice.

Popeli smo se stepenicama i izašli s psom na sporedni izlaz do dvorišta popločanog ciglama, a tu se nalazila jedna zgrada koja je ličila na staru štalu. Kraj suprotnog zida dvorišta nalazilo se spektakularno delo srednjovekovne umetnosti. To je očigledno bila fontana, ali daleko od jednostavne i funkcionalne. Izrezbareni polukružni mermerni žleb dobijao je vodu iz bakarne cevi koja je virila iz otvorenih usta neverovatno realnog lisičjeg lica, a iza su se nalazile precizno izrezbarene isprepletene grančice i grane. Izgledalo je sjajno. Žubor tekuće vode odjekivao je po dvorištu i gledao sam Oskara koji odlazi tamo, propinje se na zadnje noge – bez sumnje je tako ukrao i slaninu – da se napije. Ponovo sam pogledao Mariju.

– Lisičija glava je odabrana verovatno zato što se grad zove Montevolpone, lisičja planina, velika lisica.

– Tako je, i nikad ne presuši. Poslali smo vodu na analizu, i to je pijaća voda sjajnog kvaliteta. Znali su šta rade kad su sagradili vilu ovde. Na fontani nema datuma, ali stručnjaci su okvirno odredili da potiče iz trinaestog veka, jer je slična krstionici u crkvi na glavnom trgu u Montevolponeu. Postoji još jedna slična u jednoj crkvici u Firenci. Podsetite me, kad budemo prekosutra išli na izlet, da vam je pokažem.

– Hvala, to mi zvuči sjajno. Mislim da ću odmah otići pešice do Montevolponea. Vežba će mi koristiti. – Pogledao sam psa, koji je sedeo, dokono češući uvo zadnjom šapom. – Da li Oskar želi da pođe sa mnom?

– Sigurna sam da bi voleo. Sačekajte i doneću vam povodac.

Oskar i ja smo krenuli ubrzo zatim i stigli smo do gradića za manje od pola sata. Kad smo sišli sa šljunčanog prilaza i izašli na put, zakačio sam povodac za njegovu ogrlicu i usledila je kratka borba za prevlast sve dok Oskar nije dobio ideju da treba da mi iščupa ruku iz ramena i zadavi sebe pritom. Bilo je potrebno nekoliko stotina metara, ali na kraju smo postigli zadovoljavajući kompromis: sve dok mu dozvolim da povremeno zastane i obeleži svoju teritoriju, Oskar je pristajao da poslušno hoda kraj mene. Mada je sve palo u vodu kad je uočio jednu od lokalnih mačaka i gotovo sam pao na nos.

Tek kad smo stigli do glavnog trga shvatio sam svoju grešku: naravno, nisam mogao da uvedem psa u crkvu, a Oskar nije voleo da bude vezan. Pokušao sam to nekoliko puta ranije, ali pre nego što sam ušao u crkvu, labrador je počeo tužno da cvili i morao sam da odustanem od ideje da vidim krstionicu. Umesto toga, Oskar i ja smo hodali uskim ulicama *centro storico*. Bile su izgrađene kružno oko crkve, gotovo kao puževa kućica. Verovatno je to bilo zbog odbrane u nemirna srednjovekovna vremena, kad su sukobi bili česti u ovom delu Italije.

Na kraju smo izašli iz puževe kućice na jednu prometnu ulicu s mnogo šarmantnih starinskih prodavnica kao što su piljare, mesare i gvožđare, bez ijednog supermarketa, prodavnice jeftine robe ili brze hrane. Bilo je to kao povratak u prošlost, i odmah sam zavoleo to mesto. Triša bi sigurno bila zadovoljna. Malo kasnije sam se oduševio kad sam video jedan mali trg s kafićem i letnjom baštom na kaldrmi, gde smo pas i ja rado seli u senku jednog izbledelog suncobrana s reklamom za fantu.

Nekoliko trenutaka kasnije došao je konobar da me pita šta želim, i zastao je da proćaska. Koliko sam video, bio sam jedina mušterija, tako da mu je verovatno bilo dosadno. Što se mene tiče, bio sam oduševljen prilikom da vežbam italijanski. Razgovor je ubrzo skrenuo na vilu i kurs pisanja. Barista, koji je bio i vlasnik, nije znao ništa o kursu pisanja, a ja sigurno nisam nameravao da mu pričam da je za pisce erotskih romana, ali uskoro se ispostavilo da zna za vilu i njene stanovnike.

– Vila je u porodici Kampeze generacijama. Marija je bila jedinica i nasledila je porodično bogatstvo kad joj je otac umro. Bio je dobar čovek, a ona mnogo liči na njega.

– Poznajete li njenog muža?

– Njenog drugog muža, Engleza? Da, poznajem ga. – Jasno sam čuo prezir u njegovom glasu.

– Ne sviđa vam se?

– Ne želim da se petljam u to, ali siguran sam u jedno: mogla je da nađe boljeg.

– Zašto to kažete?

Kao da žali zbog komentara, barista je odmahnuo glavom. – Ništa, samo tračevi. Dozvolite mi sad da vam donesem pivo. – Pogledao je dole. – Ako smem da kažem, i vašem psu bi prijalo piće.

Kad se pojavio iz bara, nosio je zdelu vode za psa i dve boce piva. Spustio je jednu ispred mene, a onda se naslonio na zid topao od sunca i popio veliki gutljaj piva dok je pas laptao vodu kraj naših nogu. Radoznalost me je navela da postavim još jedno pitanje.

– Pomenuli ste da je Englez drugi Marijin muž. Ko je bio prvi? Nisam znao da se dvaput udavala.

– Bio je to Enriko Bjanki, vozač trkačkih automobila. Nastradao je u jezivoj nesreći u Monci.

Nejasno sam se sećao da sam čuo za to pre nekoliko godina. – Da li je bio dobar čovek?

Barista je tužno odmahnuo glavom. – Bio je dobar vozač, ali tu se priča završava. Ponašao se vrlo loše prema njoj, ali ona se nikad nije žalila.

– Zvuči mi kao da je s drugim mužem otišla sa zla na gore. – Bio sam zabrinut za Mariju. Delovala mi je kao previše dobra osoba da bi bila vezana za narcisoidnog alkoholičara i iskreno sam se nadao da je Džona privatno drugačiji nego u javnosti. Inače Marijina budućnost nije bila svetla.

Barmen je slegnuo ramenima i pogledao u nebo.

Nastavili smo da razgovaramo ali više nismo pominjali stanovnike vile. Saznao sam da se zove Tomazo, i od njega sam čuo još o istoriji gradića Montevolpone i okoline. Rekao mi je koja su najbolja mesta za kupovinu vina, ulja i sira, a preporučio mi je i da odem do restorana nedaleko od crkve, *Da đepo*, koji je navodno imao najbolje meso s roštilja u Toskani. Mada sam u vili imao obezbeđenu hranu, odlučio sam da prihvatim Tomazov savet i isprobam taj restoran pre nego što odem. Na trenutak sam se zapitao da li bih mogao da pozovem Šarlot, zanosnu riđokosu, da ruča sa mnom, ali odustao sam, mada nisam bio siguran zašto. Pa, verovatno sam znao zašto, ali nisam hteo to sebi da priznam. Duboko u duši sam znao da još gajim pustu nadu da ćemo se Helen i ja pomiriti.

Kad smo Oskar i ja krenuli ka vili, znao sam mnogo više o toj oblasti i zapamtio sam nekoliko korisnih zanimljivosti koje sam mogao da ubacim u knjigu. Takođe sam stekao novog prijatelja i obećao sam Tomazu da ću ga uskoro ponovo posetiti.

Kad smo se vratili malo pre šest, odveo sam Oskara u kuhinju i vratio se u svoju sobu. Razmišljao sam da pišem svoju knjigu, ali i dalje je bilo toplo, pa sam obukao kupaće gaće i majicu i krenuo na bazen. Nakon što sam se ovog puta potrudio da zatvorim kapiju od pruća za sobom, prošao sam kroz ruzmarinovo žbunje i zatekao najneočekivaniji prizor.

Tamo nije bilo nikog osim jednog para na drugom kraju bazena. Bili su u kupaćim kostimima i tuširali su se zajedno, na vrlo intiman način. Izgledalo je da ta žena pokušava da uguši muškarca jezikom, dok su njegove ruke izgledale kao da mesi testo u njenom bikiniju. Zaustavio sam se u mestu i polako se povukao u zaklon žbunja. Nije mi zasmetalo to što rade, koliko ko su bili ljudi koji to rade. Ljubavnici su bili niko drugi do Vil i Rejčel, Kanađani.

A oni su bili brat i sestra.

Odlučio sam da je odlazak najbolja opcija i tiho sam se povlačio dok nisam prošao kroz kapiju, tiho je zatvarajući za sobom. Pošto nisam mogao da odem na rashlađujuće plivanje, krenuo sam stazom do šumarka, sve dok nisam naišao na klupu na kojoj sam juče zatekao Šarlot. Danas je klupa bila prazna. Grane iznad su obezbeđivale prijatan hlad; seo sam zahvalno i hladio se peškirom, stalno misleći o jednoj od omiljenih tatinih izreka: *Ima nas raznih.*

Možda je to zbog dugih, mračnih noći u Kanadi, hladnoće ili nekog čudnog incesta, ali što se mene tiče, ono što sam video nije nešto što bi brat i sestra trebalo da rade. Naravno, brzo mi je na pamet palo mnogo verovatnije objašnjenje da oni nisu brat i sestra. Dakle, ako nisu brat i sestra, kakva je njihova veza i ko su oni? Da li se uopšte zovu Rejčel i Vil Gordon? A ako nisu oni koji kažu da jesu, šta rade ovde na jednom bezazlenom – ako ne računamo domaćina – kursu za buduće pisce, usred Toskane? Čim mi je to palo na pamet, setio sam se delića razgovora između Majkija ili Martina i njegove devojke, koji sam čuo sinoć u mraku. Izgledalo je kao da se *dva* para na ovom kursu pretvaraju da su neko drugi.

Ako je tako, zašto?

Moj unutrašnji dijalog prekinuo je zvuk telefona. Pogledao sam ko me zove i video da je to Pol Vilson, bivši vodnik Vilson, moj najpouzdaniji saradnik u policiji, a sad inspektor Vilson. Jedna od poslednjih stvari koje sam uradio pre penzije – i ponosan sam na to – bila je da se izborim da Vilson dobije zasluženo unapređenje. Kad sam mu se sad obratio, morao sam da se potrudim da ga zovem Pol. Nakon godina „Vilsone", to je bilo teško.

– Pole, zdravo, kako si?

– Dobro sam, hvala, gospodine.

Morao sam da se osmehnem. Očigledno nisam bio jedini koji je imao muke da se navikne na nove okolnosti. – Već smo razgovarali o ovome: sad smo Den i Pol. I, kakve su vesti s fronta?

– Kao i obično: kriminalci ubijaju druge kriminalce, žene bodu muževe noževima, a političari se ponašaju grozno. Uvek isto. A kako je kod vas? Kako izgleda taj kurs pisanja? – Čuo sam kako je prigušio kikotanje. – Jeste li naučili neke nove trikove?

– Ne, Pole, nema novih trikova. Da budem iskren, ovo možda ipak bude korisno za moje pisanje. I nemoj da zaključiš da ću početi da pišem pornografiju.

– To je lepo. A ostali polaznici? Nisu previše uvrnuti?

Razmišljajući o mislima koje su mi prolazile kroz glavu pre samo nekoliko trenutaka, odgovorio sam oprezno. – Ne previše uvrnuti, ali sigurno zanimljivi... u stvari, možda i neverovatni.

– Da li to znači da su sve nimfomanke?

Iznenada sam se setio Agate i Elejn. – Sigurno se nadam da nisu. Ne, prilično su obični ljudi.

– To je sjajno. Slušajte, zvao sam vas jer sam se upravo čuo sa svojim prijateljem Virđiliom. Kaže da bi voleo da vas upozna. Da li ste kupili bocu nekog pića u fri-šopu, kao što sam vas zamolio?

– Bocu vrlo skupog viskija, ni manje ni više. U torbi mi je. Kad želi da me upozna?

Pre nego što sam napustio Veliku Britaniju, Vilson mi je dao ime jednog dobrog prijatelja koji je radio u odeljenju za ubistva u Firenci. Bili su zajedno na nekom forenzičkom kursu u SAD pre nekoliko godina, i sprijateljili su se. Kad je čuo kuda idem, dao mi je dve novčanice od po dvadeset funti i uputstvo da odnesem bocu dobrog pića tom Italijanu i prenesem mu pozdrave.

– Što pre. Dozvolite mi da vam dam njegov broj. Zamolio je da ga pozovete. – Izdiktirao mi je broj i nakon što je on prekinuo vezu, brzo sam ga pozvao. Javio se nakon drugog zvona.

– Pizano.

Odmah sam osetio neku bliskost. Dok sam radio, i ja sam uvek izgovarao svoje prezime kad me neko pozove. To je možda štedelo sekund ili dva svaki put, ali tokom godina sam verovatno uštedeo čitave dane svog života. Objasnio sam mu ko sam na svom najbo-ljem italijanskom i odgovor je bio vrlo ljubazan.

– *Ciao*, Danijele. Pol mi je rekao da dolaziš u Toskanu. Drago mi je što si mi se javio i laknulo mi je što tako dobro govoriš italijanski. Moj engleski je *truba*. – Posebno je naglasio tu englesku reč. – Do-bro, kad možemo da se sastanemo?

4.

Utorak popodne

Moj mali fijat nije bio srećan automobil. Dok sam vozio nizbrdo prema Firenci, u utorak popodne, počeo je da kašlje i brunda i oblak plavog dima izlazio mu je iz auspuha svaki put kad pritisnem gas. Nakon što sam pronašao lokaciju predstavništva rentakar kompanije u Firenci, odlučio sam da odem pravo tamo kako bi mogli to da srede pre nego što se potpuno pokvari. To predstavništvo je bilo u jednoj uskoj ulici blizu železničke stanice i bila je prava muka pronaći mesto za parkiranje. Na kraju sam, nakon što sam se ugurao između jednog mercedesa s nemačkom registracijom i sitroena s holandskom registracijom, ostavio ključeve i rekao da ću se vratiti za nekoliko sati, kako bi njihov mehaničar mogao da pogleda automobil. Službenik za pultom je bio vrlo ljubazan i obećao mi je brzu popravku ili zamenu i otišao sam. Kratak pogled na mapu na pultu rekao mi je da se *questura*, policijska stanica u kojoj radi Pizano, nalazi na manje od pet minuta hoda odatle, na drugoj strani železničke stanice.

Hodao sam prometnim ulicama i uhvatio sebe kako razmišljam o jutrošnjim događajima na kursu pisanja. Iznenađujuće, bilo je malo pominjanja erotike i mnogo vremena posvećenog praktičnim problemima književnog zanata, i morao sam da priznam da je to bilo zanimljivo i korisno. Što se tiče ostalih polaznika kursa, primetio sam da Kanađani nisu izgledali posebno zainteresovano, a to je ojačalo moje uverenje da možda nisu oni za koje se predstavljaju. Mada sam na kraju jutra imao utisak da sam naučio mnogo toga što će mi pomoći u književnoj karijeri, moja istraživačka radoznalost je porasla i bio sam rešen da motrim ostale polaznike tokom naredne dve nedelje.

Prešao sam preko Pjace dela stacione, zastajući usput da se divim veličini Crkve Santa Marija Novela na desnoj strani trga s manastirskim dvorištem i zadivljujućim zvonikom. Iznad krovova tačno ispred mene video sam vrh veličanstvene Bruneleskijeve kupole koja se nalazila na duomu. Bilo je neverovatno pomisliti da su te predivne zgrade već bile ovde, izgledajući potpuno isto, dvadeset godina pre nego što je Kristifor Kolumbo zaplovio u potrazi za novim svetom, i da su i dalje veoma upečatljive pet vekova kasnije. Za nekog kao ja, ko se interesuje za istoriju, Firenca će biti pravo blago. Ali prvo sam morao da isporučim bocu, pre nego što krenem u istraživanje.

Kad sam stigao do policijske stanice, otišao sam do prijavnice i jedan pozornik u uniformi me je ispratio do trećeg sprata. Osim jezika, sve je izgledalo gotovo kao u Skotland jardu, sa istom pozadinskom bukom glasova, telefona, koraka koji odjekuju i lupanja vratima. Glavna razlika između moje kancelarije u Londonu i kancelarije komesara Virđilija Pizana bila je pogled s prozora; preko kaldrmisanog trga videli su se ogromni kameni zidovi niske tvrđave Baso, koju je u šesnaestom veku izgradio još jedan pripadnik moćne porodice Mediči.

Ušao sam i inspektor je skočio na noge, ljubazno se osmehujući. Obišao je oko stola koji je bio prepun hrpa papira, a i to mi je bilo vrlo poznato.

– *Ciao, Daniel, come stai?*

Primetio sam da mi se Pizano obraćao na *ti*, i to je rešilo lingvistički problem. Italijani imaju zvaničan i nezvaničan način obraćanja drugim ljudima, i uvek sam strepeo koju zamenicu da upotrebim, iz straha da ne uvredim nekog preteranom prisnošću ili preteranom zvaničnošću. Rukovali smo se i dok sam mu davao bocu viskija, i dalje u kesi iz fri-šopa, obratio sam mu se na svom najboljem italijanskom.

– *Ciao,* Virđilio. Doneo sam ti Polov dar. Pozdravlja te. – Glavom sam pokazao na sto pun papira. – Lepo je što si izdvojio malo vremena za mene. Vidim da si zauzet. Hrpa papira na stolu izgleda mi veoma poznato.

Virđilio je nezadovoljno odmahnuo glavom i nastavio razgovor na italijanskom. – Zašto u doba kompjutera koristimo toliko papira? Ali ništa od toga nije hitno. Da odemo na kafu? Hvala ti za viski. Ne pijem mnogo, ali kad pijem uživam u dobrom piću, a vidim da je ovo sigurno dobro piće.

Sišli smo u prizemlje i izašli na sunce. Virđilio se zaustavio, ispružio ruke iznad glave, duboko udahnuo i osmehnuo se. – Prvi put sam napustio kancelariju od pola osam jutros. Baš mi prija.

Tačno sam znao o čemu govori. Jedan od mnogih problema policijskog posla bio je da si, što viši čin imaš, više vezan za sto. Mada je dok sam još radio to znalo da mi smeta, ipak sam osetio malo nostalgije za prethodnim životom. Kradomice sam pogledao italijanskog kolegu. Virđilio je verovatno bio pet-šest godina mlađi od mene – možda je tek napunio pedeset – i izgledao je zdravo. Glava mu je bila potpuno obrijana, ali tamna fazonirana bradica pokazivala je pokušaj da kompenzuje to. Bio je odeven u belu košulju kratkih rukava i, osim ako nije držao oružje u gaćama ili futrolu na gležnju, u FBI stilu, bio je nenaoružan. Nikad nisam voleo pištolje, mada sam išao na obuku pre nekoliko godina, i osetio sam olakšanje što vidim policajca koji ne nosi smrtonosno oružje.

Nekoliko stotina metara dalje nalazio se jedan kafić – prema mom iskustvu, blizu svake policijske stanice nalazi se neki kafić – i ušao sam za njim u klimatizovanu prostoriju, gde smo stali kraj šanka. Virđilio je naručio dupli espreso i čašu vode, a ja sam se opredelio za hladno pivo jer sam bio na odmoru. Osoblje je očigledno poznavalo Virđilija i obraćali su mu se s *Dottore*, što je u Italiji uobičajeno za fakultetski obrazovane ljude ili funkcionere. Nisam sumnjao da je komesar Virđilio Pizano ispunjavao oba uslova. Naslonili smo se na šank i razgovarali; ispričao sam mu za kurs pisanja koji sam pohađao, izostavljajući njegovu pravu prirodu makar dok bolje ne upoznam tog tipa, i otkrio sam činjenicu da je to oproštajni poklon mojih kolega iz policije. Virđilio je rekao da poznaje Montevolpone, ali ne i vilu, i odmah se nadovezao na moju priču o penzionisanju.

– Kako ti se sviđa penzija? Pitao sam se da li da i ja odem u prevremenu penziju za nekoliko godina, ali imam osećaj da bih umro od dosade.

Popio sam veliki gutljaj piva pre nego što sam odgovorio. – Sigurno je drugačije, to mogu da ti kažem. Kao prvo, mogu da popijem hladno pivo tokom radnog dana, a kad mi danas zazvoni telefon, gotovo sam zadovoljan, to se događa tako retko. Kad sam radio, činilo mi se da ne prestaje da zvoni.

Kao po komandi, Virđiliov telefon je zazvonio. Pogledao je ime pozivaoca i pogledao me kao da se izvinjava. – Žao mi je, Danijele, ali moram da se javim.

Nastavio sam da pijuckam pivo dok je Virđilio napeto slušao osobu s druge strane veze, povremeno gunđajući ili zapitkujući. Nakon minut-dva, završio je razgovor rečima: – *Vengo subito.*

„Dolazim odmah“ značilo je da je naš razgovor završen i požurio sam da ispijem pivo dok je Virđilio spuštao telefon na sto i ispijao ostatak kafe.

– Izvini, Danijele, moram da se vratim na posao, ali za vikend će biti lakše. Kako bi bilo da dođeš kod mene na ručak u nedelju? Praviću roštilj.

– To zvuči sjajno, hvala. Rado, ali samo ako ti ne smetam.

– Ni najmanje. – Virđilio je izvadio papirnu salvetu iz kutije na šanku i nažvrljao nešto na njoj. – Ovo je moja adresa. To je u Skandičiju, koji se nalazi u predgrađu Firence, na putu prema Montevolponeu. Lako ćeš me pronaći, a ispred zgrade se nalazi parking. – Popio je čašu vode i pogledao na sat. – Sad moram da krenem. Izgleda da je neko zabio nož nekom tipu u srce. Čovek bi pomislio da će imati pristojnosti da sačekaju dok ne porazgovaramo malo... – Bacio je na šank novčanicu od pet evra, odbio moje pokušaje da platim, i krenuo ka vratima.

Nakon rukovanja s ljubaznim detektivom, krenuo sam pešice da obiđem Firencu, ali stigao sam samo do Trga duomo, i stajao sam u gomili ljudi ispred katedrale, diveći se jednoj od najčuvenijih zgrada na svetu, kad mi je zazvonio telefon. Iznenadio sam se kad sam video da je to Virđilio, ali još više sam se iznenadio kad sam čuo šta je imao da mi kaže.

– *Ciao*, Danijele. Slušaj, mesto na kojem pohađaš kurs pisanja, da se ne zove slučajno vila *Volpone*? Pripada gospođi Mariji Kampeze.

– Da, tako je. Zašto? Šta se dogodilo?

– Znaš onog tipa koji je uboden u srce? Pa, ispostavilo se da je to njen muž.

– Bože... – Vazduh mi je izleteo iz pluća. Džona Mur je mrtav? Ubijen? Taj tip mi se nikad nije sviđao, ali sigurno nisam očekivao takav razvoj događaja u mirnom toskanskom okruženju. Svejedno je li to bila uslovljena reakcija na reč „ubistvo" ili samo povratak u nedavnu prošlost, odmah sam osetio kako mi se misli kovitlaju. Ko je mogao to da uradi, i zašto? Razmišljanje mi je prekinuo Virđiliov glas.

– Pitao sam se... Sad idem tamo i mnogo bi mi pomogao ako kreneš sa mnom ili me pratiš do tamo. Moj engleski nije sjajan, a moj vodnik, koji dobro govori engleski, ove nedelje je na odmoru. Imaš li vremena? Možeš li da mi pomogneš?

Nisam oklevao. – Naravno, rado. Moja iznajmljena kola su u servisu, tako da je bolje da pođem s tobom. Neću dobiti popravljena kola ili zamenu do večeras.

– Nema problema. Gde si?

Manje od pet minuta kasnije, čuo sam nepogrešivo trubljenje policijske sirene i plavo-bela alfa s natpisom *Polizia* na boku zaustavila se uz škripu kraj Đotovog zvonika, gde sam čekao. Sve glave su se okrenule ka meni kad sam uskočio na sedište kraj Virđilija, vozač je dao gas, i kola su ponovo pojurila uz škripu guma. Pogledao sam oko sebe i obuzeo me je neobičan osećaj. Možda sam bio u penziji, i možda sam bio u drugim kolima koja pripadaju stranoj policiji, ali to je bilo ono što sam poznavao i gde mi je bilo mesto, iako Helen nikad nije mogla da se pomiri s tim. Nikad mi ne bi palo na pamet da joj kažem to, ali osećao sam se dobro.

Na putu prema Montevolponeu, Virđilio mi je rekao ono što je zasad znao, a to nije bilo mnogo. – Batler je pronašao žrtvu malo pre četiri sata. Sedeo je na stolici u trpezariji, s nekakvim ceremonijalnim bodežom zarivenim u prsa i psom koji je zadovoljno spavao kraj njegovih nogu. Prozor je bio zatvoren, a batler tvrdi da bi primetio da je iko pokušao da se ušunja u vilu.

Mada smo govorili italijanski, osećaj da se događa nešto pozna-to samo se pojačao. Virđilio je koristio univerzalni svetski jezik po-licijske istrage, a ja sam dao sve od sebe da mu pomognem. – Batler ima dobru moć zapažanja; mislim da mu ne promiče mnogo toga. Dakle, u sobi su bili samo Džona i pas? – Pogledao sam Virđilija i odmahnuo glavom s nevericom. – Džona, žrtva, juče je pretio da će ubiti tog psa; eto ironije. A što se tiče oružja ubistva, čini mi se da znam koji bi to bodež mogao da bude. Hvalio se njim sinoć. – Počeo sam da mu pričam o Džoninom govoru posle večere, dok su kola nastavila da jure ulicama Firence, idući ka zapadu, van grada. Prošli smo kroz istorijski centar i vozili smo se kroz predgrađe Skandiči, kad je Virđilio iznenada pokazao levo.

– Moja kuća je tamo. Ne možeš da je promašiš. – Onda se vra-tio poslu. – Dakle, ako niko nije mogao da uđe a da ga batler ne primeti, onda mi zvuči da je počinilac ili neko od stanara ili neko od polaznika kursa. – Osmehnuo mi se. – Makar ti imaš alibi. I to prilično solidan.

– Sačekaj dok ne dobiješ izveštaj patologa. – Osmehnuo sam mu se. – Možda sam ga ubo pre nego što sam otišao u grad.

Što se tiče sumnjivaca, moj mozak je već radio punom parom. Shvatio sam da sam, uprkos dugogodišnjem policijskom iskustvu, sad bio u novoj situaciji: gotovo sigurno sam živeo u istoj kući sa ubicom. Čudno je bilo što sam se, umesto da se zabrinem, osećao intelektualno zainteresovanim za novi izazov. Helen to nikad ne bi razumela.

Virđilio je klimnuo glavom. – U pravu si, ali još ne mislim da ti stavim lisice.

Putovanje za koje mi je bilo potrebno četrdeset minuta sad je trajalo jedva trideset, i pet sati je upravo otkucalo na zvoniku cr-kve u Montevolponeu kad smo projurili kroz gradić. Stigli smo na parking vile manje od sat vremena nakon prijave ubistva i bio sam zadivljen. To je bilo prilično dobro. Tamo su već bila dva policijska automobila i jedan motor, a pozornik u uniformi je stajao na kraju staze koja vodi do glavnog ulaza. Kad je prepoznao Virđilija, uspra-vio se i salutirao.

– *Buona sera, Commissario.*

Radoznalo me je pogledao, ali kako sam bio s inspektorom, propustio me je da prođem. Zajedno sa uniformisanim vozačem, otišli smo do vile i ušli. Pre toga se Virđilio okrenuo ka vozaču i naredio mu da pretraži okolinu za slučaj da je neko od gostiju napolju, potpuno nesvestan onog što se dogodilo, ili u želji da se udalji od mesta zločina koji je počinio.

Unutra nas je dočekao Antonio, koji je stajao u predvorju. Njegovo uobičajeno bledo lice sad je bilo avetinjski belo i poželeo sam da sam unapred upozorio Virđilija da Antonio izgleda kao neki lik iz horora. Zadivio sam se kad sam video da inspektor nije zastao kad je video tu avetinjsku figuru, već mu je pokazao legitimaciju u hodu i počeo da gleda oko sebe.

– Ja sam komesar Pizano. Gde su svi?

– Svi su u sali za sastanke, gospodine. Kuvarica je spremila čaj i kafu. Ovaj gospodin zna gde je to. – Radoznalost u Antoniovim očima bila je očigledna dok je prelazio pogledom preko mene. Nema sumnje da on neće biti jedini radoznalac. Neki ljudi će se iznenaditi kad otkriju da sam sad deo istrage, makar i samo ovlašno.

– A mesto zločina? Da li je iko bio tamo? – Virđilio je i dalje gledao oko sebe, pokušavajući da upozna to mesto.

– Samo ja i sinjora, i niko više pre dolaska policije. Čim smo videli šta se dogodilo, pozvao sam policiju i rekli su da držimo vrata zaključana.

Virđilio je klimnuo glavom. – To je dobro. U redu, možemo li sad da pogledamo telo, molim vas?

Kad je čuo reč „telo", Antonio je još više prebledeo i iskreno sam pomislio da će se onesvestiti, ali ispostavilo se da je čvrst momak i pribrao se. – Ovuda, gospodine.

Još jedan uniformisan pozornik čuvao je vrata trpezarije, salutirao je spretno i pomerio se u stranu da nas propusti. Pre nego što je otvorio vrata, Virđilio je rekao Antoniju da se on i kuvarica pridruže ostalima u sali za sastanke i sačekaju ispitivanje.

Prizor koji nas je dočekao u trpezariji bio je neočekivano miran. Džona je i dalje sedeo za stolom, na istom mestu gde je obično sedeo. Telo mu je bilo zavaljeno u stolici, a svega nekoliko koraka iza njega nalazio se kamin. Drveno postolje na kojem se nalazio bodež sad je bilo prazno, a nepogrešivo poznata srebrna drška virila je iz mrtvačevih grudi. Na podu kraj tela nalazilo se svega nekoliko kapi krvi, a isto je važilo i za žrtvinu košulju. To je bilo vrlo neobično i inspektor je to primetio.

– Ko god da je uradio ovo, ili je imao mnogo sreće ili poznaje anatomiju. Pravo u srce. Bez petljanja, bez mlataranja. Trenutna smrt.

– Upravo tako. – Mislio sam to isto. Pogledao sam po sobi. Na stolu su se nalazili samo jedna fascikla s dokumentima, prazna čaša i dopola puna boca vina. Izvadio sam olovku i njom podigao poklopac fascikle. Izgledalo je da je puna pisama obožavalaca upućenih Džoni Muru, posredstvom londonskog izdavača, a prvo pismo na gomili bilo je napisano pre dvanaest godina. Bez rukavica nisam mogao da ih pregledam, ali pretpostavljao sam da su možda sva iz istog perioda. Možda je Džona dozvolio sebi trenutak nostalgije kad je ubica ušao.

Virđiliov glas mi je prekinuo razmišljanje. – Žrtva i dalje sedi, a nema tragova borbe. To verovatno ukazuje na to da je poznavao počinioca.

– Slažem se. A batler Antonio je rekao da je pas ležao na podu i mirno spavao. To takođe ukazuje da je ubica bio poznat žrtvi i psu. – Setio sam se onog što je Marija juče rekla: – Mada taj pas i nije neki čuvar, iako laje na neke neznance. To makar znači da možemo da isključimo poštara sa spiska sumnjivaca.

Obišli smo sobu, tražeći išta neobično, ali naišli smo samo na jedan mogući trag. Trudeći se da ne diram ništa, nagnuo sam se da onjušim napola punu bocu i osetio sam samo vino, mada prilično jeftino. Međutim, u praznoj čaši, koja je na dnu imala samo malo crvenog taloga, učinilo mi se da sam osetio nešto poznato. Pozvao sam Virđilija.

– Dođi i onjuši ovo. Šta misliš? Vino obično ne miriše tako. – Bio sam prilično siguran da znam šta je to, ali mislio sam da je bolje da sačekam da lokalni policajac to potvrdi.

Virđilio se nagnuo i onjušio čašu. Udahnuo je jednom ili dvaput pre nego što se ispravio. – Mislim da si u pravu. – Pogledao me je. – Cijanid. Da li i ti to misliš?

Klimnuo sam glavom. *Cianuro*, to je bila nova reč za mene i smestio sam je u memoriju. Važna reč za detektiva, ali nisam oče-kivao da ću je koristiti u Toskani. – Cijanid, bez sumnje. Učinilo mi se da sam osetio miris gorkih badema.

– Možda ga je neko otrovao pre nego što ga je ubio, ili ga je jedna osoba otrovala a druga ubola. Patolog bi uskoro trebalo da stigne i potvrdi naše sumnje. Ako ne bude mogao, momci u laboratoriji će to identifikovati. Naravno, ako je žrtva bila nesvesna kad je ubica ušao, to bi objasnilo zašto nije bilo borbe, ali ako je već bio otrovan, to znači da ubica možda nije bio osoba koju je poznavao.

– Osim što pas nije lajao... – I pored toga, na nesreću, izgledalo je da je ovaj dokaz možda samo povećao, umesto da smanji, broj mogućih počinilaca. Virđilio je krenuo ka vratima.

– Sad, ako si spreman da mi pomogneš s prevođenjem, mislim da je vreme da razgovaramo sa stanovnicima vile.

5.

Utorak uveče

Kad smo izašli u hodnik, Virđilio je izdao naređenje dežurnom policajcu. – Neka neko pažljivo pretraži vilu, vrata i prozore, za slučaj da ima tragova provaljivanja ili je nešto ostalo otključano. Mi ćemo biti u sali za sastanke. Zamolite patologa da mi javi preliminarni izveštaj kad pregleda telo. U međuvremenu, neka niko ne ulazi u trpezariju i neka niko ne napušta vilu. Jasno?

Podržavao sam to. Da sam bio na Virđiliovom mestu, i ja bih izdao ista naređenja. Taj tip je znao šta radi. Krenuo sam prema kraju hodnika i otvorio vrata sale za sastanke. Svi su nas pogledali kad smo ušli, a Virđilio je pogledao u mene. – Možda bi mogao da objasniš šta se dogodilo i zašto sam te zamolio za pomoć.

Klimnuo sam glavom i obratio se prisutnima. – Dobar dan. – Pogled mi je odlutao do usamljene Marije, koja je sedela sama u jednom uglu. – Marija, moje saučešće. – Uočio sam Milisent kako stoji sama na drugom kraju sobe i uputio joj saosećajan pogled, na koji ona nije reagovala... nisam se mnogo iznenadio. – Siguran sam da smo svi još zaprepašćeni onim što se dogodilo. Bolje da vam objasnim šta radim ovde. Ovo je moj prijatelj, inspektor Virđilio Pizano iz odeljenja za ubistva u Firenci. Slučajno sam bio s njim ovog popodneva i ponudio sam mu pomoć oko jezičkih problema, mada neki od vas mogu bolje da prevode nego ja. – Pogledao sam Antonija i uputio mu osmejak pre nego što sam se okrenuo prema Virđiliju da bih dobio naređenja. – Šta je sledeće?

Virđilio se obratio prisutnima na savršeno jasnom engleskom s jakim naglaskom, i zapitao sam se da li je njegova molba za pomoć bila ograničena samo na lingvističku podršku.

– Dame i gospodo, siguran sam da svi želite rešenje ove tragedije, i zato ću vas zamoliti da budete strpljivi dok uzimamo izjave od svih vas. Trudićemo se da vas ne zadržavamo predugo, ali moramo da utvrdimo gde su bili svi ovog popodneva, i ako ste videli nešto zanimljivo, najbolje je zapisati sve pojedinosti dok su vam sveže u pamćenju.

Pogledao je u mene, utišao glas i prešao na italijanski. – Da li bi sačekao sa ostalima ovde dok razgovaram sa udovicom ubijenog, s kojom neće biti jezičkih poteškoća? Postavljaj sva pitanja koja ti padnu na pamet dok me nema. Policajac će ostati pred vratima. Voleo bih da svi zasad ostanu ovde.

– Naravno. Marija Kampeze je tamo u uglu.

Virđilio je pratio moj pogled i otišao do Marije, koja je sedela nepomično, s papirnom maramicom u jednoj ruci, crvenih očiju.

– Sinjora Kampeze, moje saučešće. Pitam se da li biste mogli da pođete sa mnom. Postoji li neko mesto gde možemo da sednemo dok vam postavljam neka pitanja?

Ustala je nesigurno, očigledno vrlo potresena. – Možemo da odemo u dnevnu sobu. Nalazi se malo dalje niz hodnik. – Glas joj je bio kontrolisan, ali zbog osećanja je zvučao promuklo.

Nakon što su se vrata zatvorila za njima, razmišljao sam da li da objasnim svima da sam bio detektiv, ali odlučio sam da ne otkrivam karte još neko vreme. Otišao sam do bočnog stola na kojem se nalazio poslužavnik s kafom i čajem, sipao sam sebi šolju čaja i poneo je do stola, gde sam seo između sedokose Elejn i riđokose Šarlot. Čim sam to uradio, Agata, naša samoproglašena predvodnica, počela je da me ispituje s druge strane stola.

– Da li je istina da je Džona izboden? Kako se to dogodilo? Ko je to uradio? Da li policija sumnja u nekog?

Zasad je bilo najbolje da glumim neobaveštenost. – Pretpostavljam da se to dogodilo. A što se tiče sumnjivaca, bolje je da pitate inspektora, ali rekao bih da je još rano.

– Ali zašto bi iko želeo da ubije Džonu? – Agatin mozak je očigledno radio punom parom. – Naravno, nije bio previše ljubazan. – Pogledala je Milisent kao da joj se izvinjava, a njeno lice je ostalo smrtno ozbiljno. – Znam da ne treba govoriti loše o mrtvima, ali nije bio ljubazan, zar ne? Ali, mislim, kad bi svi neljubazni ljudi bili ubijani, verovatno bismo izgubili polovinu populacije.

– Tako je. – Otpio sam malo čaja i poželeo da je to ledeno pivo. – Nadajmo se da će policija otkriti ko je to uradio što je pre moguće. – Osetio sam kako me je neko potapšao po ruci i okrenuo sam se prema zvuku Šarlotinog glasa.

– Dene, zašto nas teraju da čekamo ovde? Ne misle valjda da je to uradio neko od nas?

Pegavo lice bilo joj je ružičasto od sunca i izgledala je prilično privlačno, i osetio sam isto iznenađenje što me privlači neka druga žena nakon svih tih godina. Ohrabrujuće sam joj se osmehnuo i nastavio da glumim neobaveštenost.

– Nemam predstavu. Pretpostavljam da su to samo rutinski razgovori s mogućim svedocima. Kao što je inspektor rekao, mora da utvrdi ko je gde bio i da li je neko od vas video nekog ili nešto što nije izgledalo kako treba. – Svestan pažnje koju su mi svi posvetili, odlučio sam da postavim pitanje i vidim šta će se dogoditi. – Bio sam u Firenci kad se to dogodilo, ali vi koji ste bili ovde, da li ste primetili nešto sumnjivo?

Usledila je duga tišina pre nego što je Gavin progovorio, a nemoć i nervoza bili su mu primetni u glasu. – Šta je, dođavola, trebalo da primetimo? Antonio, zar niste rekli da se to dogodilo u trpezariji? Niko od nas nije bio ni blizu sredinom popodneva, zar ne?

Njegova devojka se brzo oglasila. – Bili smo na bazenu čitavo popodne. Nismo ništa videli. – Na osnovu zdrave preplanulosti njenih ruku i lica, bilo je očigledno da se sunčala.

– Mislim da je Šarlot možda u pravu. Pravi razlog što nas drže ovde i ispituju je jer misle da je to uradio neko od nas. – Ovog puta bila je to profesorka Dajana, i zvučala je zbunjeno kao i ostali. Sva lica su se okrenula ka njoj i ona je oborila pogled, ali nastavila je da govori. – Napokon, ovo je prilično izolovano mesto. Nije verovatno da se neko ušunjao, ubio Džonu, a onda neopaženo pobegao, zar ne?

– Za ubistvo je potreban motiv. – Transatlantski glas Vila Gordona začuo se s druge strane stola. – Zašto bi, dođavola, iko od nas želeo da ga ubije? Osim Marije, Milisent, batlera i kuvarice, mi ostali smo tek upoznali tog tipa.

– Pa, da budemo iskreni, meni ovo nije prvi kurs, tako da sam ga upoznala ranije, ali sigurno ga nisam izbola nožem. – Agata je izgledala ogorčeno. – Nadam se da oni ne misle da sam *ja* ubica. Kad bolje razmislim, Serena, i ti si ga poznavala, zar ne?

Svi su pogledali Serenu, koja je izgledala prilično uznemirena. Mada sam stekao utisak da su odnosi između nje i Džone bili napeti, izgledala je kao da je plakala. Očigledno ju je ubistvo pogodilo, ali nasilne smrti tako utiču na većinu ljudi. Duboko je udahnula pre nego što je progovorila. – Da, poznavala sam ga nekoliko godina, ali nisam zarila bodež u njega. Zašto bih uradila tako nešto?

– Naravno da nisi, draga. – Agata je pružila ruku i ohrabrujuće ju je potapšala po zglavku. – A isto se odnosi na Antonija i Anarozu, zar ne? Ne bi ni sanjali da urade nešto tako, sigurna sam.

Pažnja prisutnih usmerila se na batlera i postariju kuvaricu, koji su izgledali vrlo uznemireno. Antonio se nakašljao pre nego što je odgovorio na dobrom engleskom. – Sigurno da nismo. Anaroza i ja poznajemo sinjor Džonu deset godina. Zašto bismo iznenada odlučili da ga ubijemo? Pored toga, Anaroza je otišla kući u dva sata, a ja sam bio sa sinjorom Marijom čitavo popodne. U svakom slučaju, nezamislivo je da je sinjora mogla to da uradi. Ona je divna osoba i ne bi ni mrava zgazila.

Slušajući batlerove reči, morao sam da pomislim kako sam mnogo puta čuo verzije ovog komentara tokom karijere, ali suviše često se događalo da „najdivniji" ljudi budu sposobni da izvedu najgroznije stvari. Dok su ostali nastavili da izražavaju svoje zaprepašćenje i nevericu, dobro sam osmotrio prisutne. Većina njih je izgledala zapanjeno. Jedini koji su izgledali relativno smireno bili su Martin/Majki i kanadski par incestuoznih ljubavnika. Iskustvo mi je reklo da su njih troje možda imali neke veze s tim, ili su se već susretali s nasilnim smrtima. Jedva sam čekao da prisustvujem njihovom ispitivanju. Pored toga, tu je bila Milisent, žrtvina sestra, čije se crte lica nisu promenile ni za dlaku otkako sam ušao, ali bilo je nemoguće reći šta se događa ispod. Lice joj je bilo kao od kamena.

Deset minuta kasnije, jedan uniformisan policajac pojavio se na vratima i zamolio Antonija da pođe s njim. Pet minuta kasnije došao je red na kuvaricu, a onda, jedva tri minuta nakon toga, Virđilio se pojavio i pozvao me je da priđem.

– Danijele, ako povedeš prvog svedoka koji govori engleski, možemo da počnemo sa uzimanjem izjava. – Počeo je da mi objašnjava šta želi da kažem i sve glave su se okrenule ka meni dok sam prevodio.

– Inspektor me je zamolio da vam kažem da sad samo želi da stvori sliku gde ste bili i da li ste videli nešto neobično u vreme ubistva. Obećao je da će se potruditi da vas ne zadržava previše. Zamolio je Antonija da donese osveženje.

Virđilio je zahvalno klimnuo glavom. – Hvala ti, Danijele. Hajde da krenemo od žrtvine sestre.

Pogledao sam u Milisent, koja je sedela kraj vrata. – Milisent, inspektor bi voleo da prvo razgovara s vama.

Kao da hoda u snu, Milisent je ustala, poravnala dugačku suknju rukama pre nego što je odlučno krenula ka vratima. Krenuo sam za njom, Virđilio je otišao do dnevne sobe, a jedan uniformisani policajac ostao je u sali za sastanke. Nisam ranije bio u dnevnoj sobi i bila je vrlo impresivna, čak veća od trpezarije, sa ukrašenim kaminom na drugom kraju. U ovoj nije bilo ukrasnog bodeža na okviru kamina, ali opet, naravno, *sad* ga nije bilo ni u trpezariji.

Virđilio je seo i pokazao na fotelju naspram sebe, gde je Milisent uštogljeno sela, sa šakama u krilu. Još jedan policajac sedeo je za prilično lepim starim pisaćim stolom, sa olovkom i papirom pri ruci. Seo sam na ivicu stolice kraj Virđilija i spremio se za prevođenje, ali na iznenađenje prisutnih, pre nego što je Virđilio progovorio, ispostavilo se da Milisent ima nešto da kaže.

– Ona je uradila to, znate. Mora da je to bila ona. Ona ga je ubila. – Imao sam osećaj da znam na koga Milisent misli i, nakon što sam je ovlašno upoznao, nije me iznenadio njen komentar, ali prepustio sam Virđiliju da je ispita.

– Ko ga je ubio? – Virđilio je razumeo njen engleski i zvučao je manje iznenađeno nego ja. Odgovorio joj je na engleskom. – Na koga mislite, sinjora Mur?

– Ja sam *doktorka* Mur, molim lepo. – Njen ton direktorke škole ponovo je bio tu. – Marija, naravno. Videla sam joj to u očima. Bojala sam se nečeg takvog već nedeljama.

– Kažete da je vašeg brata ubila njegova supruga? – Virđiliov ton je i dalje bio odmeren. – A zašto bi želela da uradi to?

Milisent je uputila inspektoru smrtonosan pogled. – Zašto? Jer je Džona bio siledžija, eto zašto. Bio mi je brat, ali umeo je da bude vrlo težak. – Oklevala je na tren dok sam gledao u Virđilija i pitao se da li mu treba prevod, ali odmahnuo je glavom. Njegov engleski je ipak bio dovoljno dobar. Pitao sam se da li je ta pauza značila da će Milisent pokazati neka osećanja, ali samo je izduvala nos pre nego što je nastavila glasnije. – Pio je previše i bojala sam se da maltretira moju snahu. Da li ste ikad čuli za kap koja je prevršila čašu? Mislim da joj je bilo dosta, i znala je da više ne može da podnese zlostavljanje.

– Zlostavljanje, *Dottoressa*? Mislite na verbalno ili fizičko zlostavljanje?

– Oba, nažalost. – Sad je izgledala manje svađalački. – Marija mi se nikad nije previše sviđala, ali nije zaslužila to što joj je radio. – Podigla je pogled. – Ako mi ne verujete, kažite joj da zavrne rukav i pokaže vam ruku. Sinoć ju je toliko stisnuo da joj je napravio modrice.

– Shvatam. Pa, hvala vam, *Dottoressa*. Sad mi recite, molim vas, kad ste poslednji put videli svog brata živog?

– Danas, za vreme ručka.

– Možete li biti precizniji, molim vas? U koje vreme ste ga napustili i kako ste proveli ostatak popodneva, do pronalaska tela?

– Ručak je poslužen u jedan, a Džona je i dalje bio u trpezariji kad sam otišla, možda oko petnaest do dva. Nakon toga sam sedela na predavanju o samizdatima koje su držale Serena i Elejn – znate, ona sedokosa gospođa – i Dženifer iz Amerike. I dalje smo radile kad smo čule šta se dogodilo. Tad je bilo gotovo četiri sata.

– A gde je održano to predavanje?

– U sali za sastanke.

– I da li ste otišli pravo tamo posle ručka?

Milisent je prvi put izgledala kao da joj je neprijatno. – Morala sam prvo da odem u svoju sobu – fiziološke potrebe – ali na svega nekoliko minuta.

Virđilio se ispravio. – Hvala vam, *Dottoressa*. To je sve zasad. Pozvaćemo vas ako nam bude potrebna detaljnija izjava.

Ustala je, ali je ostala i gledala inspektora. – Hoćete li je uhapsiti? Mariju, hoću reći.

– Moramo da utvrdimo sve činjenice pre nego što počnemo da hapsimo ljude, ali hvala vam na informaciji. – Ton mu je bio umirujući.

Kad su se vrata zatvorila iza Milisent, nagnuo sam se prema Virđiliju. – Otkako sam stigao ovde, bilo je jasno da postoji napetost između žrtve i njegove supruge, i pitao sam se da li je bilo fizičkog nasilja. Verovatno vredi proveriti priču o modricama.

– Već sam uradio to. Marija Mur mi je rekla isto to pre nekoliko minuta i pokazala mi je modrice. Jasno se vidi otisak svih pet prstiju na mišici. Prokletnik!

Zgađeno sam odmahnuo glavom. To nije bilo iznenađenje, ali zbog toga nije bilo prihvatljivije. – Dakle, misliš da je možda ubila Džonu, kao što tvrdi njena zaova?

Virđilio nije izgledao uvereno. – Samoodbrana je moćan motiv, ali zašto bi uradila to tako očigledno? Žena sigurno može da ubije muža na diskretniji način.

– I ja mislim tako. Jastuk preko lica dok leži mrtav pijan bio bi dovoljan i ne bi ostavio mnogo tragova. – Uspeo sam da se bledo osmehnem. – Tokom poslednjih meseci mog braka potrudio sam se da se ne vraćam kući pijan, za svaki slučaj.

– Razveden si? To je gadno. Žao mi je.

– Trenutno smo razdvojeni, ali pretpostavljam da ćemo se razvesti. Neki drugi put ću ti ispričati čitavu priču ako te zanima. Ali zasad izgleda da imamo osumnjičenog, zar ne?

– U stvari, imamo ih troje. – Odgovarajući na moje podignute obrve, Virđilio je objasnio. – Da, tu je Marija, ali ona kaže da njen muž više nije govorio sa svojom sestrom. Imao je Milisent i Serenu, koje su radile sve oko ovih kurseva, a on se samo opijao. Izgleda da su se Džona i Milisent svađali nekoliko sati pre nego što ste stigli prekjuče. Prema Marijinim rečima, Milisent je uzela nož i zapretila mu je. Grof Drakula je bio tamo, i potvrdio je to.

Morao sam da se osmehnem. – Drago mi je što nisam samo ja primetio tu sličnost. U svakom slučaju, misliš li da je Milisent optužila snahu da bi zamela svoje tragove? Ili je Marija optužila Milisent da joj vrati istom merom. Zanimljivo.

– Ali dobre vesti što se tiče Milisent jesu da ona ima vrlo uverljiv alibi, a istovremeno je obezbedila alibi za Serenu i druge dve učesnice kursa koje su bile zajedno u istoj prostoriji.

– I nisu jedine. Prema Antoniovim rečima, bio je s Marijom čitavog popodneva, tako da to obezbeđuje alibi za oboje, osim ako nisu u dosluhu. To je izluđujuće. Ko je treći osumnjičeni: Antonio, batler, iako tvrdi da je bio čitavo popodne s gazdaricom?

– Naravno. On je poslednja osoba koja tvrdi da je videla žrtvu živu, tako da je imao prilike da to uradi. Problem je u tome što on zna da ne bi imao mnogo izgleda da se izvuče nekažnjeno. – Zastao je na nekoliko trenutaka. – Ali možda je budala.

– Zločinačkih genija nema mnogo, slažem se. Pretpostavimo da je to bio Antonio, ali teško mi je da pronađem motiv i ne verujem da je toliko glup. U stvari, mislim da je promućuran tip koji zna gotovo sve što se događa ovde. Na osnovu onog što sam video, izgleda da gaji neku naklonost prema Mariji, ali ne vidim kako se to moglo razviti u ubilačku sklonost. Pored toga, da je želeo to da uradi, sigurno je imao mnoštvo mnogo manje očiglednih prilika da ubije poslodavca. Čemu tako nečuveno ponašanje u kući punoj potencijalnih svedoka i zašto mu je ona dala alibi?

Virđilio je nemoćno slegnuo ramenima i znao sam kako se oseća.

Virđilio je zatim ispitao Serenu, Elejn i Dženifer, koje su potvrdile da su čitavo popodne bile u sali za sastanke, mada je Serena priznala da je nakratko otišla do toaleta. Nakon toga smo razgovarali sa Šarlot, Gavinom i njegovom devojkom Emili, koji su potvrdili da su proveli popodne na bazenu i da mogu da garantuju jedni za druge. Profesorka Dajana nam je rekla da je odremala jedan sat u svojoj sobi pre nego što se sastala sa Agatom, i zajedno su otišle do bazena gde su zatekle ostale. To nas je ostavilo s Majkijem/Martinom i dvoje Kanađana. Pre nego što su ih uveli, otkrio sam Virđiliju ono što sam načuo na parkingu prve noći kad se taj krupni Amerikanac svojski trudio da prikrije svoj identitet. Takođe sam pomenuo strastvenu scenu između Kanađana na bazenu juče, i video sam da je Virđilio razrogačio oči u neverici. Počeo je od njih, i obojica smo jedva čekali da čujemo šta Vil, koji je prvi ušao, ima da kaže u svoju odbranu.

Vil je ušao i seo, kad je Virđilio počeo. – Zovete se Vilijam Gordon, i Kanađanin ste?

– Ne i ne. – Obojica smo ga zaprepašćeno pogledali dok je nastavljao. – Pre nego što objasnim, inspektore, smem li da postavim Denu jedno pitanje? – Okrenuo se i pogledao me je. – Smem li da pitam ko ste vi, Dene? Kako to da učestvujete u istrazi ubistva? To je više od puke radoznalosti. Važno je.

Pogledao sam Virđilija, koji je slegnuo ramenima i rekao sam Vilu istinu. – To je pošteno pitanje. Do pre šest meseci, bio sam glavni inspektor odeljenja za ubistva londonske policije. Inače, kao što sam rekao ostalima, samo pomažem prijatelju.

Vil je nekoliko puta klimnuo glavom, kao da je očekivao nešto takvo. – Imao sam osećaj da ste policajac. Ne pitajte me zašto. Stvar je u tome što ću vam reći nešto vrlo poverljivo. Mogu li biti siguran da će ostati tako što se tiče vas dvojice? – Pogledao je uniformisanog policajca za stolom. – A to se odnosi i na tog tipa.

Virđilio je odgovorio u ime svih nas. – Osim ako ne budete priznali ubistvo, možete biti sigurni da će to ostati među nama. – Osmehnuo se. – Pored toga, policajac Dragi ne govori ni reč engleskog. On je ovde samo da bi ostavljao utisak. – Kad je čuo svoje ime, policajac je podigao glavu, ali Virđilio mu je mahnuo rukom i rekao: – *Niente, Draghi, niente. Ritorna a dormire.* Vrati se na spavanje.

Vil se osmehnuo i onda stavio ruku u džep, izvadio novčanik i pokazao iskaznicu. – Dobro, nisam Kanađanin. Zovem se Vilijam, ali Vilijam Kuk. Ja sam američki savezni agent i radim za DEA. Moja „sestra"... – Napravio je prstima navodnike. – ... Rejčel zove se Rejčel O'Nil i ona mi je partnerka u DEA. Izvinjavam se zbog obmane, ali ovde smo na tajnoj misiji.

Iznenada je sve postalo jasno. Američka agencija za borbu protiv droge predstavlja veliku silu u obaveštajnom svetu, i shvatio sam šta se verovatno događa. – A osoba koju pratite je čovek koji naziva sebe Martin, ili da kažem Majki?

Sad je čovek iz DEA bio iznenađen. – Znate ko je on? – Zvučao je zadivljeno. – Ali kako? Da li ste mu i vi na tragu?

Odmahnuo sam glavom i otkrio kako sam načuo delić razgovora sinoć. – Samo znam da mu je pravo ime Majki. Ne znam mu prezime.

Vilu kao da je laknulo. – To je dobro. Što manje ljudi zna ko je on, to bolje. Zove se Majkl Martin Korniš i velika je faca u njujorškom svetu droge. Takođe je vrlo pametan ili srećan, verovatno oboje. Pratili smo ga gotovo godinu dana, i još ne možemo da mu naplatimo ni kaznu za parking. Ima legalnu firmu za uvoz – plišanih igračaka, verovali ili ne – i plaća porez. Izgleda da je potpuno čist, ali sigurni smo da stoji iza uvoza droge u SAD, u vrednosti od više miliona dolara. Rejčel i ja smo ovde da motrimo na njega za slučaj da se opusti. – Tužno je odmahnuo glavom. – Ali ne nadamo se mnogo.

Virđilio je odgovorio. – Hvala vam što ste nas obavestili. Sad, što se tiče istrage ubistva, moje prvo pitanje je jednostavno: mislite li da je Majkl Martin Korniš nekako uključen?

Vil je izgledao sumnjičavo. – Rejčel i ja smo postavili sebi isto pitanje kad se to dogodilo. Pretpostavljam da je moguće da je Džona Mur video ili čuo nešto kompromitujuće i da je morao da bude eliminisan, ali pošto dobro poznajem Korniša, sumnjam u to. Kao što sam rekao, trudi se da mu ruke ostanu čiste, a ubistvo usred dana sigurno nije u njegovom stilu. A pored toga, gotovo čitavo popodne smo mu *mi* bili alibi.

– Stvarno?

– Ovog popodneva, malo pre dva, Korniš je ostavio svoju verenicu u sali za sastanke dok je on otišao do obližnjeg gradića. Pratili smo ga dok je hodao ulicama. Ušao je u crkvu, u nekoliko prodavnica, a Rejč je čak „slučajno" naletela na njega i seli su i zajedno popili kafu. Od dva pa sve do četiri, kad smo se vratili i uleteli pravo u gužvu, nismo skidali pogled s njega. – Bespomoćno je podigao dlanove. – Izvinite, momci.

Rejčel O'Nil je pozvana sledeća i potvrdila je sve što je njen partner rekao. Na kraju je Virđilio pozvao Martina (poznatog kao Majki poznatog kao Majkl Martin Korniš) i Amerikanac je opisao svoje kretanje tokom popodneva, baš kao što su dva agenta DEA opisala. Bio je učtiv, čak srdačan, i ostavljao je utisak potpuno otvorene i iskrene osobe. Već sam viđao takve tipove i znao sam da su oni najopasniji. Očajan narkoman s rečju *MRŽNJA* istetoviranom na čelu i sa zarđalim nožem u ruci, ili šesnaestogodišnji pripadnik bande iz sirotinjske četvrti s pištoljem iz Drugog svetskog rata sitne su ribe u poređenju sa smrću i razaranjem kakve ovakvi uverljivi likovi ostavljaju za sobom. Ali zasad, Martin/Majki je izgledao kao dobrica. Čak je izvadio kutijicu iz džepa, uz dirljivu iskrenost, i pokazao nam prsten koji je upravo kupio za Dženifer. Možda je to bila istina, ali nismo mogli da znamo.

Nekoliko trenutaka nakon što je Martin/Majki napustio sobu, neko je pokucao na vrata. To je bio patolog s nekim zanimljivim novostima koje su dodatno zamutile vodu u ovom već zbunjujućem slučaju.

– Imam osećaj da ubijeni nije bio omiljen, Virđilio. – On i Pizano su se očigledno poznavali i namignuo je inspektoru. – Izgleda da je ta osoba, ili osobe, dvaput pokušala da ga ubije.

– Stvarno misliš da je u čaši bio otrov?

– Miriše mi na cijanid. Prilično sam siguran, ali moji ljudi u laboratoriji će analizirati ostatak u čaši i ostatak vina u boci i potvrditi to. Sutra ću uraditi autopsiju, ali prema onom što vidim, otrovan je pa uboden.

Virđilio je polako odmahnuo glavom. – Ubica je želeo da bude siguran.

– Ili *ubice*, množina. – Patolog je brzo dodao: – Nisam siguran da su se te dve aktivnosti odigrale istovremeno.

– Kažeš mi da misliš da je otrovan, a onda se neko potrudio da ga ubode nožem, malo kasnije, za svaki slučaj, iako je već bio mrtav?

– Možda nisu znali da li je živ ili mrtav. Nisam potpuno siguran koji je to otrov bio, ali neki toksini mogu da izazovu kod žrtve stanje nalik komi dok joj srce i dalje kuca. Ubica je želeo da se uveri da je žrtva mrtva.

– Možeš li mi dati vreme smrti?

– Najbolje što mogu je negde između jedan i tri. Možda ću znati preciznije kad završim autopsiju, ali ne nadaj se mnogo.

Virđilio je nemoćno uzdahnuo. – Pošalji mi izveštaj što pre možeš, važi, Đani? Kažem ti, nimalo mi ne olakšavaš život, znaš.

– Samo radim svoj posao, Virđilio, samo radim svoj posao.

Nakon što je otišao, Virđilio se okrenuo ka uniformisanom policajcu. – Idi i pokupi pasoše i lične karte od svih. Tim za otiske prstiju trebalo bi da je stigao. Želim da svima uzmu otiske. Kaži im da je to samo zbog eliminacije, ali da niko ne napušta vilu dok im ne dozvolim. Jasno?

Prst sumnje kao da je sve više pokazivao u jednom smeru iako, u dubini duše, nisam mogao da zamislim Antonija kao ubicu. Pogledao sam Virđilija. – Ovo iznenada stavlja batlera na vrh spiska osumnjičenih, zar ne? Verovatno je doneo bocu vina i čašu. Imamo samo njegovu reč da nije sipao otrov mada, kao što si rekao, morao je da zna da će biti uhvaćen.

– Slažem se. Osim ako nije potpuni idiot, morao je znati da će biti uhvaćen i, u svakom slučaju, zašto bi, zaboga, verni sluga nakon deset godina iznenada odlučio da ubije svog poslodavca? To nema smisla.

– Osim ako nije mislio da mora da zaštiti gazdaricu. Kao što sam rekao, mislim da mu je Marija draga.

Kad je telo odneto u mrtvačnicu, mesto zločina zapečaćeno, pasoši prikupljeni, a lokalna policija otišla, bilo je gotovo pola osam i odlučio sam da sutradan odem u Firencu po automobil. Antonio me je obavestio da postoji redovna autobuska linija od Montevolponea, ali Virđilio je rekao da će rado poslati patrolna kola po mene narednog popodneva. Izašao sam s njim napolje i stajali smo ćutke, gledajući predivnu vilu, fasadu koja je u suton poprimila nestvarnu ružičastu boju, zaokupljeni mislima.

Na kraju sam odlučio da sažmem situaciju, onako kako sam je video. – Jedna žrtva koju je, usred dana, ubio jedan ubica, možda i dvojica, i osumnjičeni koji naizgled imaju alibije. Uz to imamo troje ljudi koji žive ovde, možda četvoro ako računamo američkog kralja droge, s mogućim motivom. – Pogledao sam Virđilija i osmehnuo se. – Nekako imam osećaj da ćeš imati dosta posla.

– Naravno, nisu svi alibiji čvrsti. – Inspektor je listao beležnicu. – Imamo kratak period između kraja ručka i početka kursa. A crna dama i ona visoka, Agata ili tako nešto, tvrde da su spavale u svojim sobama od dva do tri, ali to niko ne može da potvrdi. – Podigao je pogled s beležnice. – Da volim da se kladim, uložio bih novac na batlera, ali to je vrlo nategnuto. Prilično je jasno da je on poslednja osoba koja je videla žrtvu živu, i kaže da ga je ostavio tamo s bocom vina, u deset do dva.

– Postoji stara engleska izreka koja kaže da je batler obično kriv, ali u ovom slučaju sumnjam u to.

– Znam na šta misliš, ali ako ignorišemo batlera kao sumnjivca u ovom trenutku, i zanemarimo dame koje su dremale, i dalje imamo deset minuta vremena otkako je batler ostavio žrtvu samu u deset do dva i početka predavanja u dva. Deset minuta je dovoljno vremena da gotovo svako od njih uradi to, ali jedva. – Glasno je zatvorio beležnicu i otvorio vrata kola. – Mnogo ti hvala na pomoći, Danijele. Radujem se ručku u nedelju.

Ispružio sam ruku. – Vidimo se tad, Virđilio. – Oklevao sam pre nego što sam doneo odluku. Trebalo bi da sam u penziji i na odmoru, ali uvek sam voleo izazove i uživao sam u ovih poslednjih nekoliko sati više nego što bi moja supruga mogla da shvati. – Slušaj, voleo bih da pomognem, ako misliš da mogu da budem koristan, ali poslednje što želim je da ti smetam. Mogu da njuškam ako želiš i da te obavestim ako otkrijem nešto. Marija mi je juče rekla da je Džona bio pod stresom... pod tolikim stresom da je, izgleda, kupio pištolj i psa čuvara. Videću mogu li da otkrijem o čemu se radi.

– Govoriš mi da, ako se osećao ugroženo, možda postoji još neki sumnjivac... – Virđilio je teatralno uzdahnuo. – Imam osećaj da ću večeras otvoriti Polovu bocu viskija. *Ciao*, Danijele, i biću ti zahvalan na bilo kakvoj pomoći. Hvala na ponudi. U ovom slučaju će mi biti potrebna sva moguća pomoć.

Večera u vili bila je sjajna kao i obično, ali atmosfera za stolom je bila vrlo turobna. Trpezarija je sad bila zapečaćena, a lepljiva traka s natpisom *Mesto zločina – ne ulazi* bila je zalepljena preko vrata, tako da smo jeli u sali za sastanke. Imali smo dve glavne teme za razgovor, a prva je bila neposredna budućnost. Agata je, neizbežno, progovorila prva.

– Šta će se dogoditi s nama? Imam povratni let za dvanaest dana i ne mogu da promenim datum. Da li će se kurs nastaviti? Šta će se dogoditi ako svi budemo morali da odemo odavde? Kuda bismo otišli?

Dajana i Elejn su požurile da se pridruže horu zabrinutih, ali ućutkala ih je Milisent, i dalje odevena kao plemkinja iz doba kralja Edvarda. Razumljivo, Marija je odlučila da večera sama, ali Milisent je zauzela njeno mesto i sela u čelo stola.

– Kurs će se nastaviti. Ne brinite se zbog toga. Ispunićemo svoje obaveze. – Ton joj je bio nepopustljiv kao i uvek. – Kao što se Agata seća od prošle godine, moj brat nije imao mnogo veze s kursom i njegovo odsustvo se neće osetiti. Serena i ja ćemo nastaviti. Antonio i Anaroza će nastaviti da se brinu o vama, a sobarica će nastaviti da dolazi svakog jutra da vam rasprema sobe. Ne brinite. Predstava se nastavlja.

Pridružio sam se ostalima koji su zadovoljno klimali glavom i čak se i Agata smirila. Shvatio sam da sam uživao u kursu i bar neke stvari koje radimo biće stvarno korisne. Napokon, predavanja o tehnici pisanja mogu da se primene na svaki žanr, ne samo na erotiku.

Trenutak kasnije, Milisent je pokrenula drugo goruće pitanje te večeri: mene.

– Dobro, Danijele, možda biste bili ljubazni da nam objasnite kako ste se uključili u policijsku istragu. – Mogao sam da je zamislim kako koristi isti zlokobni ton kad pita da li je neki od njenih učenika počinio smrtni greh tako što nije predao zadatak na vreme. Moja prošlost je morala biti otkrivena pre ili kasnije, i odlučio sam da je došlo vreme za to.

– Nedavno sam otišao u penziju s mesta glavnog inspektora londonske policije. – Video sam kako dižu obrve. Posebno mi se učinilo da sam video sjaj u Majkijevom/Martinovom oku. – Danas sam upoznao inspektora Pizana. On je prijatelj jednog od mojih bivših kolega i sasvim slučajno sam mu otišao u posetu kad se dogodilo sve ovo.

– I bićete uključeni u istragu? – Na osnovu izraza lica ljudi oko stola, Agata je govorila ono što su svi mislili. – Hoćete li nas isleđivati? – Bilo je dovoljno besa u njenom glasu da izazove tih žamor odobravanja nekih prisutnih. Pokušao sam da joj uputim svoj najnedužniji osmeh.

– Zaboravite na to, Agata. Kao što sam vam rekao, u penziji sam i samo sam pomogao oko prevođenja, što se ispostavilo kao potpuno nepotrebno. Nemam nikakvu nameru da se uključujem u tuđu istragu ubistva. – Osmehnuo sam se svim prisutnima. – Posebno besplatno. Ne, u penziji sam i ovde sam zbog kursa i, kao i vi, radujem se što će se nastaviti. Sve dok niko ne pokuša da me ubije, neću se mešati.

Večera se nastavila i atmosfera se postepeno opustila, u izvesnoj meri. Šarlot je bila mnogo pričljivija nego pre i ispitivala me je o vremenu provedenom u policiji, više se usredsređujući na moj privatni život nego na dužnosti. Na kraju sam joj rekao kako su posao i još neke stvari doveli do sloma mog braka. Izrazila je saosećanje dok je Agata, koja je imala sluh kao ris a ne kao sedamdesetogodišnjakinja, videla to kao potvrdu svoje odluke da se brak jednog policajca u njenom najnovijem romanu završi razvodom.

Nakon što smo popili kafu, izašao sam na noćni vazduh. Bilo je tek pola deset, ali toliko toga se dogodilo da sam bio prilično umoran, mada je to možda bilo od crnog vina. Seo sam na kamene stepenice iznad terena za kroket i gotovo poželeo da nisam prestao da pušim pre trideset godina. Noć je pala i, kao i pre, zvezde su osvetljavale okolinu izuzetno jasno. Bilo je prijatno i veoma pozna-to. Teško je bilo poverovati da se pre svega nekoliko sati ovde do-godila nasilna smrt. Druga pomisao koju nisam mogao da izbacim iz glave je da sam, iako na odmoru i u penziji, sad bio vraćen u svoj stari život i to mi se svidelo. Nisam mogao da pobegnem od činje-nice da je taj povratak na poznati teren bio dobrodošao, iako bi se moja žena užasnula. Ali opet, podsetio sam sebe, zbog načina na koji se stvari odvijaju više ne moram da se brinem šta će moja žena pomisliti. Bio sam slobodan i, kao takav, mogao sam da se uključim u ovu istragu koliko god želim.

Bio sam napolju svega minut ili dva kad sam čuo tiho tapkanje šapa na kamenu iza sebe i hladna, vlažna njuška počela je da mi gurka uvo. Nežno sam je odgurnuo, okrenuo se i video njegove oči kako se presijavaju zeleno na svetlosti zvezda.

– *Ciao*, Oskare. Drago mi je što te vidim.

Pas se trudio da mi se popne u krilo pre nego što se zadovoljio da legne kraj mene i spusti mi veliku, čupavu glavu na koleno. Dok sam ga mazio, pogledao sam mu lice.

– Ko je to uradio, Oskare? Bio si tamo. Mora da si video šta se dogodilo.

Jedini odgovor bio je lizanje prstiju i ponovo sam zaćutao, dok je moj mozak pokušavao da proseje sve priče koje sam čuo i shvati događaje u vili *Volpone* ovog popodneva. Želeo sam da imam svoju tablu. U kancelariji u policiji, imao sam veliku tablu i markere u raznim bojama, koje sam koristio da stvorim šemu slučaja: podatke s mesta zločina, glavne osumnjičene i podatke o njima, kao i mape i fotografije. Ovde sam imao samo A4 svesku koju sam poneo i crnu hemijsku. Ipak, rekao sam Virđiliju da želim da se uključim i rešio sam da upotrebim svoje ograničene resurse i pokušam sve da po-složim.

Džona Mur je bio neprijatna osoba ali, kao što je Agata ispravno primetila, ima mnogo neprijatnih ljudi na svetu pa neprijatnost nije opravdanje za ubistvo. Ko je to uradio? Zlostavljana žena, nakon go-dina maltretiranja? Sestra, koja se osećala iskorišćeno i zloupotre-bljeno? Batler, koji je nakon deset godina naglo poludeo ili pohitao u pomoć svojoj gazdarici? Nemilosrdni diler droge koji je delovao da bi uklonio potencijalnog svedoka nekog sumnjivog posla? A šta je Marija mislila kad je rekla da je njen muž bio pod stresom i paranoičan? Da li je imao neprijatelje? Da li mu je neko pretio? Ako je tako, ko je to bio? Jedna stvar je bila sigurna: bilo je potrebno mnogo istraživanja prošlosti Džone Mura i ljudi oko njega.

Nakon nekog vremena, ustao sam i moj četvoronožni prijatelj i ja otišli smo da se prošetamo oko vile. Bila je to još jedna divna noć i vazduh je bio pun zanosnih mirisa od orlovih noktiju do glicinije, ruzmarina i lavande. Senke ispod drveća bile su pune minijaturnih žutih bleskova svitaca, a sova je hukala s jednog visokog čempresa. Duboko sam udahnuo i odlučio da mi se Toskana prilično sviđa. Palo mi je na pamet da bi se i Helen svidelo ovo mesto, ali avaj, izgledalo je da ga nikad neće upoznati... makar ne sa mnom. Uprkos idiličnom okruženju, sneveselio sam se, i osetio kako me ponovo obuzima seta.

Nisam imao mnogo vremena da sažaljevam sebe. Baš kad smo pas i ja stigli do drugog kraja povrtnjaka, uočio sam neki taman oblik kako se približava stazom. Kako se približavao, video sam da su to jedna veća i jedna manja senka. Bili su to Majki/Martin i njegova mlada pratilja, Dženifer. Pas je prijateljski otkasao do njih da ih pozdravi, tako da sam usporio i zaustavio se.

– Vas dvoje takođe pokušavate da razbistrite misli nakon današnjih događaja?

– Zdravo, Dene. Napokon su mi misli potpuno bistre. – Majki/Martin je zvučao opušteno. – U stvari, možete da budete prvi koji će čuti šta se dogodilo. – Okrenuo je glavu ka Džen, koja je mazila psa jednom rukom, dok je drugom držala Majkija/Martina. – Hoćeš li ti da mu kažeš, dušo?

Ispravila se. – Martin me je upravo zaprosio i pristala sam. – Zvučala je uzbuđeno i poljubila je novopečenog verenika u obraz. – Tako sam uzbuđena.

– Čestitam vam oboma. – Shvatio sam da je to potvrda onog što nam je Majki/Martin rekao ranije, ili je označavalo da je Džen sad saučesnica koja pokušava da ga zaštiti. – Želim vam srećan zajednički život. – Lopuža ili ne, nadao sam se da će uspeti u tome.

Neizbežno, to me je ponovo podsetilo na Helen, ali iznenadio sam se što je Majki/Martin takođe pomislio na nju.

– Slučajno sam čuo da vam je brak propao, Dene. Žao mi je zbog toga. Bojim se da to nije prvi put da sam čuo kako se to događa policajcima. Da li je to zbog radnog vremena? – Zvučao je iskreno zabrinuto i morao sam da podsetim sebe da je taj tip najverovatnije na spisku najtraženijih američkih kriminalaca.

– Hvala, Martine. Bilo je to zbog mnogih stvari, ali radno vreme i često odsustvovanje od kuće nisu pomogli.

– Šteta. – Ispružio je veliku šaku i potapšao me je po ramenu. – Ipak, pametan ste čovek; pronaći ćete drugu damu.

Nakon što je srećni par otišao prema vili, Oskar i ja smo nastavili kroz šumarak do omiljene klupe, gde sam izvadio telefon i zamalo pozvao Helen, samo da joj čujem glas, a onda sam se uplašio i pozvao ćerku.

– Zdravo, dušo, kako si? – Palo mi je na pamet, dok sam govorio, da sam upotrebio isto tepanje kao čovek koji je verovatno bio opasan kriminalac.

– Zdravo, tata. Dobro sam, hvala. Kaži mi kako napreduje kurs. *Bukerova nagrada* sledeće godine?

Ispričao sam joj o kursu i drugim polaznicima, ali sam odlučio da joj ne kažem šta se dogodilo Džoni. To može da sačeka. Nakon nekog vremena, konačno sam joj postavio pitanje koje me je mučilo.

– Jesi li razgovarala s mamom? Poslala mi je poruku i rekla da će biti odsutna nekoliko dana. Znaš li kuda je otišla? – Uspeo sam da se zaustavim pre nego što sam pitao s kim.

– Negde blizu Bornmuta. Tereni za golf... Tu održavaju školu golfa, i naravno da je na terenu za golf. Znaš na šta mislim. Tamo je s nekim prijateljem, mislim. Nisam sigurna.

– O, dobro... u redu, ako te pozove, pozdravi je, hoćeš li?

– O, tata... – Čuo sam je kako se dvoumi, a onda se pribrala. – Naravno da ću joj reći. Čuvaj se, čuješ li me. I uživaj u kursu.

– Daću sve od sebe. Da budem iskren, ovi ljudi nisu tako loši.

Osim što se među njima nalazi poneki ubica.

6.

Sreda/četvrtak

Sutradan, nakon jutra posvećenog teškoćama i mukama pisanja uverljivog dijaloga, praćenog zadivljujućom ali iscrpljujućom diskusijom o prihvatljivim sinonimima za muške i ženske genitalije i čin koitusa, ručao sam sa ostalima i onda otišao u svoju sobu sa A4 sveskom. Pokušavao sam da smislim redosled koji pokazuje gde su svi tvrdili da su bili između jedan i tri prethodnog dana, kad mi je telefon zazvonio. Bio je to Virđilio.

– *Ciao*, Danijele. Kako napreduje kurs? Da li se održava?

– *Ciao*, Virđilio. Da, sve je kao i obično, mada mi je teško da se usredsredim. Da budem iskren, više me zanima ubistvo. Sedeo sam ovde i pokušavao da zapišem sve što se dogodilo juče. Ima li nekih novosti?

– Da, ali to mi ne olakšava posao. Upravo sam dobio toksikološki izveštaj. Rekao si da sediš? Dobro. I bolje ti je, jer sad se ispostavilo da je juče bilo najmanje *tri* pokušaja ubistva Džone Mura.

– Tri? Nikad ranije nisam imao takav slučaj. Možda su se samo nadovezali jedan na drugi.

– U izveštaju piše tri, i počinjem da sumnjam da je tako. Tu je bodež zaboden u srce – u samu sredinu – i tu je talog u čaši, nesumnjivo cijanid, ali slušaj ovo: analiza vina u boci otkrila je prisustvo ekstrakta oleandrina, koji može da izazove grčeve i smrt. U izveštaju piše da koncentracija otrova u boci ne bi bila smrtonosna, mada bi žrtva bila danima bolesna kao pas.

– Oleandrin? Nikad nisam čuo za njega. Šta je to?

– Verovao ili ne, vrlo se lako proizvodi od oleandera. Svaki list, stabljika i cvet su im otrovni, a primetio sam da je vrt oko vile pun te biljke... Znaš ono žbunje koje se nalazi sa obe strane prilaza, prekriveno divnim ružičastim i crvenim cvećem.

Nisam vrtlar, ali tačno sam znao na koje je biljke mislio i morao sam da se saglasim da su cvetovi divni, mada sam se zaprepastio što su i otrovni. U međuvremenu, počeo sam potpuno da shvatam ono što sam čuo. – Dakle, da ponovimo: Džona je imao bodež u srcu, tragove cijanida u praznoj čaši, i dozu cvetnog otrova u vinskoj boci, mada ne obavezno smrtonosnu. Prokletstvo, patolog je bio u pravu, neki ljudi ga uopšte nisu voleli. Dakle, šta ga je tačno ubilo? Cijanid, pretpostavljam?

– Da. Bilo ga je mnogo, paralisao ga je u roku od nekoliko sekundi, a ubio ga je najduže za minut.

– A bodež?

– Zbog nedostatka krvi, mora da je uboden nakon što je srce prestalo da mu kuca, ali Đani, patolog, ne može da odredi da li je to urađeno odmah posle ili možda sat kasnije. Kasnije će obaviti autopsiju i to nam možda otkrije nešto novo.

– Dakle, tražimo dva počinioca: jednog koji je sipao cijanid, koji ga je ubio, i drugog koji je došao kasnije, video ga komiranog i ubo ga, nesvestan da je već mrtav, ili samo zato što je bio u mogućnosti. – Bila mi je potrebna pauza da svarim sve to. – Ili ih je možda bilo troje ako je neki mogući ubica sipao taj oleander. Dragi bože...

– Slažem se; malo božanske pomoći bi nam koristilo. U svakom slučaju, slušaj, pitao sam se... Obećao sam da ću poslati vozača po tebe kako bi mogao da odeš po iznajmljena kola. Da li bi bio raspoložen da svratiš kod mene na pola sata, da te upoznam s dosadašnjom istragom? Britanska perspektiva je možda ono što nam je potrebno. Sad mi se čini da sam se zaglavio u živom pesku.

– Rado ću pomoći kako god mogu.

– Da pošaljem kola negde oko pet, recimo?

Po mene je došao isti policajac koji je dovezao Virđilija i mene u vilu prethodnog dana, i od njega sam saznao da je poslat zahtev u London za podatke o preminulom i svim trenutnim stanovnicima vile. Podatke su očekivali najkasnije u petak. Istraga u Italiji i provera italijanskih državljana već je obavljena i nije dala nikakve rezultate. Marija i kuvarica Anaroza vodile su naizgled pošten život, a Antonio je imao samo prekršajnu prijavu pre dvadeset pet godina zbog tuče nakon fudbalske utakmice, i to je bilo sve. Izgledalo je da nemaju mračne tajne iz prošlosti. Proverena je i rumunska sobarica, koja je radila samo ujutru, i vrtlar, koji je trenutno bio na godišnjem odmoru na Sardiniji, sa svojom suprugom. Ni tu nije ništa pronađeno.

Bio sam zadovoljan kad sam u Virđilijevoj kancelariji u policijskoj stanici video lepu tablu za pisanje, sad prekrivenu imenima svih učesnika, pravim i lažnim. Inspektor je razgovarao telefonom i, dok sam čekao, proveravao sam ono što vidim na tabli. Ubrzo sam shvatio da i Virđilio koristi sistem semafora za osumnjičene. Antonio, Marija, Milisent i Majki/Martin bili su crveni, ja sam bio zelen s dvoje Kanađana, a ostali su bili žuti. Postojala je samo jedna očigledna omaška. Kad je Virđilio završio telefonski razgovor i prišao da se rukuje sa mnom, morao sam da mu to naglasim.

– Zaboravio si Oskara. – Kao i obično, obratio sam mu se na italijanskom.

– Oskara?

– Psa. Napokon, on nam je jedini svedok.

– Kako se stvari odvijaju, on nam je verovatno najbolja nada. – Rukovali smo se i on me je obavestio o novostima... kojih je bilo vrlo malo. – To je bio Đani, patolog. Prilično je siguran da je ubodna rana naneta izvesno vreme – možda jedan sat – nakon što je otrov ubio žrtvu.

– Dakle, sve je verovatnije da imamo više ubica: jednog koji je koristio otrov i drugog koji je ubo leš, verovatno misleći da je i dalje živ. I ne zaboravimo nekog trećeg ko se nadao da će ga otrovom od oleandera ili ubiti ili makar razboleti.

Virđilio je klimnuo glavom. – Upravo tako. To nam ne pomaže mnogo, zar ne? Dok ne dobijemo vesti iz Velike Britanije, nećemo znati ništa o polaznicima kursa, niti o samoj žrtvi pre dolaska ovamo. Ako se ispostavi da su svi nevini, šta onda da uradimo? Nema šanse da mogu da sklopim bilo kakav slučaj protiv glavnih osumnjičenih, bez ikakvih konkretnih dokaza. Ko bi to rekao, drška noža je obrisana, a jedini otisci na čaši pripadaju žrtvi, uz nekoliko delimičnih koji pripadaju batleru, ali on nam je već rekao da je doneo bocu i čašu. Nemamo dovoljno dokaza da ga optužimo, mada je on za mene i dalje prvi osumnjičeni.

– Pretpostavljam da moram da se saglasim, ali bez motiva i dalje nemamo ništa. Ne zaboravi da on tvrdi kako ima prilično solidan alibi. Imam osećaj da on to nije uradio, ali moramo ponovo da razgovaramo s njim. Šta da radimo? Da ga pozovemo u stanicu na ispitivanje?

– Mislio sam da sutra dođem u vilu i malo ga pritisnem. – Osmehnuo sam se kad sam pomislio na to. Upotrebio je italijanski izraz *torchiare*, koji sam tek nedavno naučio. To je bila reč kojom su seljaci opisivali ceđenje poslednje kapi soka iz grožđa, prilikom pravljenja vina ili iz maslina prilikom pravljenja ulja. Nije bilo nikakve sumnje da su mi razgovori s Virđiliom čudesno širili rečnik. Virđilio je slegnuo ramenima. – Ko zna? Ako je bio dovoljno glup da to uradi, možda je dovoljno glup da prizna.

– Šta misliš o dve osumnjičene – Mariji i njenoj zaovi Milisent – i šta je sa onim krupnim Amerikancem? Iskreno, ne vidim da je iko od njih ubica, ali ne mislim ni da je Antonio. Možda je to ipak bio neko spolja.

– Ne znam. Nakon što sam juče razgovarao s Marijom, teško mi je da poverujem da je ona mogla da uradi to... ali događale su se i neobičnije stvari. A što se tiče žrtvine sestre, mogu da poverujem da je sposobna za sve, ali opet, bez dokaza je to samo gubljenje vremena. – Nemoćno je uzdahnuo. – Ne možemo da zanemarimo to i moraćemo ponovo da razgovaramo sa obe. Sutra ću prvo razgovarati s batlerom, a onda s te dve žene.

– Ako ti je potrebna pomoć oko prevođenja u razgovoru s Milisent, samo me pozovi. Samo da ti napomenem: ona govori glasno i jasno. Verovatno ti neću biti potreban.

– Hvala. Ako bude problema, pozvaću te. Čitavog jutra ćeš imati predavanja, zar ne?

– Da, biću tamo. A šta je s Majklom Martinom Kornišom? Ne bih rekao da je umešan, ali...

– Saznao sam nešto o njemu. Javio mi se lično bog, *questore*, pre sat vremena. Glavonje iz Rima su mu zavrnule uši, ni manje ni više. Izgleda da se uključila i američka ambasada, na najvišem diplomatskom nivou. Oni bi nam bili „veoma zahvalni" da se okanemo Korniša, osim ako nemamo nešto konkretno protiv njega. A pod tim podrazumevaju neoborive dokaze. Oni žele da on veruje kako se i dalje kreće slobodno i da ga niko ne prati. Smrt nekog nasumičnog Engleza je izgleda manje važna od prilike da se uhapsi veliki diler droge.

– Zašto nisam iznenađen? Politika, droga i, naravno, ugledi bogatih i slavnih obično su važniji od običnijih problema. To se događalo i ranije, i obojica znamo da će se ponovo dogoditi. – To je bio još jedan od razloga koji je doprineo mojoj odluci da napustim policiju. Možda sam previše staromodan, ali verujem da pravda treba da bude dostupna svima.

Sutra ujutro sam otišao na trčanje s Vilom, i ovog puta je i Rejčel pošla s nama. Dogovorili smo se sinoć, nakon vrlo dobrog ali nimalo opuštenog obroka. Marija je ponovo bila odsutna, a Milisent je sedela u čelu stola. Niko se nije iznenadio kad je rekla da je predviđen izlet do Firence odložen. Kako je Marija trebalo da nam bude vodič, svi su imali razumevanja. To mi nije smetalo. Već sam odlučio da se odvezem do Firence u zamenskom iznajmljenom automobilu – boljem od prethodnog – i sâm istražujem, mada mi je bilo teško da se usredsredim na svoj roman kad mi je mozak još bio zaokupljen događajima od utorka.

Krenuo sam na trčanje s dvoje agenata DEA i kad smo se udaljili od vile i mogućih radoznalaca, razgovarali smo o slučaju dok smo trčali. Vil i Rejčel su već dobili obaveštenje od ambasade da će Majki/Martin biti isključen iz istrage i zvučali su kao da im je laknulo, i još su se nadali da će pronaći dokaze da je umešan u nešto veliko. Oboje su ponovili ono što su rekli Virđiliju – da Majkl Martin Korniš nije poznat po hladnokrvnim ubistvima i da iskreno ne veruju da je bio umešan. Rekao sam im za objavu veridbe u vrtu i Rejčel mi je potvrdila da se njegova nova verenica, Dženifer, razmetala neverovatno skupim prstenom pred damama. Iako je možda zlikovac, Majki/Martin je očigledno imao dobar ukus.

Išli smo istim putem kao u ponedeljak ujutro i zaustavili smo se na vrhu da se divimo pogledu. Tu smo mogli da govorimo slobodno, i odlučio sam da im udelim jedan savet.

– Ovaj... postoji nešto za šta mislim da je bolje da vam kažem, ljudi. – Vil i Rejčel su stajali jedno kraj drugog, gledajući preko maslinjaka i vinograda prema Firenci, i okrenuli su glave ka meni. – Pošto se predstavljate kao brat i sestra, bolje bi bilo da budete manje strastveni u javnosti. – Počeo sam da im pričam o tuširanju kraj bazena i oboje su pocrveneli. Rejčel je prva progovorila.

– Potpuno ste u pravu, Danijele. Hvala vam na upozorenju. Stvar je u tome... – Pogledala je Vila. – Odnosi između kolega su zabranjeni, ali mi se sve više zbližavamo. Boravak ovde nas je verovatno naveo da izgubimo glavu. Kontrolisaćemo se, obećavam, mada to neće biti lako. – Zaljubljeni pogled koji je uputila Vilu probudio mi je bolna sećanja. – Makar javno.

Vil se takođe zahvalio. – Sigurno ćemo povesti više računa. Činjenica je da su stvari među nama sad ozbiljne. Kad se vratimo u SAD uradićemo nešto povodom toga.

Dotad sam uspevao da potisnem uspomene na početak veze s Helen i osmehnuo sam im se. – Možda krenete stopama Majkla Martina Korniša i mlade Džen? Tako vam put u Toskanu neće biti potpuni neuspeh, makar ga ne uhvatili kako radi nešto što ne bi trebalo da radi.

Na povratku ka vili, razmišljao sam o ironiji lovaca i plena kojima se događaju slične stvari u privatnom životu. Nadao sam se da će oba para imati uspeha.

Većeg nego ja.

Kad su svi polaznici kursa izašli iz sale za sastanke na dobrodošlu jutarnju pauzu nakon bavljenja gramatikom i izvesnim anatomskim pojedinostima neophodnim za opisivanje koitusa, na parkingu su se nalazila tri policijska automobila. Pili smo čaj i kafu kad je jedan policajac došao i zamolio nas da se ne vraćamo u svoje sobe jer je u toku pretres vile. Osim nekoliko očekivanih Agatinih protesta o kršenju prava, svi smo prihvatili neizbežno i zapitali se da li će pretres dati neke rezultate. Verovatno traže tragove otrova, odbačene rukavice, ili prazne bočice, ali nakon gotovo četrdeset osam sati verovao sam da bi se i najgluplji ubica dosad otarasio inkriminišućih dokaza.

Ipak, to je moralo da se uradi i bilo mi je drago što u mojoj sobi nije bilo ničeg sramotnog osim moje i Helenine fotografije sa Ibice, iz nekog srećnijeg doba. Kratka kosa kakvu sam nosio u to vreme nije mi pristajala, ali tvrdoglavo sam je se držao nekoliko godina, pre nego što me je odgovorila od toga.

Druga polovina jutra pretvorila se u raspravu o nečem što sam uvek smatrao vrlo uobičajenim, svakodnevnom odevnom predmetu: gaćama. Gotovo da nisam mogao da poverujem koliko je zanimanja to izazvalo. Šarlot je prva počela, sasvim nedužno, i kazala je da je pravilan izraz za ženski donji veš jednostavno „gaće“. Dajana se nije saglasila.

– Možda u Velikoj Britaniji, ali ne i u Americi. Kod nas gaće mogu da budu i dugačke. – Pogledala je Dženifer, tražeći potvrdu.

– Da, tako je.

– Kako vi onda zovete gaće? – Šarlot je izgledala zbunjeno.

– Gaćice. – Džen je pogledala oko stola. – Vi imate gaćice u Engleskoj, zar ne?

Agata se odlučno oglasila. – Nipošto. „Gaćice“... *užasna* reč. – Dodatno je naglasila tu reč, tako da ne bude zabune. – Nikad je ne koristim.

– Kako onda kažete?

– Gaće.

– Da, ali...

Počeo sam već da uživam u tome, i ponudio sam skroman predlog. – A šta je s „kilotama“?

To je izazvalo opšti prezir kod ostalih polaznika. Elejn je, ljubazno, pokušala da objasni.

– „Kilote", to je tako staromodna reč. Gotovo podjednako loša kao „bapske gaće" ili „duge gaće".

Šarlot je pokušala ponovo. – Da li je onda predlog da svi likovi nose tange? Tako bismo mogli da izbegnemo zabunu s gaćama?

Avaj, taj predlog je brzo odbačen. Ovog puta je to uradila Serena. – U Australiji, tange su ono što u Velikoj Britaniji nazivamo japanke. Australijanci ih nose na stopalima.

– A kako onda zovu tange? Bože... ovo je komplikovano.

Rasprava se nastavila sve dok me Elejn nije pitala šta imam na sebi. Samo da se zna, nosio sam bele bokserice kupljene u *Marks i Spenseru*, i Helen mi ih je kupovala poslednjih trideset godina, ali iz nekog razloga sam se osećao razigrano u tom trenutku, i rekao sam im da ne nosim ništa, očekujući zaprepašćenje. Umesto toga, začuo se tih žamor oko stola i dobio sam pogled odobravanja od Elejn, koja je promrmljala: – O-ho, gologuzan.

I dalje sam pokušavao da ih uverim – bez skidanja pantalona – da sam se samo šalio, kad je došlo vreme ručka i predavanje je završeno, uz saglasnost dve strane da nema saglasnosti. Počeo sam da shvatam da pisanje erotskih romana zahteva više veštine nego što se misli.

Na iznenađenje svih prisutnih, Marija se pojavila za stolom i sela na stolicu na kojoj je ranije sedeo njen muž, odmah pored Milisent. Hranu je poslužio Antonio, tako da je bilo sasvim izvesno da ispitivanje nije dovelo do priznanja niti konačnog dokaza krivice, a jutarnji pretres nije otkrio nikakve tajne. Marija je izgledala kao da joj je laknulo, mada su podočnjaci svedočili o tome da pati. S obzirom na način na koji se Džona ponašao prema njoj, to je bilo neočekivano, ali tokom karijere sam imao više slučajeva zlostavljanja u porodici gde su žrtve ostale nekako emotivno povezane sa zlostavljačima. Kako je ono moj otac govorio o ljudima?

Sumnjičavi detektiv u meni smislio je još jedan mogući scenario: da li je Marija imala neki razlog da izmisli zlostavljanje, a Džona nije bio čudovište kakvo smo mislili da jeste? Ubrzo sam odbacio tu pomisao. Pre svega, izgledalo mi je da bi bilo izuzetno teško nekom s tako malim šakama kao što su njene, da napravi sebi modrice na takav način da izgleda kao da joj je neko stegao ruku. Pored toga, koji bi motiv imala za takvu predstavu?

Marija se izvinila zbog odlaganja današnjeg odlaska u Firencu i najavila da ćemo ići sutra. Gotovo svi su, uključujući i mene, kazali kako nameravaju da pođu i odlučio sam da odložim svoj planirani odlazak u Firencu ovog popodneva i rešio da ostanem u okolini Montevolponea i možda malo istražujem. Nakon ručka, otišao sam do Marije i pitao je da li smem da povedem Oskara u šetnju, a ona je spremno pristala.

– Biće oduševljen. Uza svu tu policiju koja se muvala ovde jutros, bio je zatvoren u kuhinji. Dođite po njega kad god vam odgovara.

Svi ostali su gotovo ustali i otišli, tako da sam se primakao i utišao glas. – Kako se držite?

Klimnula je glavom i izvadila iz rukava papirnu maramicu da izduva nos, pre nego što je odgovorila. – Dobro sam, hvala na pitanju, Dene. Imala sam jutros dugačak razgovor s policijom, ali ne znam da li su bliže otkrivanju šta se tačno dogodilo. Nisam mogla mnogo da im pomognem.

– Na osnovu onog što sam video, inspektor Pizano je dobar čovek i pametan detektiv. Siguran sam da će razjasniti sve. – Seo sam na Milisentino prazno mesto. – Da li ste mu rekli ono što ste meni pričali o tome kako je Džona bio pod stresom? O čemu se tu radilo?

– Kazala sam mu sve što sam mogla. – Video sam kako Marija gleda oko sebe, ali u prostoriji smo bili samo nas dvoje. – Džona je počeo da dobija pisma... znate, anonimna preteća pisma.

– Otkad?

– Od početka godine, otprilike jedno mesečno.

– I šta je pisalo?

– Nikad mi ih nije pokazao, ali jedne večeri mu se omaklo da je u jednom od njih bila pretnja smrću.

– A da li su bila na engleskom ili italijanskom?

– Mislim na engleskom... – Video sam da razmišlja. – Gotovo sam sigurna da jesu. Videla sam jedan od koverata pre nego što ga je odneo da ga otvori nasamo, i sigurna sam da sam videla britanski štambilj.

– A gde su sad ta pisma?

– Nemam predstavu. Tražila sam ih svuda, ali nema ih. Mogu samo da pretpostavim da ih je uništio. Inspektor Pizano je rekao svojim ljudima da ih potraže jutros, ali nisam čula da su ih pronašli.

Pažljivo sam je posmatrao dok mi je to govorila, proveravajući da li će njen govor tela otkriti neke znakove krivice, ali nisam video ništa osim zbunjenosti i nemoći. Ako je glumila, onda je to radila sjajno.

Potisnuo sam nervozno gunđanje kad sam čuo da se pisma nisu pojavila. Ona bi bila važan dokaz i mogla bi da potvrde Marijinu nevinost. I pored toga, imao sam osećaj da govori istinu i, ako je tako, prijem pretećih pisama iz Velike Britanije iznenada je otvorio vrata mogućnosti da je makar jedan od počinilaca Britanac... a to je uključivalo polovinu trenutnih stanovnika vile. Možda ubica ili ubice nisu pripadale bliskom krugu Džoninih prijatelja ovde u Italiji. Ali šta je mogao da uradi nekom da ga natera da mu preti smrću? Bio sam pomalo iznenađen da su takve pretnje slate klasičnom poštom. U današnje vreme čovek bi očekivao da dođu elektronskim putem. Da li je to možda ukazivalo na nekog starijeg i manje veštog s kompjuterima?

Sišao sam u kuhinju da pokupim svog partnera za šetnju, i labrador me je oduševljeno dočekao. Antonio je takođe bio tamo i sedeo je za stolom gledajući nešto što je izgledalo kao album s poštanskim markama, i iskoristio sam činjenicu da smo sami da mu postavim nekoliko pitanja. Počeo sam pokušajem da ga opustim. Nekako se nisam iznenadio kad sam video da mu je hobi skupljanje maraka. To je prilično odgovaralo njegovoj ćutljivoj prirodi.

– Da li dugo skupljate marke? Moj otac je bio filatelista.

To je izazvalo nervozan osmeh kod njega. – Čitavog života. To je vrlo smirujuća i opuštajuća razbibriga.

– Kako je prošao jutrošnji razgovor sa inspektorom?

Batlerovo ispijeno lice izgledalo je još žalosnije ovog popodneva i razlog za njegovo nezadovoljstvo odmah je postao jasan.

– Siguran sam da inspektor misli kako sam ubio sinjora Džonu; gotovo mi je to rekao. – Gledao me je molećivo i počeo je da krši ruke, što se ne viđa svakog dana. – Nisam uradio to, gospodine, nisam. Rekao sam to inspektoru, ali siguran sam da mi nije poverovao. Šta ako me uhapse i pošalju u zatvor? Moja majka bi umrla od sramote, a moj otac bi se verovatno ubio.

– Na osnovu onog što mi je inspektor rekao, mislim da nije još odlučio. Vaš problem je što ste bili poslednja osoba koja je videla Džonu, ali to vas ne čini ubicom. – Zaćutao sam, pitajući se koliko je Virđilio otkrio, pre nego što sam se opredelio za oprezan pristup. – Da li vam je rekao kako je Džona umro?

– *Znam* kako je umro. Ja sam ga pronašao s tim groznim bodežom koji mu je virio iz grudi.

Dakle, izgleda da je trovanje i dalje tajna. Bio sam zadovoljan tim. To je bilo pametno od Virđilija. Samo ubica zna pravu istinu o Džoninoj smrti, i on ili ona mogu biti naterani da pogreše. Ponovo sam pokušao da saznam nešto od Antonija.

– Dakle, vi ste ga poslednji videli živog i pronašli ste ga mrtvog. Slažem se da to izgleda sumnjivo, ali to, kao što sam rekao, ne dokazuje da ste ubica. Kažite mi, pre koliko vremena je Džona počeo da se opija? Vi ste ga upoznali pre deset godina, ako se ne varam?

– Upoznao sam ga otprilike šest meseci pre nego što se oženio sinjorom, tako da je prošlo malo više od deset godina. Ovde radim već trideset godina. Prvo sam radio za sinjorinog oca, dugo pre nego što se udala za prvog muža, sinjora Enrika.

– Mislite na Enrika Bjankija, vozača trkačkih automobila?

– Da, gospodine.

– A šta mi možete reći o Džoni?

– Uvek je mnogo pio... ali vi Englezi to često radite, zar ne? Ali nikad nije preterivao, sve donedavno. – Zastao je da razmisli. – Pretpostavljam da je tek od početka godine bio pijan svake večeri.

To se, naravno, uklapalo s Marijinom pričom o pretećim pismima.

– A koliko dugo je bio nasilan prema Mariji?

Antoniov izraz lica promenio se iz malodušnosti u nešto drugo: možda bes? – I to se dogodilo nedavno. Bilo je trenutaka kad sam se gotovo umešao, ali ona mi je uvek govorila da me se to ne tiče. Kazala mi je da može da se nosi s njim.

– Vi i Marija se dugo poznajete, zar ne? Ako ste počeli da radite ovde pre trideset godina, ona je imala, koliko, dvadeset?

– Imala je devetnaest, a ja dvadeset tri.

Nešto mi je palo na pamet. – Kažite mi, da li ste vas dvoje ikad... bili intimni?

Prvi put sam video kako se rumenilo širi bledim batlerovim licem. – Ne, gospodine, nikad. – Onda sam video neobičan prizor kako se taj dvojnik grofa Drakule krsti više puta. – Dragi bože, ne. Naši odnosi nikad nisu bili takvi.

– Ali ipak ste vrlo bliski.

– Da, gospodine, ali samo na čist i pristojan način. *Dio buono... Maremma cane...*

Glas mu je zamro usred još jedne od živopisnih toskanskih psovki, koje nisam razumeo... mada je smisao bio jasan. Antonio nikad nije ni dodirnuo Mariju.

Ali možda je želeo.

Ljubomora i požuda, kao što znaju detektivi širom sveta, predstavljaju jake motive za ubistvo, i batlerov problem je bio to što je sad imao ne samo priliku i sredstvo nego i moguć motiv za ubistvo. Stvari nisu izgledale dobro za njega, i to je bila činjenica. Sviđao mi se taj tip i znao sam da će mi biti žao ako se ispostavi da je stvarno ubica. Izraz lica bio mu je toliko žalostan da sam ga potapšao po ramenu i rekao mu da se opusti. Ostavljajući ga s markama, otišao sam do zadnjih vrata, gde je pas i dalje strpljivo sedeo, očiju prikovanih za kvaku.

– Hajdemo, Oskare. Idemo u šetnju. – Uzimajući povodac s kuke, otvorio sam vrata i izašao na toplo popodnevno sunce.

Ponovo smo krenuli prema Montevolponeu, ali sad drugim putem, uskom stazom između dva vinograda. Zemlja je bila utabana i suva kao barut. U stvari, pukotine su izgledale kao minijaturni kanjoni i svaki korak je podizao oblačić prašine. Pogledao sam u nebo i prvi put video tamne oblake na horizontu na severu. Možda donose preko potrebnu kišu? Bio sam siguran da se ovdašnji zemljoradnici mole za nju.

Šetali smo ulicama grada i zastao sam ispred prodavnice obuće da kupim zamenu za stare cipele, koje se nikad nisu oporavile od upadanja u bazen. Prodavačica je bila vrlo ljubazna i dozvolila mi je da uvedem Oskara, a on se ponašao besprekorno, sedeo je kraj mene tako pristojno da je prodavačica otišla i donela mu keks za nagradu. Nisam se nimalo iznenadio kad je u deliću sekunde nestao u Oskarovom grlu.

Noseći kesu s novim cipelama, vratio sam se na ulicu, i otišli smo do Tomazovog bara na malom trgu, gde smo ljubazno dočekani. Vrlo brzo se ispostavilo da je vest o Džoninoj smrti glavna gradska tema. Ovog puta Tomazo ne samo što je izašao da ćaska nego je i uzeo stolicu i seo naspram mene.

– Da li je istina da je uboden u srce?

Nije bilo mnogo svrhe da poričem, pa sam klimnuo glavom. – Nažalost, tako je.

– Grad je jutros bio pun policajaca koji su postavljali pitanja. Da li su pronašli ubicu?

Odlučio sam da se ne mešam u to. – Koliko znam, nisu, ali ja sam samo gost, nažalost.

– Ali i dalje ste u vili? – Kad je video da klimam glavom, nastavio je prigušenim glasom. – Ali, zar se ne bojite da možete biti sledeći?

– Zašto ja? Niko me ovde ne poznaje.

– Dakle, misle da je poznavao ubicu, zar ne? Ali zar nije to mogla da bude pljačka koja je krenula po zlu?

– Stvarno ne znam. Kad sledeći put vidite policajce, pitajte ih. Što se mene tiče, prilično sam siguran da mi se neće dogoditi ništa slično.

– Dakle, ako misle da ga je ubica poznavao... – Tomazo je očigledno mislio naglas. – Ko bi to mogao da bude? – Ponovo je zaćutao, pre nego što se nagnuo ka meni i prošaputao: – Nije bio omiljen, znate.

– Već sam to shvatio, ali to sigurno nije razlog da neko zarije bodež u njega.

Klimnuo je glavom. – Naravno, ali da sam policajac, ispitao bih Pupa i Antonija. Obojica su ga mrzela.

Načuljio sam uši, ali trudio sam se da ne pokažem zanimanje. – O? Mislite na batlera Antonija?

– Da. Znate li šta mislim? – Tomazo se nagnuo napred, nalaktio i utišao glas. – Mislim da je Antonio godinama bio zaljubljen u sinjoru Mariju. Mrzeo je njenog prvog muža – rekao mi je to – i mrzeo je ovog, i kladim se da je bio ljubomoran. Pitam se da li je on to uradio. A opet, on je miroljubiv čovek... makar u poslednje vreme.

– U poslednje vreme?

– Nekad ga je bio glas da voli da se tuče, ali sad se smirio. – Pogledao me je u oči i osmehnuo se. – Svi se smirimo kad postanemo stariji, zar ne?

– Većina. – Otpio sam veliki gutljaj hladnog piva i razmišljao o nečem što je u velikoj meri zvučalo kao potvrda mojih sumnji da bi Antonio mogao biti zaštitnički nastrojen prema voljenoj Mariji. Ali da li je bio dovoljno ljubomoran da ubije? I to pomoću dve vrste otrova i bodeža? – A ko je taj drugi tip koga ste pomenuli... Pupo, zar ne?

Klimnuo je glavom. – Pupo Marineti, on drži lokalni auto-servis.

– A zašto bi on želeo da ubije Džonu? – Bilo je teško izbeći da zvučim kao detektiv, ali Tomazo izgleda nije primetio ništa previše nametljivo u mom pitanju.

– Novac.

– Da li mu je Džona dugovao novac? Možda nije plaćao račune?

– Još gore od toga. Znate da je Riko, prvi muž sinjore Marije, bio vozač trkačkih kola, zar ne?

– Enriko Bjanki, da, vi ste mi to rekli.

– Riko je bio meštanin i išao je ovde u školu kao većina nas, i svi su ga poznavali. Konkretno, Pupo mu je bio najbolji prijatelj. Zajedno su se bavili kartingom, a kad je Riko stradao u toj užasnoj nesreći, svi smo bili uznemireni, a Pupo je bio posebno neutešan.

– Ali sigurno ne može da krivi Džonu za saobraćajnu nesreću, zar ne? Pored toga, zar niste rekli da je problem u novcu?

– Da, novcu, ili da budem precizniji, u automobilu. Riko je znao da se bavi opasnom profesijom i uvek je govorio da, ako mu se išta dogodi, želi da Pupo dobije njegov voljeni lamborgini, kao uspomenu na njega. Taj auto je bio jedva godinu dana star kad je Riko poginuo, pa možete zamisliti koliko je vredeo. Da ga je Pupo dobio i prodao, mogao je da obnovi svoj servis od temelja do krova, i to bi mu promenilo život.

– Ali Džona je zadržao kola. I dalje se vozio u njima pre nekoliko dana. Zar to nije bilo pomenuto u testamentu?

– U tome je problem... nije. Izgleda da je testament bio kratak, i pisalo je da sve ostavlja svojoj ženi. Ali Marija je znala sve o tom obećanju, kao i većina nas ovde, jer je Riko često govorio o tome i svi smo zavideli Pupu na sreći. Ali, kao što sam rekao, kad je došlo do toga, Džona je odbio da preda kola.

– Ali valjda je Marija raspolagala svojim novcem.

– Taj Džona je bio, kako se ono zove... opsednut kontrolom. Znate, insistirao je da donosi sve odluke, i ona nije mogla da mu se suprotstavi. Kad je konačno raspravljena Rikova ostavština, godinu dana nakon njegove smrti, Džona se već bio uselio kod Marije i sprečio ju je da preda kola zakonitom vlasniku.

– Shvatam zašto je Pupo mogao da bude ljut na njega, ali zašto je čekao deset godina da se osveti? – Kao motiv za ubistvo, to je bilo veoma nategnuto.

Dalji razgovor je prekinula pojava dva poznata lica. Agata i Elejn, koje su izašle u popodnevnu šetnju, išle su prema meni. Bilo je prekasno da pobegnem jer su me već uočile i išle su pravo prema mom stolu.

– Zdravo, Dene. Jeste li vi i Oskar došli u šetnju pre nego što počne oluja? – Kao i obično, Agata je vodila glavnu reč.

– Oluja? Video sam oblake. Da li predviđaju veliku oluju?

– Neuobičajeno mnogo kiše i vetra za jul, ili je bar Milisent tako rekla. Noć će biti vrlo vetrovita, ali razvedriće se ujutru.

– Shvatam. – Pitao sam se da li učtivost zahteva da pozovem dve dame da mi se pridruže, ali Agata je već odlučila. Bez okolišanja, izvukla je jednu stolicu i spustila se kraj mene, a onda pozvala Elejn.

– Dođi, hajde da sednemo kraj glavnog inspektora.

Elejn ju je poslušala, a Tomazo je ustao i pitao ih na nesigurnom engleskom šta žele da popiju. Neočekivano, odgovor nije bio čaj nego dva džina i tonika. Bio sam zadivljen: četiri po podne bilo je suviše rano da se počne s džinom i tonikom. Možda će piće razvezati jezik gospođama. Mada nisam imao razloga da sumnjam ni u jednu od njih, bilo je jasno da Agati ne promiče mnogo toga. Možda ima neki koristan dokaz koji može da mi prenese. Nije me iznenadilo što nije časila ni časa pre nego što je progovorila.

– Dene, šta mislite ko je to uradio?

Odgovorio sam iskreno. – Stvarno ne znam.

– Ima li sumnjivaca?

– Pretpostavljam da ste svi sumnjivci.

To je navelo obično ćutljivu Elejn da progovori. – Sigurno policija ne misli da smo *mi* uradile tako nešto?

– Kao što se kaže u mom poslu, mislim da je policija spremna za sve mogućnosti i ništa ne odbacuje. – Ponovio sam Agatino pitanje njima dvema. – Da li *vi* imate predstavu ko bi mogao da bude ubica? – Gotovo sam dodao „ubice“, ali zaustavio sam se na vreme. Zasad je bodež zvanični uzrok smrti.

Agata je očigledno već razmišljala o tome. – Pa, ako želite da znate šta mislim, znam da to zvuči otrcano, ali mislim da je batler mogao to da uradi. Napokon, bio je u trpezariji kad smo svi izašli. Elejn i ja to znamo jer smo poslednje napustile sto, a Antonio je i dalje bio tamo, otvarao je još jednu bocu vina za Džonu. – Tužno je odmahnula glavom. – Siroti Džona. Šta god mislili o njemu, nije zaslužio da bude ubijen.

– Ne, pretpostavljam da nije, ali nije bio dobar čovek, zar ne? – Elejn nije zvučala posebno tužno zbog Džonine smrti.

– Niko to ne poriče, Elejn, ali zar ubistvo nije preterano?

Nastavio sam da zapitkujem. – Dakle, vi se kladite na Antonija, Agata? A šta je s vama, Elejn? Da li i vi mislite da je batler to uradio?

– Nisam tako sigurna kao Agata. Ne poznajem ljude ovde tako dobro kao ona, ali čak sam i ja primetila da Milisent, pa i Serena, imaju napet odnos s Džonom. Uvek je postojala neka napetost kad su razgovarale s njim.

Agata se saglasila. – To je istina. Serena mi je rekla da im nije mnogo plaćao za održavanje kursa, i terao ih je da sve rade same. Nepotrebno je naglašavati, on je uzimao sve zasluge za organizaciju kursa. Ipak, to nije baš motiv za ubistvo, zar ne?

Elejn je polako klimnula glavom. – Naravno da si u pravu, i slažem se da je najsumnjiviji batler, ali najočigledniji sumnjivac ne mora uvek da bude pravi krivac, zar ne? Pored toga, Antonio je tako ljubazan i uslužan čovek, i sigurna sam da sam čula kako je bio čitavo popodne s Marijom, tako da nije mogao da uradi to.

– O da, mogao je. Mogao je to da uradi u roku od nekoliko minuta nakon što je sipao Džoni vino i otišao kod Marije. Ne treba mnogo vremena da zabiješ nož u nekog. – Agata je bila u pravu, naravno, ali istom logikom ni Milisent takođe nije imala alibi pre nego što je otišla na predavanje u dva sata, a Serena je priznala da je otišla da se odmori tokom popodneva. Svako od njih je mogao da uradi to, ali ipak nisam bio uveren.

Odlučio sam da nema mnogo smisla da pitam za druge teorije o identitetu ubice i razmišljao sam da promenim temu, kad se Tomazo vratio i skrenuo nam pažnju. Nosio je poslužavnik s bocom *gordonsa* i dve čaše pune leda, u koje je sipao neverovatne količine alkohola. Samo sam mogao da gledam sa strahopoštovanjem. Tu je bilo dovoljno alkohola da omami konja i zapitao sam se kako će Agata i Elejn uspeti kasnije da se vrate u vilu. Nakon što je spustio na sto dve bočice tonika, Tomazo mi je namignuo i povukao se. Mislio sam da ustanem i odem, ali deo mene je bio radoznao da sazna kakav će uticaj džin imati na te postarije engleske dame, i ostao sam još malo.

Agata i Elejn su dodale tonik u čaše, onda su kucnule i popile po veliki gutljaj. Agata se zavalila i obrisala usne, a onda i čelo, papirnom salvetom iz držača na stolu.

– To mi je bilo potrebno. Danas je tako vruće i vlažno, zar ne?

Nakon minut ili dva priče o mogućoj oluji, skrenuo sam razgovor na razlog zbog koga sam došao u Toskanu... pisanje.

– Da li je ijedna od vas dama uspela da napiše nešto otkako smo došli? Nisam napisao ni reč. – Ako se ne računaju brojni A4 listovi prekriveni mojim žvrljotinama o ubistvu, ali nisam hteo to da pominjem.

Agata je odmahnula glavom, ali Elejn je klimnula. – Napisala sam novo poglavlje za svoju knjigu. Završila sam ga sinoć u ponoć.

Agata je izgledala iznenađeno. – Stvarno? Ja sam legla u deset.

I ja sam bio pomalo iznenađen. Pretpostavio sam da njih dve dele sobu, ali očigledno su odabrale dve jednokrevetne. Možda nisu tako dobre prijateljice kao što sam pomislio. – A o čemu govori to novo poglavlje? – Odgovor me je još više iznenadio.

– To je vrlo vatren lezbejski prizor s mojom junakinjom Simon i dve pripadnice ženske neonacističke grupe. One je vežu i rade joj svašta. – Smešno je bilo to što je, dok sam se ja osećao sve neprijatnije, neugledna mala Elejn mogla da priča živopisne detalje bez zadrške, pričajući o stvarima zbog kojih se zgrčio želudac čak i ogrubelom policijskom veteranu. Na moje dodatno iznenađenje, Agata je takođe izgledala potpuno neuznemireno. Nakon što je Elejn stigla do kraja izlaganja i popila još gutljaj džina, Agata je objasnila stvari.

– Vidite zašto Elejn i ja pišemo pod pseudonimima, zar ne? Izbacili bi je iz bridž kluba u Litlhemptonu kad bi znali kako zarađuje za život.

Popio sam gutljaj piva da pročistim grlo pre nego što sam odgovorio. – Za život? Da li to znači da ste objavili mnogo knjiga, Elejn?

– Ovo je moja trideset treća. Pišem erotiku od pedeset pete godine... već gotovo dvadeset godina.

– Trideset tri knjige? To je zadivljujuće, ja nisam završio ni prvu. I sve su... ovaj... pornografske?

Zgađeno je nabrala nos. – Ne volim tu reč. Više volim „erotika". To zvuči mnogo lepše.

Taj prizor u neonacističkoj tamnici nipošto nije zvučao „lepo", ali odlučio sam da ne komentarišem. I dalje nisam mogao da shvatim da ta stidljiva i učtiva dama piše tako raskalašne knjige, ali što jednoga goji, drugoga truje. – I kako glasi vaše umetničko ime? Nisam znao da sam u prisustvu tako plodnog pisca.

Prvi put je Elejn izgledala pomalo postiđeno. – Nećete nikom reći, zar ne? Vidite, moj prvi izdavač mi je smislio to ime, i pomalo je vulgarno, pa se trudim da ne pričam mnogo o tome. – Prestala je da govori i pogledala bojažljivo oko sebe, pre nego što je utišala glas i priznala: – Pišem pod imenom Fani Lavsit.

Bio mi je potreban junački napor da se ne zakikoćem, ali uz pomoć velikog gutljaja piva, nekako sam uspeo. Začudo, čak sam uspeo da nastavim razgovor. – Da li pišete samo erotiku, ili ima i nekih knjiga o tome ko je koga ubio?

Agata se ubacila pre nego što je Elejn uspela da odgovori. – Pre će biti ko je koga *dohvatio*. – I glasno se zakikotala.

Džin je sigurno pomagao, ali očigledno je da su ove dve stare dame bile mnogo manje uštogljene nego što se činilo. Elejn se trpeljivo osmehnula prijateljici i odgovorila na moje pitanje.

– Ima mnogo seksa u svim knjigama, ali napisala sam jednu sa elementima kriminalističke misterije: *Umiranje od ljubavi*, tako se zvala. Prodala se prilično dobro.

– A šta je s vama, Agata? Koje je vaše umetničko ime?

Agata se izgleda oporavila od trenutka razuzdanosti. – Moje je prilično uobičajeno. Pišem pod imenom Felisiti Farnboro. – Osmehnula se. – Sve tri moje knjige su dostupne onlajn, kao i Elejnine. Zašto ne pročitate neke naše knjige i kažete nam šta mislite?

– Verovatno ću uraditi to.

Mada je drugo pitanje bilo da li ću moći da pogledam ove gospođe u oči nakon toga.

7.

Petak

Minibus za Firencu u petak popodne bio je pun i potrudio sam se da sednem pozadi, što dalje od Elejn, nakon što sam sinoć pročitao njenu vatrenu prozu. Kiša je počela da pljušti nakon ponoći, uz apokaliptičnu grmljavinu koja je ugasila svaku nadu da ću ponovo zaspati, i platio sam kraljevski iznos od devedeset devet penija i sa interneta preuzeo *Umiranje ljubavi* od Fani Lavsit. Kad je oluja konačno prošla u sitne sate, saznao sam mnogo više o uvrnutom seksu nego tokom trideset godina u policiji. Jedna stvar je bila jasna: ili je Elejn imala vrlo, vrlo bujnu maštu, ili bi pred njenim iskustvima i Kristijan Grej iz *Pedeset nijansi* izgledao kao mladi izviđač.

Na kraju sam se, pred polazak na izlet u Firencu, smestio na zadnje sedište između Serene i Dajane. Serena je i dalje bila u šoku nakon Džoninog ubistva i tokom čitavog puta jedva da je progovorila, ali Dajana je odmah počela da priča o svom radu i blebetala je o raskalašnosti starog Rima, gotovo neprestano. Nisam je slušao previše pažljivo i povremeno sam ubacivao jednosložne odgovore, ali iznenada sam se trgnuo kad je Dajana počela da priča o caru Neronu.

– Stalno je trovao svoje neprijatelje. – Govorila je o tome kao da opisuje neki hobi kao što je pikado ili pletenje. – Koristio je usluge tri smrtonosne žene: Kanicije, Martine i Lokuste, koje su bile poznate po tome. Postoji dugačak spisak otrovanih ljudi, a na njemu je i njegov polubrat.

Pokušao sam da zvučim što nehajnije mogu. – Koji mu je otrov bio omiljeni: arsenik?

– Uglavnom biljni otrovi: znate, stvari koje su rasle na poljima i u vrtovima oko Rima. Smrtonosno velebilje, kukuta, tisa i mnoge druge. Zadivljujuće je koliko je biljaka koje viđamo svakodnevno izuzetno otrovno.

– A jeste li uključili trovanje u neke od svojih knjiga?

– Naravno. Jedan od mojih likova, Oktavija, ima predivno telo – i zna kako da ga upotrebi – ali vrlo je gadna osoba i ubija nekoliko ljudi kukutom pomešanom s medom, da prikrije ukus. – Veselo se zakikotala. – Ali dobiće šta joj sleduje na kraju, kad slučajno pojede supu sa otrovnim gljivama.

– Zadivljujuće. – I dalje se trudeći da zvučim nezainteresovano, nastavio sam da je zapitkujem. – Kako znate sve to? Jeste li naučnica? Botaničarka? Mislio sam da ste istoričarka.

Ponovo se zakikotala. – To se zove istraživanje, Dene. Samo pogledajte internet i lako ćete pronaći kako se prave različiti otrovi. – Iznenada izgledajući ozbiljnije, utišala je glas. – Ne shvatam zašto bi neko ubo sirotog Džonu kad je tako lako napraviti i dati smrtonosnu dozu otrova, bez ikakvog nereda.

Dalji razgovor je prekinuo Marijin glas iz prednjeg dela vozila. – Doći ćemo do Mikelanđelovog trga za nekoliko minuta. Ne mogu dugo da se zadržavam, tako da ću vas ostaviti i otići da se parkiram. Čekajte me tamo. Trebalo bi da se vratim za pet minuta. Pogled na Firencu je predivan. Biće mnogo ljudi, zato čuvajte svoje dragocenosti.

Kad se minibus zaustavio, izašli smo i krenuli kroz gomilu prodavaca suvenira i turista do ivice širokog trga na jednom brežuljku južno od Firence, ali jedva da sam bio svestan pogleda na crvene krovove, kule, tornjeve i kupole koji su se nalazili ispod nas. Nisam mogao da zaboravim Neronovu smrtonosnu trojku i otrove kućne izrade. Ako su one mogle da naprave otrove od običnih sastojaka, mogao je to da uradi bilo ko... baš kao i tad. Činjenica da je Dajana pomenula tu temu i govorila mi o njoj tako slobodno, znajući da sam uključen u istragu, značila je da ona verovatno nije uključena u trovanje ali, naravno, to je možda pokušaj da me obmane.

Stajao sam tamo, naizgled se diveći pogledu, koji je, nakon kiše, bio kristalno bistar sve do Apenina u daljini, ali u stvari, jedva sam primećivao spektakularnu panoramu. Nekako sam mislio da nije verovatno da je Dajana uključena u ubistvo, ali ona, za razliku od većine ostalih, nije imala alibi za to popodne, jer je tvrdila da je ležala sama u svojoj sobi. I dalje sam se pitao ima li možda neke veze s tim kad mi je zazvonio telefon. Bio je to Virđilio. Pogledao sam oko sebe da me neko ne sluša, pre nego što sam se javio.

– *Ciao*, Virđilio, kako ide?

– *Ciao*, Dene, stvari se odvijaju dobro, ali pitao sam se mogu li te zamoliti za pomoć. Stigli su mi izveštaji iz Velike Britanije i ima nekoliko stvari o kojima želim da razgovaram s tobom, ako imaš vremena. Mogu li da pošaljem kola po tebe?

– Nema problema, doći ću pešice. Sad sam u Firenci. Mogu da dođem za otprilike pola sata.

Otišao sam do Serene i zamolio sam je da kaže Mariji da ću otići. I dalje je izgledala kao da misli o nečem drugom, ali klimnula je glavom i kazala mi da će mi poslati poruku s vremenom i mestom za povratak. Pomoću *Gugl mapa* saznao sam da treba da prođem kraj duoma da bih stigao do *questure*, tako da sam krenuo niz dugačko stepenište koje je skretalo u usku stazu koja je vodila prema *centro storico*.

Bio sam toliko zadubljen u misli o otrovu i ubistvu da sam se vratio u sadašnjost tek kad sam stigao do mosta Vekio, i zaustavio se u mestu. Evo me kako stojim na jednoj od najpoznatijih tačaka u Firenci, ako ne i na svetu. Reka Arno, ispod, bila je svedena na blatnjav potok i bilo je teško zamisliti razorne poplave iz 1966, koje su preplavile ovaj grad koji je deo svetske baštine, i uništile toliko neprocenjivih stvari.

Sa obe strane tog grbavog mosta nalazile su se male zlatare i ljudi koji su se zaustavljali da gledaju dragulje u izlozima. Zbog toga je bilo teško preći preko mosta i mogao sam da zamislim Helen koja troši mnogo vremena – i mnogo novca – na nakit. Dok sam mislio o njoj, na trenutak ili dva sam čak razmatrao da joj kupim mali poklon, ali brzo sam odustao. Čak i u doba kad sam mislio da me voli, nikad nije cenila poklone koje sam joj davao. Nikad neću zaboraviti sudbinu jedinog odevnog predmeta koji sam se usudio da joj kupim: malu crnu haljinu koju mi je preporučila gospođa na odeljenju garderobe u *Džon Luisu*. Uočio sam je nekoliko godina kasnije u korpi za mačku, koju je vrlo retko koristila, jer je uglavnom spavala na našem krevetu.

Probijajući se kroz gomilu ljudi, povremeno preduzimajući mere da ne ostanem bez oka zbog nečijeg selfi stika, prošao sam kraj galerije *Ufici* i izašao na Pjacu dela sinjorija. Još jedna gomila ljudi – ovog puta sastavljena uglavnom od žena – zaljubljeno je gledala ogromnu statuu Davida. To je s pravom smatrano jednim od najvećih umetničkih dela, ali mogu da kažem da je verovatno bilo vrlo hladno kad je Mikelanđelo vajao deo anatomije statue koji je privlačio najviše pažnje.

Postepeno sam se probijao kroz grad i kad sam stigao do policijske stanice ponovo sam razmišljao samo o slučaju. Virđilio me je dočekao uz stisak ruke i mahnuo mi da sednem s druge strane stola. Kao i pre, sto je bio prepun fascikli. Iz jedne od njih, inspektor je izvadio svežanj papira i mahnuo njim. Kao i uvek, govorio je na italijanskom.

– Ovo je stiglo jutros. Znam da si na odmoru, ali mislio sam da će te zanimati.

– Bez sumnje. I dalje pokušavam da pronađem ubicu, ali nije lako. Pretpostavljam da ništa nisi saznao nakon što si juče ispitao Antonija, Mariju i Milisent.

– Ništa novo. Svi su zvučali uverljivo. Batler je, posebno, vrlo emotivno dokazivao svoju nevinost.

– I ja sam to primetio, ali ako nije bio on, ko je to bio? Jedini drugi mogući kandidat je lokalni mehaničar.

Ukratko sam mu ispričao šta mi je Tomazo iz bara rekao o lamborginiju, i Virđilio je obećao da će poslati jednog od svojih ljudi da ispita Pupa Marinetija, ali podelio je moju sumnjičavost da bi mehaničar čekao deset godina da se osveti. Takođe sam mu prepričao razgovor sa Antoniom i Marijom, kao i sa Agatom i Elejn, i rekao sam mu šta je Dajana ispričala o otrovima. Virđilio je napravio nekoliko beležaka i onda počeo da prelistava papire koje je držao u rukama.

– Hvala ti na svemu tome, Danijele. Bilo kako bilo, hajde da počnemo od žrtve: Džona Kristofer Mur, pedeset šest godina. Predavač engleske književnosti na *Univerzitetu u Ekseteru* deset godina, dok nije napustio posao 1999. Verovatno je mislio da će imati mnogo uspeha s knjigama i odustao je od podučavanja. Sigurno nije zaradio mnogo novca ili je živeo previše rastrošno, jer je proglasio bankrot u Velikoj Britaniji, pre petnaest godina, a onda se preselio u Toskanu. Radio je kao profesor engleskog u Firenci dok nije upoznao Mariju Kampeze, pre deset godina, i oženio se njom. Situacija mu se iznenada popravila, makar finansijski.

– Pominju li se neki neprijatelji koje je stekao? Možda je nekom ostao mnogo dužan kad je proglasio bankrot?

– Ništa nije zabeleženo. Postoji beleška u kojoj piše da je uglavnom dugovao britanskim poreznicima. Očigledno nije mogao da plati porez. Inače, nema ničeg što bi objasnilo zašto je ubijen.

– Siguran sam da Poreska uprava ne voli ljude koji ne plaćaju poreze, ali sigurno ne bi poslali plaćenog ubicu da ga ubije. A šta je sa ostalima?

– Elejn Dafni Braun, sedamdeset četiri godine, živi blizu Litlhemptona, u Hempširu. Neudata. Radila je kao bibliotekarka pre nego što je počela da se bavi pisanjem. Nema policijski dosije.

– Ili je biblioteka u kojoj je radila bila drugačija od svih koje sam posetio, ili ima neverovatno bujnu maštu. Čitam jednu od njenih erotskih knjiga, i ima stvari od kojih bi ti se digla kosa na glavi. – S obzirom na njegovu obrijanu glavu, ovo verovatno nije bio najprikladniji izraz, ali shvatio je šta sam hteo da kažem. – A šta je s njenom prijateljicom Agatom, onom s plavom kosom?

– Agata Rouzmeri Kirbi, sedamdeset šest godina, obudovela pre jedanaest godina, takođe iz Litlhemptona. Radila je trideset pet godina kao službenica u policijskoj stanici u Hempširu. Dobila je pohvale od načelnika prilikom odlaska u penziju. Ni ona nema nijednu mrlju u biografiji.

Zbog toga sam se zapitao da li postoji neki erotski pisac u nastajanju među mojim starim kolegama iz policije. Nisam mogao da se setim nikog, mada je Pol Vilson imao prilično bogat rečnik. A tu je bila i narednica Haris iz odeljenja za podršku žrtvama, a nju je bio glas da proždire muškarce...

U međuvremenu, Virđilio je i dalje pregledao dokumentaciju.

– Profesorka Dajana Forsajt, četrdeset sedam godina, razvela se pre osam godina, živi u Bristolu i predaje istoriju na univerzitetu. Još jedna osoba bez dosijea.

– Zasad nema iznenađenja. Šta još imaš za mene?

– Tu je gospodin Gavin Makenzi Pirs, star dvadeset devet godina. Prekinuo je studiranje i otad nije uradio mnogo toga. Adresa mu je u Mejferu, u Londonu, i čak i ja znam da tamo stanovi nisu jeftini. Njegov otac, ser Lajonel Makenzi Pirs, izgleda da poseduje pola Engleske.

– Dakle, mladi Gavin ne oskudeva u novcu.

– Nipošto, sve dok tata želi da mu daje džeparac. Otkako je napustio univerzitet, Gavin se smucao naokolo, proveo je izvestan broj godina u Jugoistočnoj Aziji, putujući s hipicima, a dok je bio tamo upoznao je Emili Gardner, staru dvadeset sedam godina. Završila je fakultet pre nekoliko godina i otad takođe luta.

– Zvuči mi kao da su rođeni jedno za drugo. A šta je sa ostalim sumnjivcima?

– Sad postaje uzbudljivije. Prvo, tu je glavna predavačica, Serena Kempton, stara trideset devet godina. Ona je zanimljiva. Radila je kao stjuardesa u *Britiš ervejzu* dvanaest godina, pre nego što je provela osamnaest meseci u zatvoru *Velikada* u Šri Lanki, zbog krijumčarenja droge. Nema potrebe naglašavati da je izgubila posao u avio-kompaniji i, koliko znam, radi u nekom pabu u Mančesteru otkako se vratila prošle godine.

– Vidi, vidi. – Kad razmislim o tome, uz njen hipi izgled nije nimalo iznenađujuće što je petljala s drogom, mada nisam očekivao da neko tako krotak i blag ima policijski dosije. Nešto mi je govorilo da Serenu treba detaljnije istražiti. – Kad bolje razmislim, prve noći je bilo priče o njenoj bivšoj devojci – raskinule su – i njeno ime je zvučalo indijski. Pitam se da li su se upoznale tamo, možda čak u zatvoru. – Zatim sam izbacio novu informaciju iz svoje memorijske banke. – Lihini, mislim da se tako zvala. To nam ostavlja samo Šarlot. Nemoj mi reći da ima dosije.

– Ne, Šarlot Tompson, stara četrdeset devet godina, obudovela prošle godine. Radi za neku veliku štampariju u Bridžvoteru, u Samersetu. Nema čak ni opomenu za kašnjenje iz biblioteke, ali postoji još jedna osoba, i tu stvari postaju zanimljive.

Dok je govorio, setio sam se imena koje sam prevideo: – Naravno, Milisent.

– Tako je. Milisent Hermajoni Mur, žrtvina sestra, šezdeset dve godine, predaje na *Univerzitetu u Voriku*. Neudata je, ali pre dvadeset godina je bila verena, ali verenik je umro. – Podigao je pogled s lista papira i pogledao me pravo u oči. – Pitaj me kako je umro?

– Bodež u srce?

– Dobar pokušaj, ali ne. U izveštaju patologa piše da je to bio nesrećan slučaj. Umro je nakon što je zamenio *amanitu phalloides* običnom šumskom pečurkom, iako je bio iskusan sakupljač. Potražio sam *amanitu phalloides*. Njeno ime na italijanskom je *angelo della morte*, a na engleskom zelena pupavka. Možda će te zanimati da čuješ kako ubija mnogo ljudi širom sveta svake godine, a možda je čak upotrebljena za ubistvo cara Klaudija pre dve hiljade godina. Milisent i njen verenik jeli su zajedno te večeri, ali izgleda da ona ne voli pečurke. Prava sreća...

– Opa, to je zanimljivo. Juče si razgovarao s njom, zar ne? Kako ti je izgledala?

– Neće dobiti nagradu za ljubaznost, ali odgovorila je na sva moja pitanja bez vidljivog oklevanja. Ne bih želeo da sedim kraj nje za večerom, ali nakon razgovora sam bio prilično siguran da nije imala veze s bratovom smrću. Ovaj izveštaj bi mogao da me natera da se predomislim. Zato sam želeo da razgovaram s tobom: šta misliš o tome da sedneš s njom i navedeš je da progovori? – Mahnuo je rukom da me smiri kad je video izraz na mom licu. – Sve je u redu; ne tražim da je izvedeš na sastanak, nego sam mislio da bi mogao da razgovaraš s njom ako se ukaže prilika.

– Pokušaću, ali ona je pristupačna kao besan pas. Videću i da li mogu da nagovorim Serenu da govori. Rekao bih da ima neke zanimljive priče. Zatvor u Šri Lanki sigurno nije bio zabavan. Takve stvari mogu ozbiljno da utiču na osobu. – Još nešto mi je palo na pamet. – Uzgred, da li si nekom od njih pomenuo da je Džona otrovan?

Odmahnuo je glavom. – Ne, ali nakon ovog izveštaja o vereniku i gljivama, mislim da je vreme da ispitamo Milisent. Ako uspeš da je pitaš o tome, samo izvoli.

– Dobro, videćemo kako će to proći. Nikad se ne zna, možda uspem da je šokiram toliko da reaguje.

Virđilio je spustio svežanj papira na prepun sto i zavalio se u stolici. – Ovo nije lak slučaj za rešavanje.

– I ja tako mislim. Osim svih ostalih pitanja, tu je i mali problem *tri* pokušaja Džoninog ubistva istovremeno. Da li to znači da je to bila jedna osoba koja je želela da bude sigurna, ili imamo tri počinioca? Šta misliš?

– Čini mi se da imamo veći broj ljudi s motivom, ali malo njih je imalo priliku. Otrov od oleandera u boci ne bi odmah delovao i mogao je da bude sipan ranije, ali cijanid u čaši je sipan nedugo nakon što je batler otišao – pod pretpostavkom da ga nije on sipao – a bodež je zabijen u srce nedugo zatim. Postoji kratak period između kraja ručka – kad ostali tvrde da su videli žrtvu živu i samu s batlerom – i početka predavanja za neke, dok su ostali otišli do bazena. Agata i profesorka Dajana tvrde da su bile u svojim sobama narednih sat vremena, bez svedoka, ali iskreno ne mislim da je ijedna ubica. Pod pretpostavkom da moramo isključiti četvoro Amerikanaca, to nam ostavlja samo udovicu ili batlera, ili možda seoskog mehaničara, mada se ne bih mnogo oslanjao na to. Pretpostavimo da postoje i mali izgledi da je neka nepoznata osoba, ili osobe, ušla i izašla iz kuće neprimećena ali to, opet, nije vrlo verovatno, posebno jer izgleda da ništa nije ukradeno.

– A naš jedini svedok je pas, koji je sve video.

– A da, pas. Šteta što ne može da nam kaže ko je to uradio.

U tom trenutku mi je zapištao telefon. Bila je to Marijina poruka i glasila je jednostavno:

Ispred palate Piti, 5.30

– To je moj prevoz, ali tek u pola šest. Došao sam minibusom sa ostalima – pošli su svi osim dilera droge i njegove nove verenice. Imaš li vremena za kafu pre nego što odem u razgledanje?

Virđilio je nevoljno pokazao rukom na gomilu papira na stolu.

– Idi i zabavi se. Verovatno ću ostati ovde naredna dvadeset četiri sata. Vidimo se na ručku u nedelju. Da li ti odgovara pola jedan?

Proveo sam naredna dva sata hodajući ulicama Firence, trudeći se da se usredsredim na ono što danas vidim oko sebe, umesto na ono što se dogodilo Džoni Muru. Napravio sam mnogo fotografija i posetio dve crkve, kao i palatu *Mediči Rikardi*, koja će se, nadao sam se, često pominjati u mojoj knjizi. Iza upečatljive kamene fasade, nalazio se divan niz prostorija s visokim tavanicama, s freskama i mermernim podovima, kao i čuvena kapela, sa zidovima potpuno prekrivenim srednjovekovnim prizorima. Kad sam izašao, uspešno sam izbacio iz glave tajanstvenu smrt Džone Mura, ali ne zadugo. Na jednom kiosku u sporednoj ulici nalazio se sjajan izbor stranih novina i među njima jučerašnji primerak *Tajmsa*. Dok sam gledao naslovnu stranu, pažnju mi je privukao mali članak u donjem desnom uglu.

Britanski pisac ubijen

Britanski pisac Džona Mur (56) pronađen je mrtav nakon uboda bodežom u svojoj luksuznoj vili u Toskani. Tekst na šestoj strani.

Zainteresovan, ušao sam i kupio novine. Sad je već bilo gotovo pet sati i krenuo sam Ulicom Tornabuoni s neverovatno skupim prodavnicama odeće, sve dok nisam stigao do reke. Na drugoj strani mosta Santa Trinita, naišao sam na poslastičarnicu s letnjom baštom u senci, gde sam naručio veliku čašu gazirane vode i porciju sladoleda od jagode, banane i kivija. Pročitao sam kratak članak na šestoj strani novina, dok sam konzumirao vrlo osvežavajuću popodnevnu užinu. U tekstu se nalazila mutna Džonina slika dok je primao svoju nagradu u obliku bodeža, uz njegovu kratku biografiju u kojoj se pominje jedina bestseler knjiga. Što se tiče ubistva, u članku je samo navedeno da italijanska policija i dalje istražuje. I to je bilo sve.

Pogledao sam na ručni sat i shvatio da moram da krenem. Nakon što sam progutao ostatak sladoleda, uzeo sam novine i krenuo ka mestu sastanka, razmišljajući o tome da bi Džona verovatno bio ponosan što se pojavio na naslovnoj strani *Tajmsa*, iako su novine posvetile svega nekoliko redova njegovom životu i smrti.

Prilika da sednem i razgovaram sa Serenom ukazala se brže nego što sam se nadao. U pola sedam te večeri izašao sam iz svoje sobe i zatekao sam je nakon što se bila tek popela stepenicama i držala kvaku malih vrata koja vode do tornja nasred krova. Iskoristio sam priliku.

– Zdravo, Serena, idete li u toranj? Mislite li da bih i ja mogao da se popnem i pogledam? – Nije morala da zna da sam već bio tamo.

Izgledala je kao da se upravo probudila.

– Zdravo, Dene, ovaj, da, naravno. Dođite.

Pratio sam je uskim stepenicama do golubarnika i prenaglašeno se divio prostoriji i pogledu, kao da sam prvi put tu.

– Da li je ovo nekad bio golubarnik?

Klimnula je glavom. – Mnogo kuća u okolini ih ima. Marija kaže da su ljudi tako stalno imali sveža jaja i meso, daleko od lisica i lovokradica na tlu.

Vezala je kosu u konjski rep i obukla je helanke i tesnu majicu, ali i dalje je izgledala sluđeno. Pokušao sam da zapodenem razgovor – kakav-takav – o događajima od utorka. Počeo sam pokušajem da je navedem da priča o mestu gde smo se trenutno nalazili.

– Kad bih imao sreću da posedujem ovakvu vilu, sa ovakvim tornjem, provodio bih ovde sve vreme. Pogled je zadivljujući. – I bio je.

Osmejak joj se pojavio na licu, i to je bio prvi put da je vidim kako izgleda bar malo srećno. – I ja tako mislim. Dolazim ovde kad god mogu. Tako je tiho i mirno. Savršeno mesto za jogu.

Prvi put sam shvatio značaj gumene prostirke za vežbanje u uglu.

– Da li se često bavite jogom?

– Svakog dana, ako mogu. Osim što je dobra vežba, smatram je izuzetno smirujućom i opuštajućom. – Pogledala me je u oči. – A svima nam je ove nedelje potrebno smirivanje i opuštanje, zar ne?

– Istina. – Nešto mi je sinulo. – Gde ste učili jogu? Ovde ili dok ste bili u *Velikadi*?

Gotovo paničan izraz joj je prešao preko lica, a onda ga je brzo zamenila ogorčenost. Naslonila se na naslon lepe stare sofe koja je bila okrenuta prema Firenci. – Znate za to, zar ne?

– Osamnaest meseci u zatvoru sigurno nije bilo zabavno. – Nije podigla pogled i nije odgovorila. – Slušajte, Serena, to je bilo pa prošlo. Saznao sam kad je policija proverila prošlost svih gostiju vile. To je uobičajena procedura. Niko vas ne optužuje ni za šta.

Dugo sam čekao na odgovor. Kad je stigao, izgovoren je monotonim glasom. – To je bila moja glupa greška. Prijateljica me je zamolila da ponesem jedan paket u Veliku Britaniju, a carinici su ga otvorili na aerodromu u Šri Lanki i otkrili drogu. Trebalo je da znam... I znala sam, ali sam ipak to uradila.

– Da li je u zatvoru bilo gadno?

Prvi put je podigla pogled. – Moj boravak u zatvoru je bio grozan, stvarno grozan. Ne mogu ni da vam opišem. Preživela sam samo zahvaljujući jogi i dobroj prijateljici.

Ponovo sam se setio onog o čemu sam mislio u Virđilijevoj kancelariji. – A da možda ta prijateljica nije slučajno Lihini, koja je prošle godine bila ovde s vama?

Nešto joj je zablistalo u očima... iznenađenje, bes možda, ali i duboka tuga. – Jeste.

– Ali na osnovu onog što ste rekli shvatio sam da ste raskinule?

Sad joj se u očima videla samo tuga. – Nismo raskinule. Umrla je prošlog avgusta.

– Žao mi je zbog toga. – Bilo mi je žao što sam je rastužio, ali morao sam da pitam. – Šta se dogodilo?

Njen odgovor je zvučao neizbežno. – Prevelika doza.

– Žao mi je. Da li ste makar uživali u letu u Toskani, s njom? Izraz lica je rekao sve. – Bilo je katastrofalno.

Rado bih je pitao šta se dogodilo, ali video sam da je na ivici sloma i zasad sam je ostavio na miru. – Prava šteta. Slušajte, Serena, te stvari se događaju u životu. Možda nikad nećete potpuno preboleti to, ali vreme leči sve rane, i za takve stvari je potrebno vreme. – Pokazao sam na njenu prostirku za jogu. – Žao mi je što sam vam prekinuo vežbanje. Ostaviću vas na miru. – Krenuo sam ka vratima, kad sam čuo svoje ime i osvrnuo sam se.

– Dene... hvala.

Izgledala je vrlo ranjivo i iznenada sam video naivnu devojku kojoj je trenutak nepažnje uništio život. Hvala bogu što to nije moja ćerka.

Pošto je još bilo vremena do večere, izašao sam u dvorište i krenuo prema sad poznatoj klupi u senci, i oduševio sam se kad sam sreo svog četvoronožnog prijatelja među drvećem, kako njuška po suvom lišću. Čim me je video, dotrčao je i gotovo sam pao na leđa od njegovog oduševljenog pozdrava. Seo sam na klupu i postepeno se smirivao kraj mene, dok sam ga mazio. Jedno je bilo sigurno: ako je sa mnom i Helen završeno, nabaviću psa.

Kad je legao na zemlju kraj mojih nogu, izvadio sam telefon i pozvao Trišu. Ako je Džonino ubistvo dospelo u britanske novine, bolje je da to čuje od mene.

– Zdravo, tata, kako si?

– Zdravo, dušo, kurs ide dobro, ali nešto se dogodilo. – Počeo sam da joj pričam događaje od pre nekoliko dana i njena reakcija je bila očekivana.

– Dakle, ponovo si policajac. Trebalo je da znam. – Zvučala je iznervirano, ali na dobar način, kao kad ja pokušavam da izgrdim Oskara koji me je zamalo oborio. Pas i ja smo bili takvi, i moja ćerka me je razumela, iako njena majka nikad nije. – Samo mi reci da nećeš odustati od kursa da bi se opet igrao detektiva.

– Neću, obećavam. Kurs se ispostavio kao prilično koristan i proveo sam čitavo popodne šetajući Firencom, fotografišući i skupljajući podatke za svoju knjigu. – Odlučio sam da izostavim činjenicu da sam proveo i sat vremena u *questuri*.

– A šta je sa ubistvom tog tipa? Da li su svi užasno uznemireni?

– Neki manje, neki više. – Takođe je bilo pametno ne pričati joj da su svi stanari vile bili mogući osumnjičeni i ponovio sam ono što sam rekao Sereni. – Ali život ide dalje. Da budem iskren, njegova smrt nije veliki gubitak za čovečanstvo.

Razgovarali smo i pričala mi je o svom poslu – upravo je odradila svoje školovanje za advokata – i o Šonu, momku s kojim je bila već nekoliko godina. Pitao sam je da li se čula s majkom, i primetio sam njeno oklevanje pre nego što je odgovorila. – Zvala je sinoć. Dobro je. Uživa.

– O, dobro. – Šta sam mogao da kažem? – Pozdravi je kad budeš naredni put razgovarala s njom.

Samo je kazala: – Naravno – i nismo dalje razgovarali o tome.

Nakon što sam prekinuo vezu, ostavio sam Oskara da šeta i ušao u kuću da popijem pivo. U sali za sastanke nalazio se frižider za polaznike kursa i kutija u koju smo ostavljali novac za piće. Dva evra za pivo ili čašu hladnog belog vina delovalo mi je prilično pošteno i rado sam ubacio nekoliko novčića i odabrao najhladniju bocu *peronija*. Progutao sam pola u jednom cugu i čuo neki glas kraj otvorenih balkonskih vrata.

– Izgledate kao da vam je to bilo potrebno.

Bila je to Šarlot, i izgledala je zanosno kao i uvek. Otišao sam do nje. – Nego šta. Nakon popodneva provedenog u hodanju po vrućini, baš mi prija. Kako se ono kaže, ni psa ne bih pustio napolje po takvom vremenu. Mogu li da vam donesem piće?

Odmahnula je glavom. – Ne, hvala. Ne pijem pre večere. Svidelo mi se lokalno belo vino, ali ako počnem da pijem pre jela, moraćete kasnije da me odnesete u krevet.

Zbog načina na koji je to rekla, stekao sam utisak, možda neosnovan, da bi možda volela da se to dogodi. Odmah sam promenio temu. Ponovo sam se pretvarao da ne znam zašto sam odbijao da flertujem. Ali znao sam.

– Šta mislite o Firenci? – Mislio sam da je najbolje da se držim prozaičnih stvari.

– Predivna je, ali ima toliko ljudi. Volela bih da se vratim, ali ne sredinom leta. Sledeći put ću otići van sezone. A šta je s vama, jeste li pronašli nešto za svoju knjigu? – Ako je bila razočarana što nisam reagovao na komentar o nošenju u krevetu, nije to pokazala. Možda sam samo umišljao.

Razgovarali smo o mojoj knjizi i njenim namerama da napiše erotski roman – što je zvučalo otrcano kao gaće, gaćice, kilote ili kako god da se zovu u knjigama Fani Lavsit – sve dok nam se nije pridružila, ko bi to rekao, Milisent. Retko se družila s nama i zapitao sam se šta ju je dovelo ovamo. Dotad sam pio drugu bocu piva i pitao sam je da li želi piće. Na moje iznenađenje, prihvatila je čašu belog vina. Ponovo sam ponudio Šarlot, ali odmahnula je glavom i rekla da ide u svoju sobu da se presvuče. To me je, vrlo zgodno, ostavilo nasamo s Milisent, ali je, nakon što sam joj sipao vino i nameravao da je ispitam, stigao Antonio i počeo da se muva naokolo, postavljajući sto za večeru. Već sam žalio zbog propuštene prilike kad je Milisent pokazala na balkonska vrata.

– Da izađemo napolje i ostavimo Antonija da radi?

Ne bih nipošto rekao da je zvučala prijateljski, ali zvučala je kao da je želela da razgovara, i to me je iznenadilo. Pitao sam se da li ima nešto na umu i pratio sam je do terase, gde je vila obezbeđivala prijatnu hladovinu, iako je sunce bilo nisko na zapadnom nebu. Otišli smo do drugog kraja terase, gde se zaustavila i spustila čašu na ogradu, pre nego što se okrenula ka meni.

– Smem li da vas nešto pitam, Dene?

– Samo ako ja mogu da pitam vas kasnije.

– Dobro. – Oklevala je, tražeći prave reči, pre nego što je krenula. – Da li stvarno mislite da je neko od nas ubica?

– Da, mislim. – Odgovor je došao automatski. Nisam morao da razmišljam. – Verovatnoća da se neko ušunjao spolja, ubio vašeg brata, a onda se ponovo neprimećeno iskrao je hiljadu prema jedan. Ne vidim drugu mogućnost: to mora da je bio neko ko je trenutno ovde.

Samo je klimnula glavom, uzela čašu i popila veliki gutljaj vina. Zatim je usledila duga ćutnja. Namerno je nisam prekidao. Ona je zapodenula razgovor, tako da je ona trebalo i da ga nastavi. Na kraju je podigla pogled s čaše.

– Kažete da imate pitanje za mene. Kakvo?

– Pod pretpostavkom da sam u pravu, i da je počinilac među nama, ko mislite da je uradio to? I dalje Marija? To je bila vaša prva reakcija, uostalom.

– Tehnički, to su dva pitanja, ali ipak ću odgovoriti. Da budem potpuno iskrena, odgovor je ne. Nisam tako sigurna da je ona to uradila. Bojim se da počinjem da verujem da je to bio Antonio. To me veoma muči. Uvek sam bila u dobrim odnosima s njim, ali ne vidim kako je mogao da bude iko drugi.

– Kažete mi da mislite kako je batler to uradio?

– Kažem vam da je batler *mogao* da to uradi. Nisam sigurna.

– Postoji priča da ste pretili bratu nožem pre nego što smo stigli u vilu. Da li je to istina?

Ispravila se i video sam je kako je duboko udahnula. – Da, ali kao što sam rekla inspektoru, to je bilo u trenutku nemoći. Nikad ga ne bih ubola. Sviđalo mi se to ili ne, on je... on je bio moj brat.

Video sam da sam saglasan s Virđiliovim mišljenjem. Ona možda nije vesela osoba, ali nije zvučala kao ubica. Da li to znači da je to bio Antonio (poznat kao grof Drakula)? I dalje nisam verovao u to, ali ako nije on, ko je onda? Odlučio sam da potegnem pitanje otrova.

– Da li znate išta o otrovima? – Gledao sam joj lice dok je slušala pitanje.

– Otrovima? Ne, naravno da ne. Zašto otrov? Da li mi govorite da je bio otrovan? Nisam ga videla – Antonio i Marija su rekli da je previše grozno i nisu mi dozvolili da uđem u trpezariju nakon što su ga pronašli – ali svi kažu da je uboden.

Izgledala je zbunjeno, začuđeno, čak ogorčeno, ali ne sumnjivo niti krivo. Zapitao sam se da li da pomenem ono što se dogodilo njenom vereniku s otrovnim gljivama, ali izgledalo je da nema potrebe. Ako je ona bila trovačica – ili *jedna* od trovača – bila je sjajna glumica i sigurno bi mogla da uveri porotu u svoju nevinost.

8.

Subota

Kad sam se probudio u subotu ujutro, još sam mislio na otrov, ali sad ne u vezi s Milisent. Rano sam otišao u krevet i, kako se nisam osećao posebno umorno, sa interneta sam preuzeo knjigu *Ustreptala srca* Felisiti Farnboro (odnosno Agate). Ta knjiga je, kao i Elejnina, bila erotski roman, mada manje eksplicitan nego pisanije njene stidljive male drugarice, i uz dosta kriminalističkog zapleta.

Da budem iskren, ta knjiga nije bila loša i bilo je jasnih sličnosti – ne fizičkih – između glavne inspektorke nimfomanke i same Agate: uvek je postavljala pitanja, mada nisam mogao da razumem kako je njena detektivka imala energije za to nakon što se jebala s gotovo svakim muškarcem – i nekoliko žena – koje sretne. Rado sam je čitao i svideo mi se iznenađujući kraj gde je zlikovac umro nakon pada iz balona. Njenih trideset pet godina u policiji u Hempširu jasno se videlo u mnogim pojedinostima, i bilo je jasno da poznaje žargon. Ali iznenada sam se uspravio i obratio pažnju na to kad je Kresida, predivna nimfa (tako je pisalo u knjizi) upotrebila otrov destilovanih cvetova i listova skromne pustikare da ubije fitnes instruktora/dilera droge s trbušnjacima tvrdim kao kamen (njene reči, ne moje). Očigledno je Agata, kao i Dajana, znala ponešto o otrovima. Kao što je Dajana rekla: to je bilo samo pitanje istraživanja.

Ako na Guglu potražite *otrove*, kao što sam ja uradio te noći, pronaći ćete bogatstvo informacija o smrtonosnim i ne toliko smrtonosnim otrovima koji postoje svuda oko nas, u biljkama i životinjama, od veoma otrovnih amazonskih žaba, do našeg dragog oleandera ispred ulaznih vrata vile. Proces pretvaranja tih i drugih

prirodno otrovnih biljaka u smrtonosne supstance vrlo je jedno-
stavan i morao sam da se zapitam zašto onaj ko je sipao otrov u
Džoninu bocu nije upotrebio smrtonosnu dozu. Ili nije pratio uput-
stva – koja nisu uopšte komplikovana – ili je samo nameravao da
ga onesposobi, ali ne i ubije. To je moglo da znači da bi trebalo da
tražimo osobu ili osobe koje su nameravale da ga ubiju cijanidom i
bodežom, kao i nekog koje je hteo da mu izazove samo privremene
tegobe, a ne da ga ubije.

Da li je ta osoba mogla da bude Agata, pošto je bilo jasno da ima
znanje o takvim stvarima? Budući da je ovo bila njena treća pose-
ta vili, taj scenario je izgledao neverovatno. Zašto bi čekala treću
posetu da otruje Džonu? I zašto bi to uopšte uradila? Osim što je
bio prilično odvratna osoba, šta je Džona mogao da uradi dvadeset
godina starijoj ženi da bi je podstakao na tako radikalnu osvetu?
Nisam mogao ničeg da se setim. Živeo je u Toskani petnaest godina,
a pre toga je radio na *Univerzitetu u Ekseteru*. Na osnovu onog što
mi je Virđilio rekao juče, Agata je provela život u Hempširu i bilo je
malo verovatno da su se njih dvoje sreli bilo gde osim ovde. Narav-
no, samo zato što je malo verovatno, ne znači da je nemoguće, ali da
sam na Virđiliovom mestu, ne bih je još proglasio krivom.

A isto je važilo i za profesorku Dajanu. I ona je juče jasno poka-
zala da poznaje otrove, ali kako bi Džona mogao toliko da iznervi-
ra jednu sredovečnu univerzitetsku profesorku da bi ona došla čak
u Toskanu s namerom da ga ubije, ili makar da ga gadno razboli?
Naravno, postojala je mogućnost da su se ona i Džona sukobili pro-
fesionalno u nekom trenutku u prošlosti, ali akademske ljubomore
retko dovedu do nečeg opasnijeg od pesničenja u ringu ili, u dana-
šnje vreme, opanjkavanja po društvenim medijima. Ali ako to nisu
bile Agata i Dajana, ko je onda?

Ta zagonetka me je i dalje mučila kad sam sišao na doručak. U
trpezariji je bio samo Antonio i pretpostavio sam da je to možda
zato što je bila subota i nije bilo predavanja, tako da su ljudi odlučili
da spavaju duže. Siroti stari Antonio izgledao je grozno, a pošto
je obično izgledao kao vampir, danas je stvarno bio mučan prizor.
Ako je to moguće, bio je još mršaviji nego inače, a bledo lice bilo

mu je beskrvno i ispijeno. Tamni prsluk koji je uvek imao na sebi doslovno mu je visio s koščatih ramena. Mada sam imao neprijatan osećaj kako postoje veliki izgledi da on bude optužen za ubistvo, sažalio sam se i otišao da probam da ga razveselim.

– Zdravo, Antonio. Još jedno predivno jutro. Da li danas imate slobodan dan?

Neveselo je klimnuo glavom. Očigledno je da mu slobodno vreme nije mnogo značilo u ovom trenutku. – Dobro jutro, gospodine. Danas mi je slobodan dan, ali neću raditi ništa posebno. – Pogledao me je u oči. – Kako mogu da gledam utakmicu ili da idem na pecanje kad mi nad glavom visi Damoklov mač?

Primer iz klasike bio je impresivan, kao i njegova očigledna ojađenost. Kao i Milisent, ako je glumio, radio je to stvarno dobro. – Trudite se da se ne brinete, Antonio. Koliko znam, inspektor nije pronašao konkretne dokaze ničije krivice. Ako ste nevini kao što ste mi rekli, nemate razloga za brigu, i zato pokušajte da se razveselite. – Bio sam svestan kad sam to rekao da je to isto kao da sam kazao zombiju da ne jede ljudske mozgove, ali stvarno mi je bilo žao tog tipa. Što sam ga više gledao i upoznavao, to mi je izgledalo manje verovatno da je on ubica. Ali ako nije Antonio, ko je onda?

– Kapučino, kao i obično, gospodine? – Uprkos brigama, i dalje je bio spreman da usluži.

– Da, molim vas, i ceđeni sok od pomorandže.

Otišao je da mi donese piće, a ja sam uzeo nekoliko toplih kroasana i seo, gledajući kroz balkonska vrata u vrt. Uočio sam Emili, koja je ustala izuzetno rano. Po njenoj mokroj kosi pretpostavio sam da je išla na jutarnje plivanje. Jutros mi se nije trčalo, ali odlučio sam da bi plivanje kasnije moglo da bude dobra ideja. Koristio sam bazen nekoliko puta i temperatura vode je bila savršena. Podsećam vas, ima mnogo mesta na mom spisku koja dosad nisam posetio: San Điminjano, Sijena, Voltera...

– Dobro jutro, Dene, smem li da vam se pridružim? – To je bila Šarlot. Na osnovu stanja njene kose, i ona je išla na plivanje.

– Da, naravno. Upravo sam razmišljao kuda ću da idem danas. Znate da istražujem za svoju knjigu.

– Ne ponovo u Firencu, nadam se. Ovako sunčane subote biće prepuna ljudi. – Uzela je činiju sveže voćne salate i sela naspram mene. Na sebi je imala tanku majicu koja joj se lepila za vlažno telo i izgledala je dobro. Na osnovu blede kože i pegica, bilo je očigledno da je izbegavala sunce, ali izgledala je ipak zdravo i pravo. I da budem iskren, vrlo poželjno.

– Sigurno ne Firenca. – Doneo sam odluku. – Mislim da ću otići u Luku. To bi trebalo da je grad s mnogo istorije.

– Želite li društvo?

Iskren odgovor je bio ne. Ako odem sâm, moći ću da lutam neometano, da stajem gde poželim i radim šta želim, ali nisam hteo da budem nevaspitan. Pored toga, društvo – posebno žensko – bilo je nešto što mi je nedostajalo poslednjih meseci.

– Da, naravno, ako vam ne smeta da lutate sporednim ulicama i obilazite stare crkve.

– Zvuči mi divno. Kad mislite da krenete?

Pošli smo u deset sati. Moj poboljšani iznajmljeni automobil bio je folksvagen golf i bio je potpuno nov. Najvažnije, klima je radila stvarno efikasno, što je bilo dobro jer je digitalni termometar ispred apoteke u Montevolponeu pokazivao dvadeset devet stepeni kad smo prošli pored njega. Dan će biti vreo. Šarlot je, očigledno, predvidela tako visoku temperaturu, jer je obukla kratku suknju. Par golih nogu bio je još jedna stvar koja mi je nedostajala prethodnih meseci.

Proučavao sam mapu i odlučio da izbegnem *autostradu* ili *superstradu* (mislim da je razlika što se na jednoj plaća putarina, a na drugoj ne, ali možda nisam u pravu), i držao sam se običnih puteva. Pratili smo vijugavu reku Arno neko vreme, idući na zapad, i kraj puta smo viđali grnčarske radionice u kojima se proizvode ogromne urne od terakote, lonci i statue. Pitao sam koliko će mi *Izidžet* naplatiti za dodatni prtljag ako kupim kopiju statue Davida. Verovatno nekoliko puta više nego što iznosi cena karte. Pomisao na avio-karte podsetila me je da sam platio dodatno da bih mogao da promenim datum povratnog leta, koji bi trebalo da bude sledeće nedelje. Mislio sam da ću možda poželeti da ostanem na odmoru nakon završetka kursa i još sam se dvoumio šta da radim. Sviđala mi se ova oblast, ali da li bih uživao da nedelju ili dve budem potpuno sâm? Podsećam vas, ako bih se vratio u stan u Bromliju, ni tamo me niko nije čekao, zar ne?

Razgovarali smo usput i Šarlot mi je ispričala tužnu priču o svom mužu, koga je, nakon dvadeset godina braka, ubio kamion dok je bio na biciklu, prethodnog leta. Po načinu na koji je pričala o njemu, bilo je jasno da ga je mnogo volela i počeo sam da poredim bol zbog gubitka voljene osobe s bolom rastavljanja i razvoda. Nevoljno sam joj pričao sve više i više o tome zašto Helen i ja nismo uspeli. Postavila mi je gotovo isto pitanje kao Majki/Martin, krupni Amerikanac, pre neko veče.

– Da li je to bilo zbog vašeg posla? Da li ste imali nezgodno radno vreme?

– Delimično, ali pretpostavljam, ako ćemo iskreno, da smo se udaljili kad nam je ćerka napustila kuću. Helen, moja žena, verovatno je želela da provodi više vremena sa mnom, ali ja sam bio previše obuzet poslom da bih to shvatio, dok nije bilo prekasno.

– I ostavila vas je?

– Na neki način. Iselio sam se, ali ona je želela da se rastanemo.

– A vi želite da i dalje budete zajedno?

Nisam žurio s odgovorom. To nije bilo lako pitanje. Video sam znak za skretanje levo za San Minijato, i skrenuo sam na uži put koji je polako počeo da vijuga uzbrdo. Čitao sam o San Minijatu. Prema onom što sam pročitao, bio je to mali istorijski grad s mnogo srednjovekovnih i renesansnih zgrada, počevši od njihovog duoma.

– Izvinite, nije trebalo da pitam. – Zvučalo je kao da se izvinjava.

– Ne, to je logično pitanje. Odgovor je verovatno uslovno da. Da, nedostaje mi. Da, voleo bih da smo ponovo zajedno i da stvari budu kao pre, ali duboko u duši mislim da nikad više neće biti kao nekad.

– Žao mi je.

Nakratko je utešno spustila šaku na moje golo koleno, ali osećaj je bio suprotan od utešnog. Dodir ženske šake na mojoj koži bio je još nešto što mi je nedostajalo neko vreme. Osetio sam olakšanje kad smo stigli u San Minijato i izašli na sunce. Danas sam obuo stare cipele u poslednjem pokušaju da vidim hoće li povratiti nekakav oblik nakon potapanja u bazen. Iz nekog razloga, otkako su se osušile, vrhovi su im nekako bili okrenuti uvis, kao kod klovnovskih cipela, i kad smo krenuli u šetnju gradom osećao sam kako mi žuljaju ne samo prste nego i pete. Imao sam osećaj da sam napravio veliku grešku.

Proveli smo veoma prijatno jutro lutajući gradićem, koji je bio pun života u subotnje jutro, ali mnogi ljudi su izgledali kao meštani, ne kao turisti, i atmosfera je bila prava italijanska, a ne kosmopolitska, i to mi se svidelo. Čak sam stao kraj jedne agencije za nekretnine i proverio cene iznajmljivanja kuća. Bilo ih je dosta i koštale su samo delić onog što sam plaćao u Engleskoj. Čak sam pogledao i oglase za prodaju nekih nekretnina i one su, takođe, bile znatno jeftinije nego u Londonu. Nešto mi je palo na pamet; možda bi trebalo da se odreknem stana u Bromliju i preselim se ovamo. Penzija će mi ovde trajati znatno duže. Naravno, to bi me dodatno udaljilo od Helen. Koliko god zvučalo privlačno, to je možda previše... bar zasad.

San Minijato je bio izuzetno mestašce. Uprkos tome što je bio triput manji od Bromlija, imao je katedralu iz dvanaestog veka, ostatke srednjovekovnog zamka i biskupovu palatu iz jedanaestog veka. Gradić je bio izgrađen na nekoliko brežuljaka i bilo je vrlo malo ravnih puteva. Hodali smo kroz istorijski centar, gde su uske ulice bile kaldrmisane i oivičene lepim istorijskim zgradama uglavnom obojenim u različite nijanse tamnožute, od kremaste, preko bež, smeđe do narandžaste: prirodne boje toskanskog tla. U daljini se videla dolina reke Arno, a pogled na toskanska brda iza bio je vrlo lep.

Ručali smo ispod suncobrana na malom trgu i potajno sam izuo cipele ispod stola i dozvolio da mi povetarac rashladi žuljeve. Jedna nemačka porodica sedela je za stolom blizu nas, ali svi ostali su zvučali kao Italijani. Uvek sam mislio da je najbolje ići na mesta koja posećuju meštani, umesto rizikovanja da platiš previsoke cene u lokalima predviđenim za turiste. Moja jedina poseta Italiji dosad bio je odlazak u Veneciju s Helen, pre nekoliko godina. Mada smo na kraju pronašli restoran s dobrom hranom po relativno prihvatljivim cenama, nekoliko puta pre toga su nam odrali kožu s leđa. Na osnovu cena koje sam video u San Minijatu, ovde je bilo mnogo jeftinije nego u Veneciji, a i u Londonu.

Restoran je bio specijalizovan za ribu i morske plodove, tako da smo dozvolili konobaru da nas ubedi da naručimo *frito misto*. Ispostavilo se da je to dobar izbor. Svidela mi se mešavina pohovanih girica, račića, hobotnica i lignji. Oboje smo dobili po jednu veliku porciju, uz osvežavajuću salatu od zelene salate, paradajza i krastavca, prelivenu divnim ekstradevičanskim maslinovim uljem i staromodnim vinskim sirćetom. Podelili smo bocu gazirane mineralne vode i pola litra hladnog crnog vina. Gotovo sam mogao da čujem svog bivšeg načelnika, koji je bio pravi vinski snob, kako gunđa, ali na temperaturi od preko trideset stepeni, vino iz frižidera je bilo pun pogodak. Završili smo obrok panakotom prelivenom gustim pireom od borovnica i s dva espresa, i već sam razmišljao kako da ponovo organizujem posetu San Minijatu pre nego što napustim Toskanu. Ovako dobar obrok morao je da bude ponovljen.

– Ovo je bio jedan od najboljih obroka u mom životu. – Šarlot je insistirala da plati svoju polovinu i zvučalo je kao da je uživala koliko i ja, i doneo sam brzu odluku.

– Nema problema. Zašto vas ne bih doveo jedne večeri naredne nedelje ponovo ovamo... ja častim.

Pogledala me je u oči i osmehnula se. – Da li me to zovete na izlazak?

– Pretpostavljam da je tako... ako želite. – Nalet uzbuđenja, odmah ugušen velikom količinom krivice, prošao je kroz mene. Prošlo je mnogo vremena otkako sam uradio tako nešto. Ali šta je s Helen?

Stegla mi je nogu. – To zvuči divno. Jedva čekam.

Vožnja kroz prirodu do Luke trajala je gotovo sat vremena sporednim putevima i prošli smo usput kroz niz vrlo lepih sela. Put je vodio širokim, ravnim dnom doline Arna, gde nas više nisu okruživali talasasti brežuljci Toskane. Dole je sve bilo ravno i prilično dosadno; međutim, obilje drevnih kamenih zgrada u selima usput i veliki Apenini desno od nas predstavljali su lep prizor. Morao sam da primetim kako divlji oleandri rastu oko nas u velikim ružičastim, crvenim i belim žbunovima. Očigledno je bilo dovoljno sirovina za mogućeg trovača.

Dok smo se vozili, povremeno sam gledao saputnicu. Izgledala je srećno, ali možda ne potpuno opušteno. Da li je to samo zato što joj je bilo neprijatno što je ponovo s muškarcem, s obzirom na to da joj je muž umro pre svega godinu dana, ili je to bilo zbog istrage, nisam mogao da odredim. Naravno, teoretski je i dalje bila osumnjičena za ubistvo, mada nije imala motiv, a imala je neoboriv alibi, i odlučio sam da je verovatno prilično sigurno da je isključim iz dalje istrage. Na trenutak sam čak počeo da razmišljam da li bi ovo mogao da bude početak nečeg između nas, ali naravno da ništa nije moglo da započne dok Helen i ja ne dostignemo nekakav završetak.

Luka je bila dostojna reputacije. Parkirali smo se ispred ogromnih zidina od crvene cigle u *centro storico* i hodali – ili u mom slučaju hramali, jer su mi se žuljevi umnožili – kroz ogromnu kapiju do staroga grada. Bila je to predivna mešavina zgrada, neke su verovatno bile stare hiljadu godina, i gotovo sam uspeo da zaboravim bolna stopala na neko vreme, dok sam uživao u svemu tome. Katedrala od belog mermera, čija je izgradnja počela 1063, s dvobojnim ružičastim i belim zvonikom pored, bila je divna, kao i brojne druge crkve i istorijske zgrade u okolini. Na jednom znaku je pisalo da je moguće obići gradske zidine, ali zbog bolova u nogama morao sam to da odložim za neki drugi dan, i neki drugi par cipela, ako ne i stopala. Kad smo seli na zasluženo hladno piće na zadivljujućem ovalnom Trgu del amfiteatro, okruženom svetložutim srednjovekovnim zgradama, napravio sam dosta fotografija i beležaka. Luka će sigurno biti uključena u moju knjigu. A moje cipele će završiti u kanti za otpatke.

Šarlot je naručila ledeni čaj, a ja sam probao bezalkoholno pivo, koje je, ispostavilo se, bilo mnogo bolje nego što sam očekivao. Pitala me je o mom poslu, a ja nju o njenom. Osećao sam se neverovatno opušteno u njenom društvu i dobro smo se slagali. Ispričala mi je o radu u štampariji koja je proizvodila mnogo knjiga u mekom povezu, ali rekla je da se ne seća da je videla išta od polaznika kursa. Kazao sam joj da sam pročitao jednu od Elejninih knjiga i jednu

Agatinu, ali priznao sam da mi erotika ipak nije omiljeni žanr. U jednom trenutku je pomenula ubistvo, što smo oboje dosad izbegavali, i pitala je da li policija ima neke sumnjivce. Umanjio sam svoje učešće.

– Nemam predstavu. Možda ću sutra saznati nešto više. Inspektor Pizano me je pozvao na ručak. – Počeo sam da joj objašnjavam kako sam ga upoznao samo zato jer je prijatelj mog bivšeg kolege. – Ali izgleda vrlo sposobno. Možda ima neke sumnjivce. Naravno, možda neće želeti da razgovara o tome. Napokon, ja sam bio u vili i možda sam nekako uključen.

Frknula je. – Vi? Nikad!

– To ne bi bio prvi put da se policajac odmetnuo. Eto, možda upravo nameravam da vas premlatim nasmrt pivskom bocom. – Napravio sam preteći izraz lica i ona se trgla od odglumljenog straha.

– Ali vi me ne biste povredili, zar ne? – Da naglasi to, uhvatila me je za ruku preko stola i malo je stegla. – Mi smo prijatelji, zar ne?

Bila je u pravu. Bili smo prijatelji, i možda ćemo postati nešto više od prijatelja.

9.

Nedelja

U nedelju ujutro nije mi se išlo na trčanje, čak ni u šetnju. Antonio je sinoć uspeo da mi pronađe flastere, ali bilo mi je bolno da hodam čak i u patikama. Moje stare cipele sad su bile bačene u kantu za otpatke, i znao sam da mi neće biti žao ako ih više nikad ne vidim. Kad sam sišao u prizemlje u japankama, ponovo sam se zatekao sâm za trpezarijskim stolom i to mi je dalo vremena da razmislim.

Juče uveče, kad smo se vratili iz Luke, ostavio sam Šarlot u prizemlju i otišao u svoju sobu, pod izgovorom da me stopala mnogo bole. Mada je to bila potpuna istina – kunem se da sam u tom trenutku imao žuljeve na žuljevima – znao sam da je to pokušaj da usporim stvari s njom, jer sam i dalje bio u braku. Nisam znao da li se moja supruga ponaša isto.

Nakon što sam potopio stopala u hladnu vodu u bideu – da, znam da ne služi tome, ali situacija je bila hitna – deset blaženih minuta, otišao sam u krevet i sa interneta preuzeo najnoviju knjigu Sabrine Baterflaj (ili Serene). Ispostavilo se da je to zadivljujuća priča, nekako nezemaljski žestoka. Da, bilo je seksa, ali mom sve stručnijem oku, kad pričamo o erotici – to mi je, uostalom, bila treća knjiga – prijala je ta stvarno dobra knjiga. Govorila je o neumoljivoj propasti jedne devojke koja je samo tražila prijateljstvo, i uhvatio sam sebe kako glavnoj junakinji dajem Serenino zabrinuto lice. Očigledno je da je bilo dosta elemenata Serene u toj knjizi, i nakon čitanja sam bio tužan zbog glavnog lika, ali i zbog književnice.

Neko ko može da piše tako dobro ne bi smeo da bude nesrećan, i rešio sam da joj to kažem čim je budem video.

Nakon doručka, otišao sam do bazena da malo provežbam i uspeo sam da preplivam trideset dužina pre nego što sam završio i izašao iz bazena. Ležao sam zadovoljno tamo, zureći u grane ogromne smokve koja se nadvijala nad jednim krajem bazena, i samo sam čuo neprestano zujanje osa, koje su se gostile zrelim voćem. Bilo je to još jedno predivno toskansko jutro i, osim manjeg problema nerešenog ubistva, bio sam opušten i smiren.

To nije potrajalo.

Telefon mi je zazvonio i protegnuo sam se da ga uzmem. Dobio sam imejl od Helen. Tokom poslednjih nekoliko meseci, obično je komunicirala sa mnom SMS-om, uglavnom o računima, tako da je imejl bio izuzetak. Nije bio dugačak, ali ostavio je jak utisak na mene.

Dene, pronašla sam nekog drugog. Zove se Timoti i stvari se lepo odvijaju. Mislim da je došlo vreme da se razvedemo. Razgovarala sam sa advokatom i on misli da bi trebalo da prodamo kuću. Predlažem ti da razgovaraš s Dejvidom. Helen.

Kratko i ne mnogo slatko. Dejvid je bio moj ljubazni lokalni advokat. Poznavao sam ga godinama i često smo igrali tenis zajedno. Kopirao sam Helenin imejl i prosledio sam ga njemu i samo dodao:

Razvod. Molim te, kaži mi šta je sledeće. Hvala.

Nakon što sam pritisnuo *pošalji*, legao sam i razmišljao o tome što se upravo dogodilo: razvodim se. Naravno, već mesecima je bilo prilično jasno da stvari idu u tom smeru, ali sad sam shvatio da sam se sve vreme nadao da se to neće dogoditi. Ali jeste. Šta to znači za mene, šta znači za ostatak mog života? Pa, rekao sam sebi, u pokušaju da gledam stvari s vedrije strane, to je značilo da ako moj odnos sa Šarlot uznapreduje, neću morati da osećam krivicu. To je takođe značilo da ako želim da iznajmim stančić ovde i iselim se iz Londona, nema ničeg što bi me sprečilo. Problem bi bio u tome, naravno, što više ne bih imao Helen u svom životu i, nakon trideset godina, to mi je delovalo neobično.

I dalje sam držao telefon, pa sam odlučio da pozovem Trišu.

– Zdravo, dušo, ja sam.

– Zdravo, tata. Jesi li dobro? – Prema neveselom tonu bilo je očigledno da je znala. Pokušao sam da ublažim udarac.

– Dobro sam, hvala. Rekla ti je, siguran sam. Ako će je to usrećiti, onda mi ne smeta.

– O, tata... – Zvučala je kao da će se rasplakati.

– Ne sekiraj se, dušo. – Na trenutak sam gotovo dozvolio da se i sâm nasekiram, ali sam uspeo da nastavim. – Oboje znamo da smo tvoja majka i ja išli ka takvom ishodu već mesecima, iako ja možda nisam bio spreman da priznam to. Makar smo sad razjasnili stvari. – Očajnički sam tražio nešto malo veselije, pre nego što sam počeo da pričam o Toskani. – Kako bi se osećala kad bi znala da postoji vikendica u Italiji kad god poželiš da dođeš i boraviš tamo?

– Razmišljaš da kupiš vikendicu? – Makar je zvučala živahnije.

– Kupim ili iznajmim. Ja bih živeo tu. Kako bi se osećala kad bih se preselio ovamo? Mislim, za stalno. Gledao sam cene avionskih karata i mogu da letim odavde do Birmingema brže i jeftinije nego vozom iz Bromlija. Život ovde bi bio znatno jeftiniji nego u Velikoj Britaniji, i stvarno mi se sviđa ovde. – Oklevao sam, čekajući odgovor, i požurio da dodam: – Ali uradiću to samo ako ti ne smeta. Znaš da si najvažnija osoba u mom životu.

– O, tata... – Čuo sam je kako šmrca, ali onda se pribrala. – Mislim da to zvuči sjajno. Da li to znači da uživaš tamo?

– Da. – Počeo sam da joj opisujem svoj jučerašnji dan, ali nisam pomenuo pratilju. Biće vremena za to ako se stvari razviju između mene i Šarlot. Pomisao na partnere, naravno, podsetila me je na Helen i morao sam da pitam: – Da li poznaješ tog Timotija? Jesi li ga upoznala?

– On i mama su juče došli u Birmingem na ručak, i tad sam ga prvi put videla. Direktor je u nekoj velikoj banci i došli su u skupom novom jaguaru... ne bi ti se svideo. Deluje kao pristojan tip, ali nije ti ni nalik, tata.

– To je verovatno u redu, jer izgleda da nisam podoban za tvoju mamu. Drago mi je što su uradili to. To je bilo zrelo ponašanje. Nadam se da si im dala blagoslov.

– Šta sam drugo mogla da uradim? Kao što kažeš, ako je to usrećuje, podržaću je. – Glas joj je sad bio malo jači. – A podržaću i tebe, tata. Obećavam da je prva stvar koju ću uraditi ako pronađeš kuću tamo da dođem i pomognem ti da se useliš. O kakvom mestu razmišljaš? O nekom stanu u potkrovlju koji gleda na most Vekio?

– Osim činjenice da takvi stanovi koštaju astronomski, radije bih kupio nešto van grada. – Setio sam se prvobitne ideje i dok sam je izgovarao, postajala mi je sve privlačnija. – A prva stvar koju ću uraditi je da nabavim psa. – Počeo sam da joj pričam o svom sve većem prijateljstvu sa Oskarom i do kraja razgovora zvučala je gotovo veselo.

U pola jedan sam se odvezao do Virđiliovog stana u Skandičiju. Živeo je u poslednjoj kući u nizu modernih građevina koje gledaju na mutnu reku. Mada je to bilo prilično neugledno predgrađe Firence, imalo je neki prijatno ruralni osećaj zbog trske i borova u obliku lizalica, a miris roštilja bio je vrlo primamljiv. Siguran sam da bi se moj novi prijatelj labrador saglasio s tim. Pratio sam nos i zatekao Virđilija u zadnjem dvorištu. Na sebi je imao kecelju sa odštampanim torzoom Neverovatnog Hulka, i svaki put kad bih ga pogledao video sam zelenu masu nabreklih grudnih i stomačnih mišića. Pratio je moj pogled i slegnuo ramenima kao da se izvinjava.

– Smisao za humor mog sina. *Ciao*, Danijele, dobro došao. – Kuća je imala klizna balkonska vrata koja otvaraju gotovo ceo zid i okrenuo se i povikao kroz njih. – Lina, stigao je. Dođi da vidiš kako izgleda jedan engleski pisac.

Pojavila se tamnokosa žena prijatnog izgleda, brišući ruke krpom, i prišla je da se rukuje sa mnom. – Dobar dan, ja sam Lina. Drago mi je što sam vas upoznala. – Rukom je pokazala na stolicu ispod tende. – Sedite.

Nakon što smo se rukovali, dao sam joj buket cveća koji sam kupio dok sam se juče vraćao iz Luke i spustio bocu crvenog vina iz Montevolponea na zid kraj roštilja. – Kuća vam je divna.

Virđilio mi je dodao hladno pivo iz ručnog frižidera i nazdravili smo jedan drugom. Očekivano, to je imalo veze s poslom. – Živeo, Danijele. Za brzo rešavanje slučaja.

Pogledao sam Linu i video njen napaćeni izraz lica. Nije potrebno naglašavati, to me je, opet, podsetilo na Helen i sigurno se nešto videlo na mom licu, a Virđilio je otkrio da ima dobru moć zapažanja.

– Šta je bilo, prijatelju? Izgledaš pomalo snuždeno. Nešto se dogodilo?

Sve vreme dok sam bio u kolima govorio sam sebi da zadržim jutrošnji šok za sebe. Ovo je bio jedan od Virđiliovih retkih slobodnih dana i nisam morao da mu ga kvarim svojim vestima, ali pre nego što sam stigao da zaustavim sebe, ispričao sam sve o razvodu i današnjem imejlu. Pokazali su veliko saosećanje i bilo je vrlo dirljivo. Lina je prišla i stegla mi ruku.

– Tako je verovatno najbolje, Danijele. Tako možeš da započneš nov život.

Muž joj se pridružio. – Lina je u pravu; misli o tome kao o novom početku.

Dao sam sve od sebe da zvučim pozitivno. – Da budem iskren, to je ono što sam radio. Čak sam razmišljao da potražim kućicu u okolini i možda se preselim u Toskanu.

Lina se zainteresovala. – Šta, misliš da se preseliš ovamo?

– Tako je. Stvarno mi se sviđa ovde.

Virđilio se odvojio od ogromnog odreska koji je pekao i srdačno me je potapšao po ramenu pre nego što je pogledao svoju suprugu. – Rekao sam ti da je pametan momak, zar ne? Razume da je Toskana najbolje mesto na svetu. Bravo, Danijele.

– Hvala, Virđilio. Uzgred, nameravao sam da ti kažem: zovi me Den. Svi me tako zovu.

– Dene, radujem se što ćeš nam postati komšija. – Okrenuo se ponovo ka roštilju, a kad se njegova žena vratila u kuhinju, obratio mi se preko ramena. – Ima li nešto novo o gospodinu Džoni Muru?

Prisetio sam se razgovora sa Serenom i Milisent i ponovio sam mu osećaj da batler – uprkos svim dokazima koji su ukazivali suprotno – nije ubica. Izgledalo je da se Virđilio slaže sa mnom.

– Moj šef me pritiska da ga uhapsim. Mislim da će se, ako ga privedemo, stavimo u pritvor i ispitujemo, slomiti pod pritiskom i priznati sve.

– To mi liči na mog starog načelnika. Čvrsto je verovao u zatvaranje ljudi, bili krivi ili ne. Činjenica je da stvarno ne mislim da je Antonio to uradio. Znam šta ćeš reći: ako nije on, ko je onda? Možda je to neko van porodice, možda neko iz Velike Britanije...

– Iznenada sam se setio nečeg. – Kad ste pretraživali vilu, posebno mesto zločina, da li je neko pregledao gomilu pisama ispred žrtve?

Nije odgovorio odmah, dok je očigledno pokušavao da se priseti. Na kraju je odgovorio. – Da budem iskren, ne znam. Ja sigurno nisam. Moj vodnik koji dobro govori engleski je na odmoru i nisam siguran koliko ostali dobro čitaju i razumeju engleski. Zašto...

– Odgovorio je na to pitanje pre nego što ga je i postavio. – Naravno, preteća pisma! Možda tu ima nekog traga. – Okrenuo se ka meni. – Da li je trpezarija i dalje zaključana?

– Da, traka je bila na mestu kad sam pogledao jutros i pečati su bili celi.

– Sjajno, u tom slučaju, doći ću sutra ujutro i možemo da pogledamo zajedno, ako imaš vremena. Ne, ti imaš predavanje ujutro, tako da ću doći kasnije. Kako bi bilo da dođem popodne? Možda oko pet? To može da sačeka još nekoliko sati. Marija je mislila da su pisma stigla iz Velike Britanije, zar ne? Ako se rukopis poklapa s nekim od polaznika, to bi nam mnogo pomoglo. Štaviše, to mi daje savršeno razuman izgovor da još ne uhapsim batlera.

– Uzgred, da li si imao sreće s mehaničarem Pupom?

– Ništa konkretno. Policajac koji mu je uzeo izjavu rekao je da je bilo jasno kako je mrzeo žrtvu, ali tvrdi da ima svedoka koji može da potvrdi da je na dan ubistva bio u servisu, mada to nije zvučalo previše uverljivo. Provericemo, naravno, ali izgleda da je nevin.

– O, šta da se radi, vredelo je pokušati.

Gledao sam ga kako vešto okreće meso. Nikad ranije nisam video tako ogroman odrezak – bio je veliki i debeo kao *Biblija*. Trenutak kasnije, pogledao me je i osmehnuo se. – Pol je bio u pravu.

– Pol? U vezi sa čim?

– Rekao mi je da si jedan od najboljih detektiva koje je upoznao. Shvatam zašto.

Nisam znao kako da odgovorim na takvu pohvalu i samo sam mu se osmehnuo i popio veliki gutljaj piva.

Ručak je bio izuzetan. Počeo sam divnim neslanim toskanskim hlebom, od koga sam brzo postao zavisan. Virđilio je prepekao hleb i natrljao ga svežim belim lukom i natopio maslinovim uljem iz jedne neoznačene boce. Samo ulje je bilo gusto i zeleno, i izgledalo je kao ulje koje obično ispustiš iz nekog starog motora, ali ukus je bio predivan: tako žestok da je golicao grlo. Stavio je po kašiku seckanog paradajza prelivenog uljem na ostale komade dvopeka i uzeli smo tanke komade šunke, sveže nasečene s buta koji se nalazio na posebnom metalnom držaču. Lina mi je ispričala da tako može da stoji godinama, bez potrebe da se stavlja u frižider, pod uslovom da se povremeno odseče poneki komad, i odmah sam im rekao da ću, ako se stvarno preselim ovde, prvo kupiti držač za šunku. U Bromliju se ne viđaju često.

Pre mesa smo jeli *pappardele alla lepre*, i ispostavilo se da je Lina napravila ne samo gust sos od divljači nego i široke trake sveže testenine. Kad je stiglo meso, uz ražnjiće od mešanog povrća (plavi patlidžan, crvene paprike, tikvice, crni luk i čeri paradajz), ozbiljno sam se pitao da li ću morati da otkopčam kaiš, ali sve je bilo previše ukusno da bih odbio. Virđilio je isekao odrezak uspravno i poslužio ga posutog svežom rukolom, rendanim parmezanom i onim predivnim uljem. *Bistecca alla fiorentina* je bez sumnje bila najbolji obrok koji sam ikad pojeo, i to sam mu rekao. Uz crno vino iz još jedne neobeležene boce, koje je napravio „čovečuljak s brda", to je bio kraljevski obrok.

Nakon kremastog sladoleda od vanile, pomešanog sa slomljenim puslicama, uz svežu voćnu salatu od nektarina i breskvi, imao sam osećaj da neću jesti nedelju dana. To je bio još jedan nezaboravni toskanski obrok. Dok smo sedeli u hladu i pijuckali kafu, shvatio sam da sam dotad gotovo zaboravio na Helen. Pitao sam se koliko dugo će to trajati. Virđilio mi je ponudio bocu grape iz, da, već ste pogodili, neobeležene boce, ali mislio sam da je pametno da odbijem. Posle je trebalo da vozim i mada sam oprezno pio vino, bilo bi, u najmanju ruku, sramotno da bivšeg policijskog inspektora koji je bio na ručku kod drugog policijskog inspektora uhapse zbog vožnje u pijanom stanju.

Proveli smo lenjo popodne ćaskajući o životu i otkrio sam da imamo zajedničko interesovanje: tenis. Rekao mi je da bi me rado pozvao na meč u svoj klub, tokom nedelje, ako bude imao vremena, ali rekao sam mu da ostavi to za kraj nedelje jer su me žuljevi i dalje boleli, i ispričao sam im prizor s bazena prvog dana, kad me je pas gurnuo. Kad je završila sa smejanjem, Lina je otrčala i donela mi tubicu neke kreme, za koju je rekla da će mi pomoći. Taj bračni par nije mogao biti ljubazniji, i stvarno mi je bilo žao kad sam se napokon oprostio s njima i krenuo natrag u vilu.

Prva stvar koju sam uradio kad sam se vratio bila je da izujem cipele i namažem kremu na bolna stopala. Tajanstvena krema je delovala neočekivano dobro i za nekoliko minuta bol je gotovo prestao. Nakon što sam sinoć ostao dokasno čitajući Sereninu knjigu i nakon današnjeg obilnog obroka, legao sam na krevet – bosih stopala koja su virila preko ivice – i zaspao u roku od nekoliko minuta. Kad sam se probudio, video sam da je prošlo šest. Spavao sam nešto duže od sat vremena. Upravo sam krenuo u toalet, kad je neko pokucao na vrata. Bila je to Šarlot.

– Odmarao si se, zar ne? – Zvučala je optužujuće, ali osmehivala se. – Mirišeš na beli luk, ali ne smeta mi. Da li je to neko imao obilan obrok?

– Neko je imao veoma obilan obrok, i to sjajan.

– Smem li da uđem?

Pomerio sam se u stranu i ona je ušla. Primetio sam da ponovo na sebi ima onu istu kratku suknju i kad je sela na ivicu kreveta, ta suknja je postala još kraća. Dao sam sve od sebe da zvučim nehajno, mada je potreba za mokrenjem postala još jača. Svo to pivo i vino i mineralna voda za vreme ručka sigurno su imali veze s tim. Dao sam sve od sebe da nastavim razgovor.

– Nadam se da si lepo provela popodne.

– Bilo je lepo, hvala. Nisam radila ništa posebno. Bilo mi je dosadno, pa sam pomislila da dođem i obiđem te. – Nagnula se unazad i pogledala sobu, s blagim osmehom na licu. Na trenutak ili dva mislio sam da prepoznajem taj izraz. Da nisam bio usred istrage ubistva, možda bih se čak zapitao da li je to označavalo njeno zanimanje za mene, mada nisam imao pojma zašto bi je zanimao sredovečni bivši pandur prosede kose. Međutim, sve moje pretpostavke su prekinute jer me je telo još žešće podsećalo da stvarno, stvarno moram da odem u toalet. Stajao sam tamo i pokušavao da se ne vrpoljim.

– Ovaj, da li si nešto htela? – Bilo mi je teško da izgovorim to.

Samo se osmehnula i nagnula još malo. – Ništa posebno. Da li ti nešto želiš? – Taj mali osmejak i dalje joj je bio na licu.

Da, iskreno, želim da piškim, ali nisam to mogao da joj kažem. Umesto toga, pokušao sam da zamutim vodu. – Malo vremena, rekao bih, ako ćemo iskreno. Danas sam dobio imejl od svoje žene i ne znam gde mi je glava. – Da ne pominjem bešiku.

Izraz razumevanja i nečeg što je moglo da bude žaljenje prešao joj je preko lica i ustala je, pritom poravnavajući suknju na butinama. – Žao mi je. Odabrala sam loš trenutak. – Krenula je ka vratima, ali se okrenula kad je stigla tamo. – Šta je inspektor rekao? Da li je išta bliže rešenju misterije?

– Možda. Zvuči da je možda pronašao neki novi trag. U stvari, sutra dolazi ovamo.

Izgledala je zainteresovano. – Stvarno? Kakav je to trag, ili ne smeš da mi kažeš?

Ne, nisam smeo da joj kažem, ali nije bilo svrhe da zvučim kao da ne verujem toj ženi koja je možda bila ovde da se baci na mene. Ponovo sam pribegao nevinoj laži. – Nije rekao. Nadajmo se da će upaliti.

Izgledala je razočarano, ali onda je slegnula ramenima. – Nadajmo se. Jezivo je živeti u kući gde gotovo sigurno boravi i ubica.

– Lice joj se razvedrilo. – Ako se uplašim tokom noći, sad znam gde mogu da dođem, zar ne?

Nisam odgovorio i samo sam se tupavo osmehnuo dok se okretala i odlazila. Čim su se vrata zatvorila za njom, otrčao sam u toalet, govoreći sebi kako je to jedini razlog zbog koga sam je oterao, ali znao sam da nije. Da, morao sam da idem u toalet, ali bilo je tu još razloga. Helen je možda prebolela mene, ali jesam li ja preboleo nju?

Kad je došlo vreme za večeru, zadivio sam se kad sam shvatio da sam ponovo gladan, uprkos obilnom ručku koji sam pojeo svega nekoliko sati ranije. Seo sam za sto i pridružio mi se Majki/Martin s jedne, i Rejčel i Vil iz DEA s druge strane. Započeli su razgovor o hokeju i Vil i Majki su se uzbudili. Bilo mi je potrebno nekoliko minuta da shvatim da govore o hokeju na ledu i, prema tome kako su zvučali, njihova igra je izgleda uključivala mnogo krupnih bezubih muškaraca koji udaraju jedni druge. Triša je igrala hokej na travi u školi, i koliko znam, nikad nije udarila nikog i još je imala sve zube. Razmišljao sam o toj suštinskoj razlici između ponašanja ljudi na suprotnim obalama Atlantika, kad je profesorka Dajana sela na slobodno mesto desno od mene.

– Zdravo, Dene, jeste li lepo proveli vikend? – Zvučala je veselo, a karipski naglasak je večeras bio jači nego ikad.

– Imao sam sjajan vikend, hvala. Nije mogao biti bolji. – Osim tog imejla... na trenutak ili dva sam gledao u oči Šarlot, koja se nalazila malo dalje, s druge strane stola, i namignula mi je, ali brzo sam usmerio pažnju na Dajanu. – A šta je s vama? Jeste li bili turista ili učenica?

– Pomalo od oboje. Išla sam juče ponovo u Firencu s Gavinom i Emili, ali danas sam pisala. – Onda je počela da opisuje prisutnima veliku scenu orgija koju je pisala, i shvatio sam da sad, gotovo bez problema, mogu da slušam njene slikovite opise seksa, mada sam se uspravio i obratio pažnju kad je pričala o caru i ovci. Srećom, onda su se Agata i Elejn pridružile i mogao sam da obratim pažnju na Amerikance. Hokej je sad zamenila italijanska istorija kao tema razgovora i bio sam spremniji da učestvujem.

Antonio i Anaroza su se pojavili s poslužavnicima s predjelom, ali ograničio sam sebe na svega nekoliko komada aromatične narandžaste dinje. Nakon toga sam sipao vrlo malu porciju rižota s vrganjima, navodno ubranim u obližnjoj šumi, što je bilo sjajno. Uzeo sam svega nekoliko malih kašika pilećeg paprikaša koji je bio sledeće jelo, a u trenutku kad mi je bilo nemoguće da odbijem tiramisu znao sam da moram da se prošetam da ne bih eksplodirao. Nakon što sam ostalim polaznicima kursa poželeo laku noć, krenuo sam ka kuhinji u potrazi za svojim četvoronožnim drugarom. Obuo sam patike, a Linina čarobna krema je sjajno obavila svoj posao; samo sam malo osećao osetljivost stopala, tako da kratka šetnja ne bi trebalo previše da me povredi.

Zatekao sam u kuhinji sumornog Antonija, kako pere sudove sa Anarozom. Jasno se videlo da mu ovaj vikend nije bio nimalo prijatan, ali mogao sam samo da mu se osmehnem i kažem *Buona sera*. Ako na osnovu pretećih pisama pronađemo neku vezu s Velikom Britanijom, to bi trebalo da oslobodi batlera sumnje, ali nisam još mogao ništa da mu kažem o tome.

Pas me je oduševljeno dočekao i krenuli smo u svežu noć. Nebo je večeras bilo oblačno i pitao sam se da li to znači još kiše. Kišu koja je pala tokom nedavne oluje zemlja je već upila, kao da je nikad nije ni bilo, i suvo lišće pod mojim nogama ponovo je pucketalo. Pratili smo jutarnju stazu za trčanje uzbrdo, između vinograda i maslinjaka, i mada nije bilo zvezda, bledi šljunak staze olakšavao mi je da pronađem put prema vidikovcu na vrhu. Oskar je trčkarao kraj mene i to me je podsetilo na ono što sam rekao Triši jutros: moram da nabavim psa. Bilo je dobro imati društvo, posebno pratioca koji zahteva samo hranu, krov nad glavom i česte šetnje da bi te voleo. Nema straha od razvoda s psom.

Nema potrebe naglašavati, pomisao na razvod naglo me je vratila u stvarnost. I dalje sam razmišljao o tome kad smo se popeli na vrh i ukazala se panorama senovitih brežuljaka. Brežuljci su bili istačkani svetlima koja su govorila da tu postoje druge vile i seoske kuće, a u daljini se video narandžasti sjaj Firence. Seo sam na ostatak srušenog kamenog zida i pogledao oko sebe. Pritom sam razmišljao o svojoj budućnosti. Pas mi je prišao, legao kraj mene uz tresak i naslonio mi glavu na koleno. Pomazio sam mu uši i misli su mi odlutale.

Razvodim se. Konačno sam prihvatio stvarnost te situacije.

Dejvid je bio dobar advokat i dobar prijatelj, pa sam znao da se mogu osloniti na njega u potpunosti. Prodaja kuće doneće dosta novca – otplatili smo hipoteku prošle godine – i pretpostavio sam da će polovina otići Helen. Nema sumnje da će i deo moje penzije ići njoj i da će mi ostati ograničeni prihodi. Na osnovu toga, i sećajući se cena kuća koje sam juče video u San Minijatu, selidba u Toskanu bi imala zdrave finansijske osnove. Naravno, to bi značilo otvaranje računa u banci i verovatno neku vrstu boravišne dozvole, ali čak ni nakon Bregzita to ne bi trebalo da bude nemoguće, posebno jer sam sad imao dobrog prijatelja koji je krupna zverka u lokalnoj policiji. Svi su mi pričali kako lične veze i dalje mnogo znače ovde, tako da sam se nadao da Virđilio može da kaže neku lepu reč za mene ako bude potrebno.

Sledeće pitanje bilo je da li da kupim ili iznajmim kuću. Verovatno je najbolje da prvo iznajmim nešto. Tako će mi, ako mi dosadi, biti lakše da se pokupim i odem. Virđilio mi je rekao da je zima hladna i vlažna u ovom delu Italije, a ja nikad nisam duže živeo van grada. Postojali su izgledi da mi ovo izgleda manje privlačno kad noći počnu da se produžavaju, a vreme se pokvari, tako da je imalo smisla da ne organizujem ništa za stalno dok ne provedem jednu zimu ovde. Čim mi je ta misao prošla kroz glavu, kišna kap je pala na mene. Zatim još jedna, pa još jedna, i uskoro je pljuštalo, tako da sam skočio na noge i pohitao natrag. Makar sad znam, tešio sam sebe, da mi je telefon vodootporan, a na nogama sam imao patike, a ne nove cipele.

Kad sam se vratio do vile, Oskar i ja smo bili mokri do gole kože. Bilo je i dosta hladnije, ali daleko od toga da mi je bilo hladno. U stvari, bio sam uzbuđen i odlučio sam da još ne ulazim u kuću. Krenuo sam ka stepenicama iznad terena za kroket i seo tamo, uživajući u kiši koja mi je tekla niz lice i zvuku tekuće vode svud oko mene, dok su se stvarali privremeni potočići i barice. Pas se izgleda osećao isto kao ja i uskoro se valjao u jednoj bari, njuškajući i režeći zadovoljno, sve četiri velike šape podigao je uvis, a repom je pravio talase u vodi.

Mislio sam kako bi Helen bila zgrožena da me sad vidi, ali ne i iznenađena. To bi, prema njenom mišljenju, bio samo još jedan dokaz moje nezrelosti. Često me je optuživala da se ponašam detinjasto – volim da bacam kamenje u vodu, igram fudbal i smejem se tupavim sitkomima, a ko ne voli? – i ovo bi dokazalo da je ona u pravu. Ali šta s tim? Prvi put sam počeo da razmišljam o tome šta mi se dogodilo. Kao što su Virđilio i Lina rekli, dobio sam priliku za novi početak, da živim kako želim, i nameravao sam to da radim. Pogledao sam psa, koji je ustao iz bare i sad je sedeo kraj mene, oslonjen na moju nogu.

– Novi početak, Oskare, kako ti to zvuči?

Podigao je glavu kad je čuo svoje ime i liznuo mi ruku. Shvatio sam to kao saglasnost.

Podsetnik: moram da nabavim psa.

10.

Druga nedelja – ponedeljak

Prvo predavanje u ponedeljak ujutro bilo je o velikoj odluci koju pisac mora da donese pre nego što započne pisanje romana. Stvari kao što su da li da piše u prvom licu – *vidim, mislim, nadam se* – ili u trećem licu – *jela je, pila je, otišla je* – ili kao „sveznajući pripovedač", koji vidi šta se događa iza vrata i čita misli likovima. Već sam se opredelio za ovo poslednje, ali slušajući druge, počeo sam da se pitam da li je to pravi pristup. Nije bilo sumnje: kad se odbaci erotika, na ovom kursu je bilo još zanimljivih stvari i, nevoljno, morao sam da priznam da su moje bivše kolege bile u pravu. Rešio sam da im se zahvalim razglednicom. Triša bi bila ponosna na mene.

Nakon jutarnje pauze za kafu, Milisent je objavila da će voditi raspravu o tome kako je najbolje pisati o „stimulisanju najosetljivijih delova tela" i odustao sam od toga. Ako se govori o „osetljivim delovima tela", verovatno bih morao da pomenem svoja stopala, mada su danas bila mnogo bolje, ali što se tiče intimnijih stvari, ideja da sedim u prostoriji s gomilom dama i razgovaram o seksualnoj stimulaciji naterala me je da se naglo povučem. Drugi su se vratili unutra, a ja sam ostao s Majkijem/Martinom na terasi. Prišao je i naslonio se na ogradu kraj mene.

– Drago mi je što sam vas uhvatio nasamo, Dene. Moram da razgovaram s vama. Sviđate mi se. Vi ste dobar momak i ne bih želeo da vam se nešto dogodi.

Zagledao sam se u njega. Da li je to neka vrsta prikrivene pretnje? – Drago mi je zbog toga, Martine. Ako vam nešto znači, i vi se meni sviđate, ali šta je to što ne biste želeli da mi se dogodi?

Pogledao je oko sebe da vidi da li nas neko sluša. – Evo kako stoje stvari: pre pola sata sam bio tamo, čekao sam Džen da završi s predavanjem, i posmatrao sam Antonija, batlera. Donosio je kafu i čaj, i primetio sam nešto. Kad mi se primakao, morao sam da primetim kako je ili vrlo srećan što me vidi ili ima pištolj u džepu. – Pogledao me je u oči i podigao dlanove da naglasi nevinost. – Mislim, ko zna? Možda ima mobilni telefon neobičnog oblika ili gomilu novčića u džepu, ali neiskusnom oku to je izgledalo kao oblik pištolja. Mada nemam veliko iskustvo s tim stvarima.

Na osnovu onog što su mi rekli agenti DEA, Majki je bio majstor za skrivanje oružja, ali njegove reči su me navele na razmišljanje. I Antonio i Marija su nagovestili da je Džona gotovo sigurno imao pištolj. Možda ga se batler dokopao? Ako je tako, zašto? Da li namerava da ubije nekog? Ako je tako, koga? Možda je čuo da inspektor dolazi ovamo ovog popodneva i bojao se da će ga uhapsiti. Da li je nameravao da koristi pištolj pri begu? Koliko sam poznavao Antonija, to mi nije izgledalo verovatno. Ne, što sam više mislio o tome, to sam više bio siguran da je želeo da ubije samo sebe, ili da izbegne da bude osuđen za zločin koji je izvršio, ili da poštedi sebe patnje zatvora zbog zločina koji nije izvršio. Bilo kako bilo, morao sam da saznam šta ima u džepu, a ako je to stvarno oružje, da mu ga oduzmem.

– Drago mi je što ste mi to rekli, Martine. Hvala vam. Mislim da ću otići i porazgovarati s Antoniom. Kao što kažete, možda nije ništa, ali ne škodi da se proveri.

– Samo se čuvajte.

Ohrabrujuće me je potapšao po ramenu i zateturao sam se od toga. Jedna stvar je bila sigurna, ne bih voleo da me taj tip stvarno udari.

Zatekao sam Antonija u kuhinji, kako pijucka kafu za stolom. Kad sam ušao, on i labrador su skočili na noge, ali mahnuo sam mu da sedne, a i ja sam seo, trudeći se da obeshrabrim psa da mi se popne u krilo. Antonio me je radoznalo pogledao.

– Još jednu kafu, možda? Ili malo čaja?

Odmahnuo sam glavom i zastao da razmislim. Morao sam da odlučim kako da rešim ovo. Diskrecija je važna u ovakvim slučajevima. Samo jednom u karijeri sam morao da razgovaram s čovekom koji ima vatreno oružje i prizor dve velike cevi sačmare, kao ulaz u pakao, okrenute pravo u mene, povremeno me je progonio. Mada sam mislio da to nije previše verovatno u ovom slučaju, nisam želeo da budem upucan i odlučio sam da je najbolje da nastupim oprezno.

– Kako ste, Antonio? Mislio sam da dođem i obiđem vas.

Spustio je šolju na tacnu i ponovo počeo da krši ruke.

– Ako vas stvarno zanima, mislim da sam na korak od nervnog sloma.

To nije stvar koju želite da čujete od čoveka koji možda ima kod sebe smrtonosno oružje, i odlučio sam da ga umirim. – Nema potrebe da se osećate tako. Razgovarao sam juče sa inspektorom i nijedan od nas ne veruje da ste vi to uradili.

Pogledao me je s dosta zanimanja. – Da li je to istina? Ako jeste, da li to znači da imate sumnjivca? – Počeo je da izgleda i zvuči znatno veselije i odlučio sam da je vreme da pomenem pištolj.

– Nisam siguran za ostale sumnjivce, ali to je rekao za vas. – Pogledao sam njegovu šolju kafe. – Kad pomislim o tome, mogao bih da uzmem espreso, ako vam ne smeta.

– Naravno, odmah ću. – Skočio je na noge i dok je to radio, nešto vrlo teško udarilo je sto, i proizvelo metalni zveket. Sad mi je stajao okrenut bokom, kraj aparata za kafu, i shvatio sam da je Majki bio u pravu. U Antoniovom džepu je sigurno bilo nečeg i, gledajući odavde, morao sam da priznam da liči na pištolj. Pružio sam ruku preko stola i uzeo njegov teški album s markama. Neće me mnogo zaštititi od metka, ali ako ga bacim na njega dovoljno jako, možda ću imati vremena da izađem iz prostorije ako odluči da upotrebi oružje. Aparat za kafu je naglo zaćutao i on se okrenuo prema meni sa šoljicom u desnoj ruci, iz koje se izvijala para. Nadao sam se da će ga to dodatno omesti ako odluči da posegne za pištoljem. Dugo i duboko sam udahnuo pre nego što sam progovorio.

– Zar ne mislite da bi možda trebalo da mi date taj pištolj, Antonio?

Iznenada je zavladala potpuna tišina. Ukopao se u mestu i zagledao se izbezumljeno u mene. Podigao sam pete s poda, oslonio laktove na ploču stola, spreman da skočim i potrčim ako pokuša nešto, ali napokon je uzdahnuo.

– Nije to ono što mislite, gospodine. – Zvučao je malodušno, ali pištolj mu je i dalje bio u džepu.

– Mislim da znam šta nameravate, Antonio, i obojica znamo da bi to bila ludost. Verujte mi: inspektor ima novi trag. Dolazi ovde popodne da bi proverio nešto. I to ne vas. Ne morate da se bojite. – Pružio sam dlan. – Dajte mi pištolj, molim vas.

Nagnuo se malo i spustio nežno kafu ispred mene, čak okrećući tacnu tako da drška šoljice bude okrenuta ka meni. A onda je, vrlo sporo, stavio desnu ruku u džep pantalona i izvadio oružje. Mišići su mi se još više napeli, ali onda ga je položio na sto kraj kafe i vratio se na svoje mesto. Počeo sam ponovo da dišem, a on je promrmljao nekoliko reči objašnjenja.

– Nisam mogao da živim s tom sramotom. Znam da sam nevin, ali nevini ljudi su osuđivani i ranije i znam kako bi to uticalo na mene i moju porodicu. Sinjor Džona je imao ovu stvar. – Prezrivo je pogledao oružje, koje je još stajalo tamo. – Držao ga je u noćnom stočiću, samo metar ili dva od sinjore. Napunjen je, znate, i ne postoji kočnica. – Pogledao me je. – Samo pomislite: sinjora je mogla da potraži nešto u njegovoj fioci i slučajno se upuca. To je ludost. Uzmite ga, molim vas. Sâm pogled na tu stvar mi izaziva jezu.

Spustio sam album s markama i uzeo oružje. Mrzeo sam pištolje i znao sam odmah kako se on osećao, dok sam dodirivao glatki crni metal. Odmah sam prepoznao glok 19 – koristili smo ga na obuci – i izgledao je potpuno novo. Pitao sam se da li je ikad pucano iz njega. Pronašao sam dugme sa strane i izbacio okvir. Bio je pun. Petnaest metaka, ako se dobro sećam. Džona je morao biti veoma uplašen od nečeg ili nekog da bi držao ovako nešto kraj kreveta. Ubacio sam okvir u jedan džep, a pištolj u drugi i uzeo svoj espreso, misleći kako mi čaša brendija ili lozovače sad izgleda vrlo primamljivo. Pijuckao sam vrelu kafu i osetio kako mi se puls usporava od predinfarktnog stanja do veoma brzog i onda počinje dodatno da usporava. Bilo mi je vrlo drago što nisam morao da radim ovako nešto svakog dana.

Sedeli smo i razgovarali neko vreme, dok smo se obojica smirivali. Video sam da Antonio oseća olakšanje zbog onog što sam mu rekao i što se otarasio oružja. Naveo sam ga da priča o svojoj zbirci maraka i otkrio da je italijanska reč za njegov hobi *filatelia*. To je zvučalo neprijatno slično nekim stvarima o kojima sam čitao prethodnih noći, ali nisam mu to rekao. Pitao sam ga gde živi i iznenadio se što to već ne znam.

– Tamo. – Pokazao je prema zadnjim vratima. – Moj stan je iznad stare štale.

– A Anaroza, kuvarica?

– Živi u gradu s mužem.

– A ona radi ovde otkad i vi?

– Duže. Gotovo četrdeset godina, rekao bih. – Pogledao me je zabrinuto. – Zašto pitate? Ne mislite da je Anaroza ubila sinjora Džonu, zar ne? Ona ne bi...

Požurio sam da ga umirim. – Ne, samo sam bio radoznao i ne brinite, siguran sam da nijedno od vas nije imalo veze s tim. – Popio sam ostatak kafe i pogledao psa, koji je sad ležao na podu kraj mojih nogu. – Pitam se šta će se dogoditi sa Oskarom sad kad mu je vlasnik mrtav. Marija mi je kazala da je alergična na pseću dlaku.

– To je prava šteta. Pretpostavljam da će se pobrinuti da mu nađe dobar dom. Ja bih ga uzeo, ali pošto provodim većinu vremena ovde, ili bih ga ostavljao samog ili bih ga vodio sa sobom, a ona ne bi mogla da ulazi u kuhinju.

– Dobar dom? – Nešto mi je palo na pamet. – Ozbiljno razmišljam da se preselim ovamo. Ako pronađem neku prikladnu kuću za iznajmljivanje, možda zamolim Mariju da mi ga pokloni. To je divan pas.

– Siguran sam da će joj biti drago, i znam da će njemu biti drago. Stvarno vas je zavoleo, gospodine.

– Den, Antonio, a ne gospodin. U redu.

– Da, gospodine... Sinjor Dene.

Hteo sam da ga ispravim ali sam odlučio da ostavim to za neki drugi dan. Obojica smo jutros imali dovoljno drame. Ustao sam. – A sad, ako vam ne smeta, povešću Oskara u šetnju.

Antonio je skočio na noge i pružio mi je ruku. – Hvala vam, sinjor Dene. Stvarno sam vam zahvalan.

– Nema na čemu. Samo ću se otarasiti te stvari i odmah se vraćam.

Ostavljajući labradora tu na nekoliko minuta, otrčao sam do svoje sobe na spratu, ušao u kupatilo i umio se hladnom vodom, dok sam se smirivao. Da je Helen znala šta sam uradio, bila bi užasnuta. Na trenutak sam joj posvetio saosećajnu misao. Sigurno nije bilo zabavno biti u braku s nekim kao što sam ja. Mada to nije bilo ni izbliza opasno kao policijski posao u SAD, gde je mnogo ljudi imalo oružje, nisam mogao da pobegnem od činjenice da je policijski posao svuda podrazumevao opasnost. Ponovo sam pomislio na nju, ali avaj, sad je bilo prekasno za žaljenje.

Sakrio sam pištolj u svoje prljavo rublje i sakrio okvir u vodokotlić pre nego što sam uzeo patike s prozorske daske, gde su se sušile na suncu. Mada su još bile vlažne unutra, mogao sam da ih obujem i brzo sam se vratio u kuhinju da pokupim psa, koji je, očekivano, bio oduševljen odlaskom u šetnju.

Dok smo obilazili kuću, Oskar i ja smo prošli preko terase i video sam da je Majki/Martin i dalje tamo. Viknuo sam da mu privučem pažnju i podigao sam palac.

– Ponovo hvala, Martine. Dugujem vam uslugu.

– Nema na čemu. Samo sam želeo da pomognem. Uživajte u šetnji.

S obzirom na glas koji ga bije, nije mogao biti ljubazniji i nije bilo sumnje da je pomogao u izbegavanju potencijalno smrtonosne situacije. Morao sam da se zapitam da li su braća Krej bila toliko ljubazna.

Nakon prijatne šetnje s psom, vratio sam se u kuhinju i zatekao Mariju kako priča sa Anarozom. Iz pećnice je dopirao divan miris hrane – nešto ukusno i pikantno – i shvatio sam, nažalost, da sam uprkos onolikoj hrani pojedenoj juče, ponovo gladan. Ljudsko telo je čudna stvar.

– *Ciao*, Dene. Jeste li se lepo prošetali? – Marija je davala sve od sebe da zvuči veselo, ali video sam koliko joj to teško pada. Pod pretpostavkom da je nevina – a bio sam sve više uveren u to – sigurno je bilo nepodnošljivo živeti u kući i znati da je jedan od stanara ubio njenog muža.

– Oskar i ja smo bili u divnoj šetnji, i hteo sam da vas pitam nešto. Ozbiljno razmišljam da iznajmim ili kupim neku kuću u okolini, jer nameravam da se skrasim u Toskani. Razgovarao sam sa Antoniom i pitao sam se da li, kojim slučajem, tražite dobar dom za Oskara. Rado bih ga uzeo od vas. Platio bih vam, naravno...

Izraz olakšanja raširio joj se licem. – To je divna ideja, ali nema potrebe da mi plaćate. Pitala sam se šta da radim sa Oskarom. On je tako divan pas, i nisam želela da bude nesrećan, pa ako želite da ga uzmete, bila bih oduševljena. Vidim koliko vas voli i koliko je srećan kad ide u šetnju s vama. Oduševljena sam što razmišljate da se preselite ovamo. Jeste li pronašli nešto?

– Da budem iskren, odlučio sam tek juče. – Kratko sam joj opisao kako stoje stvari sa mnom i Helen, i ona mi je saosećajno stegnula ruku.

– Tako mi je žao, Dene. Dajte sebi malo vremena. Prebolećete to. – Uputila mi je osmejak. – Ako želite, mogu da se raspitam naokolo i vidim da li neko u okolini ima kuću za iznajmljivanje.

– Bio bih vam vrlo zahvalan. Hvala.

Tog popodneva sam odlučio da ne radim ništa i da taj predivan sunčani dan provedem na bazenu. Kad sam stigao tamo, video sam da su i ostali imali istu ideju. Gavin i njegova devojka Emili ležali su na ležaljkama, i po nepogrešivom zvuku Gavinovog hrkanja, upravo je uradio ono što mi je rekao da mu ide od ruke: zaspao je. Spustio sam stvari na ležaljku malo dalje od njih i zahvalno ušao u vodu. Nakon predivnog, osvežavajućeg plivanja, izašao sam i legao na peškir, da se osušim na suncu. Neka senka je pala na mene i otvorio sam jedno oko. To je bila Emili.

– Jeste li lepo plivali, Dene? – Stajala je između mene i sunca, tako da nisam mogao da joj vidim lice.

– To mi je baš trebalo. A šta je s vama dvoma? Sve je u redu?

Oklevala je i onda sela na ležaljku kraj mene. Sad sam je bolje video i izgledala je zabrinuto. – Sve je u redu, hvala, samo se trudimo da se izborimo s tom neizvesnošću. Hoće li policija uskoro uhapsiti nekog? – Utišala je glas. – Gav i ja mislimo da je to ona Džonina odvratna sestra. Prava je kučka.

– Zašto to mislite? To što je malo osorna ne čini je ubicom.

– Osorna? Ona je nepristojna. Čula sam je kako se svađa s Džonom prve večeri i sigurna sam da mu je pretila.

S obzirom na to da je Džona bio moje visine, a Milisent je malo viša od prosečnog patuljka, to sigurno nije bilo previše preteći, ali ipak sam se zainteresovao. – Šta mu je rekla? Sećate li se?

– Nazvala ga je lenjom svinjom i rekla je da se nada da će mu se dogoditi nešto loše.

– To nije prava pretnja.

– Da, ali onda sam je jasno čula da kaže: „ili ću to uraditi sama". To je prava pretnja, zar ne?

– Da, pretpostavljam da jeste. Znate li oko čega su se svađali?

– Oko novca, mislim. Stalno je govorila kako ona i Serena moraju da obavljaju sav posao, dok on sedi i šepuri se. To je reč koju je upotrebila: „šepuri".

– A gde su bili kad ste čuli to?

– U trpezariji.

– A gde ste *vi* bili? Sigurno se nisu svađali pred vama.

Prvi put je izgledala nesigurno. – Gav i ja smo bili u hodniku ispred. – Oklevala je. – Zastali smo da se mazimo, da budem iskrena. U svakom slučaju, mislite li da je to bila ona?

– Stvarno ne znam. – Nije bilo svrhe da ona pomisli kako sam previše uključen u to. – Inspektor dolazi tokom dana da još malo istražuje. Kad ga vidim, reći ću mu to što ste mi ispričali.

– Da istražuje? Mislite li da to znači da ima nove tragove?

– Opet, stvarno ne znam. Pominjao je neke nove tragove.

Razgovor nam je prekinuo usnuli glas malo dalje od nas. – Zdravo, Dene. Izvini, Em, opet sam to uradio. Uvek zaspim. Trebalo je da me probudiš.

– Moraš da spavaš zbog lepote, dragi. Osim toga, lepo sam porazgovarala s Denom. Kaže mi da inspektor dolazi kasnije.

– Pa, nadajmo se da će objaviti kako je rešio slučaj i da je uhapsio ubicu. Jezivo je biti ovde i razmišljati da je ubica među nama.

Nekoliko minuta kasnije, pokupili su svoje stvari i krenuli ka svojoj sobi, najverovatnije na još jedno „maženje". Legao sam na ležaljku i opustio se, i morao sam da pomislim kako bi mi prijalo malo maženja.

Virđilio je došao tek oko šest i počeo je da se izvinjava.

– Izvini, Dene, danas sam imao mnogo posla. Neka budala je odlučila da čekićem nasmrt pretuče svoju ženu, jer je mislio da ga vara s komšijom. Ispostavilo se da je pomagala komšijinoj ćerki oko domaćeg zadatka. Ponekad se osećam kao da sam usred grčke tragedije, a seks i ljubomora su glavni motivi za neke ljude.

Dok sam išao s njim hodnikom do trpezarije, zapitao sam se da li je Džonino ubistvo takođe bilo zločin iz strasti. Da li ga je supruga ubila zbog preljube? Da li ga je neka odbačena ljubavnica ubila jer ju je napustio? Da li mu se neki ljubomorni muž rogonja osvetio? Mogućnosti su bile beskrajne, ali imao sam malo vremena za dalja razmatranja jer smo doživeli zaprepašćenje kad smo stigli do vrata trpezarije. Plastična traka prikačena za ulaz bila je i dalje tu, ali pečat je bio uredno presečen. Neko je bio unutra. Pogledao sam Virđilija.

– Jutros sam proverio vrata, kao i svakog dana, i pečati su bili nedirnuti. Neko je otad bio ovde.

Dao mi je par rukavica i, dok sam ih navlačio, otvorio je vrata i prošli smo između traka i ušli u sobu. Izgledala je kao poslednji put, osim što su vinske čaše i boca odneti u laboratoriju, a oko prozora su bile tamne fleke na mestima gde su forenzičari tražili otiske prstiju, ali inače je sve izgledalo isto, tu se čak nalazilo i nekoliko kapi sasušene krvi na podu kraj Džonine stolice, i fascikla s pismima ispred nje. Otišli smo pravo do pisama i Virđilio mi je mahnuo rukom.

– Ti ih pročitaj. Ti govoriš engleski.

Otvorio sam fasciklu i nameravao sam da počnem s pregledanjem listova papira, kad sam odmah primetio nešto i okrenuo se prema Virđiliju. – Nekako sumnjam da ćemo ovde pronaći nešto zanimljivo. Pismo koje je bilo na vrhu više nije ovde.

– Da li je to važno? Misliš li da je neko ušao da ga uzme?

– To je ono što ne razumem. Bilo je to pismo nekog obožavao-ca, puno pohvala. Ne sećam se imena na dnu, ali adresa je bila iz Svonsija, siguran sam u to. – Počeo sam da pregledam pisma i ubrzo sam pronašao ono koje sam zapamtio. Podigao sam ga i pokazao Virđiliju. – Evo tog koje sam video. Kad bolje razmislim, sećam se reči *stvarno izuzetno pisanje* i adrese iz Svonsija. Siguran sam da je to to. Ko god da je dolazio ovamo, mora da ga je stavio na pogrešno mesto u žurbi. To znači da je neko tačno znao šta traži. Presekao je pečate na vratima i došao ovamo da traži nešto među pismima i, ako mene pitaš, i mi tražimo to isto.

– Preteća pisma.

– Upravo tako. A ako je to ono što se dogodilo, možemo biti prilično sigurni da je ta osoba koja je napisala pisma verovatno naš ubica, ili makar jedan od njih... – Polako sam pregledao svaki papir, ali to su bila samo pisma obožavalaca, i svako je bilo puno oduševljenja. Nije bilo potrebno naglašavati, Džona nije zadržavao ona s kritikama. A što se tiče pretećih pisama, nije im bilo ni traga. Ili nikad nisu bila ovde, ili ih je neko uzeo. Bespomoćno sam pogledao Virđilija. – Ni traga. Ništa.

– Čudna je slučajnost da je neko odabrao da dođe ovamo svega nekoliko sati pre nas. Ako su toliko zabrinuti, što to nisu uradili pre nekoliko dana?

Nikad nisam voleo slučajnosti. Tokom karijere, stalno sam nailazio na prividno slučajne događaje za koje se ispostavilo da nemaju nikakve veze sa slučajnošću. Razmišljao sam, i brzo sam došao do odgovora. Gotovo sigurno sam ja bio kriv za ovo. – Bio sam glup i rekao sam nekim ljudima da dolaziš i da imaš neki novi trag. Dobro, nisam rekao da tražiš pisma, ali ipak... – Došlo mi je da ošamarim sebe. Prava početnička greška. – Rekao sam Antoniju jutros, i rekao sam Emili i Gavinu popodne. Kad razmislim, rekao sam i Šarlot sinoć, tako da je moguće da su to saznali svi stanovnici vile. Bože, Virđilio, trebalo je da budem pametniji.

– Ne krivi sebe. U stvari, to nam je, na neki način, pomoglo. Ako smo imali neke sumnje da je neko spolja to uradio, ovo sigurno dokazuje da je naš ubica – ili makar jedan od njih – ovde.

– I, ponovo, gotovo sigurno su uspeli da uđu i izađu iz ove sobe neprimećeni. Pretpostavljam da treba da proverimo svačije današnje kretanje, ali sumnjam da će biti iznenađenja.

Dok je Virđilio razmatrao šta da uradi, setio sam se pištolja i otrčao sam u sobu da ga uzmem. Izvadio sam okvir iz vodokotlića i osušio sam ga pre nego što sam ga, s pištoljem, umotao u stranicu iscepljenu iz starog primerka *Tajmsa* i doneo ga u trpezariju, gde sam ga predao Virđiliju.

– Možeš li da uradiš nešto sa ovim, molim te? Pripadao je žrtvi.

– Onda sam mu ispričao događaje od jutros i izgledao je zaprepašćeno.

– Zamolio si batlera da ti ga dâ, i on je to uradio? Vi Englezi ste ludi. Mogao je da te upuca.

– Mislim da nije takav čovek. Pored toga, bio sam prilično siguran da je nameravao da povredi sebe, a ne da upuca nekog drugog.

Očigledno nije bio uveren u to, ali prihvatio je paket i stavio ga je u džep. – Zanimljivo je da te je onaj Amerikanac obavestio o tome. Ne bih očekivao da tipovi kao što je on pomažu policiji, čak ni *penzionisanom* policajcu.

– Znam na šta misliš, ali nekako mi se sviđa taj tip. Možda se oni agenti DEA u pravu, ali otkako je ovde, ponaša se samo ljubazno i veselo. Učinio je meni – i Antoniju – veliku uslugu i dugujem mu.

– A šta je s batlerom? Mogli bismo da ga uhapsimo zbog krađe, a krađa smrtonosnog oružja dala bi nam izgovor da ga zatvorimo. Tako bih imao više vremena da izgradim slučaj protiv njega i svi bi mirnije spavali. Moj šef bi bio srećan.

– Obojica znamo da će biti potrebno više od toga da se dokaže da je on ubica, a iskreno ne verujem da jeste. Što više mislim o tome, sve više sam uveren da su ta preteća pisma od ključnog značaja. A ako su bila na engleskom, sigurno počinjem da mislim da je ubica neki Britanac, gotovo sigurno neko ko je sad ovde. Uostalom, ko drugi bi imao priliku da danas uđe u trpezariju? To mora da je neko od gostiju.

– Ne samo gostiju. – Virđilio je pogledao svoju beležnicu. – Serena Kempton, ona koja se oblači kao hipik, bila je nedavno u Velikoj

Britaniji, a takođe i žrtvina ratoborna sestra. Obe rade tamo, zar ne? Jedna od njih je mogla da pošalje pisma.

– To je tačno. Razgovarao sam s mladim parom, Gavinom i Emili, ovog popodneva, i Emili je uverena da je Milisent to uradila. Navodno ju je prošle nedelje čula kako preti Džoni.

– To nije ništa novo. Već smo znali da mu je pretila nožem pre početka kursa, ali bez više dokaza, šta možemo da uradimo?

– Preteće pismo napisano njenim rukopisom bilo bi sasvim dovoljno, ali gde su pisma ako nisu ovde?

– Ili ih je žrtva uništila, ili ih je uzeo onaj ko nas je pretekao, i sigurno ih je uništio. Čak nemamo ni koverte.

– Koverte! – Iznenada sam se setio nečeg. – To bi mogla da bude uzaludna potraga, ali mislim da moramo da razgovaramo sa Antoniom.

– Misliš da zna nešto? Čini mi se da si rekao da ga ne vidiš kao ubicu.

– Ne, ali možda nesvesno može da nam pomogne. – Pogledao sam na sat. – Kladim se da je u kuhinji i pomaže kuvarici da spremi večeru.

Naravno, Antonio je bio tamo i lice mu je dodatno prebledelo kad je video Virđilija.

– Dobro veče, gospodo. – Glas mu je bio promukao.

Odlučio sam da ja govorim. – Dobro veče, Antonio. Pitali smo se da li možete da nam pomognete. – Oskar je ustao iz svoje korpe i prišao da me pozdravi, i bio sam zadovoljan što je mahao repom dok je pozdravljao Virđilija. Očigledno je taj pas umeo da prepozna dobre ljude.

– Sve što je potrebno, gospodine... Sinjor Dene, sve.

– Vaš hobi je skupljanje maraka, zar ne? – Izgledao je zbunjeno, ali klimnuo je glavom. – Dobro, da li skupljate marke uzete s pisama koja stižu u vilu?

– Da, ali samo ako su koverti bačeni. Vidite, moram da ih potopim u vodu da bih odlepio marke.

Video sam da je Virđilio, koji je stajao kraj mene, shvatio šta nameravam. Objasnio sam Antoniju šta želimo. – Marija mi je rekla da je od početka godine Džona počeo da dobija pisma, gotovo sigurno iz Velike Britanije. Da li ste, kojim slučajem, sačuvali marke s nekih od njih? Molim vas, pokušajte da se setite. – Na moje oduševljenje, klimnuo je glavom.

– Znam na koje koverte mislite. Počeo sam da ih pronalazim u korpi za otpatke u sobi sinjora Džone. To su bila pisma iz Engleske, i neka su imala prilično lepe božićne marke. Sigurno sam zadržao prvo i drugo, ali do kraja februara to su ponovo postale obične britanske marke, a takvih imam dovoljno.

– Da li još imate te dve marke? – Morao sam da se borim protiv poriva da držim palčeve.

– Da, imam. Dozvolite mi da vam ih pokažem. – Uzeo je album s police i spustio ga je na sto. Očigledno je dobro poznavao njegov sadržaj jer je pronašao tu stranu gotovo trenutno i pokazao na drugi red. – Evo, sinjori, to su dve marke s pisama gospodina Džone. – Odlepio je zaštitnu providnu foliju i krenuo prema njima, kad sam ga zaustavio.

– Dozvolite meni, Antonio. Imam rukavice. – Naravno, njegovi otisci su gotovo sigurno bili svuda na markama, ali vredelo je pokušati, za slučaj da je pošiljalac pisma ostavio neki svoj otisak tamo. Nisam bio siguran da li potapanje koverata u vodu uklanja tragove, ali setio sam se slučaja gde su forenzičari uspeli da skinu otiske s pištolja koji je bio bačen u Temzu. Vrlo oprezno sam izvadio dve marke i odneo ih do prozora, gde je ulazilo popodnevno sunce.

– Vidiš li išta? – Virđilio je stao iza mene i virio mi preko ramena. – Nešto je napisano na jednoj...

I ja sam ih gledao. Na obe marke su bili prikazi Isusovog rođenja, a na levoj su se videli bledi otisci poštanskog štambilja, ali desna je imala iste tragove ali i delić nekog okruglog predmeta jedva vidljivog na levoj strani. Bio je zamrljan i nije mi ništa značio, ali možda će forenzičari moći da zaključe nešto iz toga. Izvadio sam telefon i napravio nekoliko fotografija visoke rezolucije, pre nego što sam se okrenuo ka Virđiliju.

– Zašto ne pitaš svoje ljude mogu li da pronađu neke otiske na markama, a ja ću poslati ove slike u Skotland jard i pitati da li znaju šta je to. Nikad se ne zna.

Zahvalili smo se Antoniju, koji je osećao olakšanje što Virđilio nije došao da ga uhapsi, i ostavili smo ga sa zbirkom maraka, manje dve. Pogledao sam na sat.

– Prošlo je pola sedam. Hoćeš li na pivo?

Virđilio je klimnuo glavom. – Ne bi mi škodilo; ne mislim da napredujemo s istragom. Možda nas alkohol malo nadahne.

Otišli smo do sale za sastanke i uzeo sam dva piva iz frižidera. Odneli smo ih na praznu terasu i seli za jedan sto u hladu. Virđilio se nagnuo da se kucnemo bocama.

– Živeo, Dene. – Popio je veliki gutljaj piva i zadovoljno se osmehnuo pre nego što je stavio ruku u džep pantalona. – Bože, neprijatno je nositi pištolj u džepu. – Izvadio je paket i spustio ga je na sto. – Da vidimo hoćemo li imati sreće s markama, ali čisto sumnjam. A bez njih, nemamo mnogo tragova, zar ne?

Dok je govorio, pogledao sam novinski članak na dnu strane iz *Tajmsa* koju sam iscepio da bih umotao pištolj. Naslov je glasio:

Sjedinjene Američke Države uvele su sankcije zapovedniku vojske Šri Lanke, zbog ratnih zločina.

Nešto mi je palo na pamet.

– Pitam se da li bi mogao da mi učiniš nešto, Virđilio. Da li bi mogao da pronađeš ko je bila Serenina devojka Lihini? Serena je rekla da je umrla od predoziranja prošlog avgusta u Šri Lanki. Ne znam njeno prezime, ali nadam se da je neće biti teško pronaći. A ako možeš, pitaj ih zašto je bila u zatvoru pre nekoliko godina. Da li zbog droge, kao Serena, ili nečeg drugog?

– Misliš da je možda umešana?

– Iskreno, ne znam, ali vredi pokušati. Napokon, imamo samo Sereninu reč da je ta žena mrtva. Možda je tajno došla ovamo prošle nedelje, uz Sereninu pomoć, ubila Džonu i neopaženo pobegla. Evo o čemu se radi: pitao sam Serenu da li je Lihini uživala kad je boravila ovde prošlog jula, a ona je odmahnula glavom i kazala da je to bila prava katastrofa. Zanima me šta se dogodilo.

– Dobro, ako misliš da će pomoći. – Izvadio je telefon, pozvao stanicu i dao uputstva. Nakon što je izdiktirao Lihinino ime nekom potčinjenom, izdao je još jedno naređenje. – Ta Lihini je boravila prošlog jula u Montevolponeu. Proverite sa Imigracionom službom da li postoji beleška o njenom dolasku i odlasku. Tako ćete saznati njeno puno ime i olakšati sebi stvari. A kad saznate njeno puno ime, vidite da li se nedavno vraćala.

Završio je poziv, pogledao me i klimnuo glavom. – Dobro, to je rešeno. Pozvaću te kad saznam nešto. U međuvremenu, ako imaš još neke pametne ideje, slobodno me obavesti.

– Pametne ideje? Trenutno ih nemam, nažalost. Ozbiljno razmišljam da sednem s psom i zamolim ga da mi kaže šta se dogodilo.

Nakon večere te večeri, otišao sam u šetnju pod zvezdama, sa Šarlot. Dok smo hodali vrtom, uhvatila me je za ruku i pripila se uz mene. Bilo je prijatno... neobično ali prijatno. Hodali smo ćutke nekoliko minuta, uživajući u relativnoj svežini i tišini, prekidanoj samo cvrčanjem cvrčaka. Nije bilo ni traga mom četvoronožnom prijatelju, ali moja dvonožna prijateljica je bila vrlo prijatno društvo. Kad smo stigli do kapije bazena, Šarlot me je pogledala i tiho pitala.

– Da li su u imejlu koji si dobio od supruge bile loše vesti?

– Na neki način... – Oklevao sam pre nego što sam joj ukratko ispričao sve. Njena reakcija je bila saosećajna.

– Dakle, to je kraj tvog braka? Kako se osećaš?

– Da si me pitala juče ujutru, rekao bih zbunjeno i rastuženo, ali danas osećam neko olakšanje, iako mi je i dalje žao. Makar je nesigurnost gotova. Mogu da nastavim sa svojim životom nakon nekoliko meseci neizvesnosti.

Otvorila je kapiju od pruća i krenula prema tunelu od ruzmarinovog žbunja koji je vodio ka bazenu. Potrudio sam se da zatvorim kapiju za nama i krenuo sam za njom. Neko je upalio podvodna svetla i ona su bacala jeziv, neravnomeran sjaj oko ivica bazena. Šarlot je otišla do daske za skakanje na dubokom kraju i sela na njen deo iznad tla.

– Dođi i pridruži mi se. – Potapšala je rukom dasku kraj sebe i seo sam. Nije mi ostavila mnogo prostora i bio sam pribijen uz nju.

Nastavila je da me drži za ruku i naslonila mi je glavu na rame. – Ako ikako mogu da te razveselim, samo treba da zamoliš.

Pogledao sam je, lica osvetljenog plavom svetlošću iz vode, i gotovo sam popustio pred porivom da je poljubim. Rekao sam da se uzdržavam zbog činjenice da je ona potencijalni osumnjičeni za ubistvo – pod pretpostavkom da sam dobro razumeo njen mig – ali sam znao, duboko u sebi, da to nije sve. – Hvala, Šarlot. Zapamtiću to.

Ugnezdila se kraj mene. – Nadam se da hoćeš. – Nekoliko minuta kasnije, ona je prekinula tišinu koja je nastupila. – Šta je inspektor želeo ovog puta? Videla sam da ste pili pivo.

– I dalje traži tragove. – Zbog istrage koja je u toku, izbegavao sam da pomenem preteća pisma. – Mislim da mu je teško da pronađe dokaze protiv bilo koga.

– Čak i batlera?

– Da, čak i Antonija.

– Ali ko je drugi to mogao da uradi?

– Da, ko drugi?

Novu tišinu je ponovo prekinula ona, vrlo provokativnim pitanjem. – Jesi li ikad plivao potpuno go?

U stvari, plivao sam go samo jednom u životu. Bilo je to na početku veze s Helen. Bili smo na odmoru na grčkom ostrvu Hidra, i svukli smo se i plivali kasno jedne noći, nakon previše retsine. Voda je bila vrlo duboka, pa su naši pokušaji da se mazimo ili uradimo nešto više bili ometeni vrlo stvarnom opasnošću od davljenja. I pored toga, to bi bilo prijatno iskustvo da nisam uspeo da udarim kolenom jednog posebno bodljikavog morskog ježa dok sam izlazio iz vode. Bolelo me je danima i čak i sad, trideset godina kasnije, pronalazim crne deliće morskog ježa kako povremeno vire iz mog kolena. Zbog toga – i drugih razloga koje nisam nameravao da joj otkrivam – moja reakcija na Šarlotin predlog bila je verovatno manje oduševljena nego što se ona nadala.

– Ne nakon večere, hvala. Verovatno bismo se udavili.

Okrenula se ka meni i osmehnula. – O, ali kakva bi to bila smrt!

11.

Utorak

Bilo mi je potrebno neko vreme da zaspim u ponedeljak uveče. To nije bilo zbog pečene govedine i prilično dobre kuvaričine imitacije jorkširskog pudinga koje smo imali za večeru, niti zato što sam čitao još jedan erotski roman. Bilo je to zato što sam se trudio da shvatim zašto toliko oklevam da odgovorim na nabacivanje jedne vrlo privlačne žene. Nije bilo mnogo sumnje: Šarlot je sigurno bila spremna za to – šta god „to" bilo – pa zašto sam se onda ja uzdržavao? Moja supruga, uskoro bivša supruga, jasno je rekla da je sve među nama gotovo, zašto onda toliko oklevam? Uvek sam smatrao sebe dobrim detektivom, ali nisam uspevao da shvatim svoja osećanja ništa više nego što sam shvatao ko je ubio Džonu Mura.

U utorak ujutro, Serena nas je naterala da napišemo najmanje hiljadu reči na temu zavođenja, i bio mi je potreban veliki trud da ne posegnem za nedavnim događajima iz svog života. Na kraju sam napisao prilično neodređenu priču o nekom zgodnom kavaljeru koji je zaveo jednu od žena iz porodice Mediči, na osnovu pretpostavke da je seks u to vreme bio manje komplikovan nego danas. To što sam radnju premestio u prošlost dalo mi je mogućnost da pišem bez patnje da li ću upotrebiti pravi izraz za donji veš. Koliko sam se sećao, u to vreme su ga retko nosili. Kad sam završio to, izašao sam na terasu da se oporavim i odmorim, uz jaku kafu, kad mi je telefon zazvonio. Bio je to Virđilio.

– *Ciao*, Dene. Imam informacije za tebe. Lihini se zove Lihini Devar. Imigracioni podaci pokazuju da je doletela u Rim drugog jula prošle godine i odletela petnaestog. Dala je adresu vile *Volpone*, u Montevolponeu. Nema podataka da se vraćala otad, nažalost, tako da to verovatno znači da nije mogla da se ušunja i ubije Džonu Mura. Poslali smo zvanični zahtev policiji Šri Lanke i zatražili informacije o njenoj prošlosti i mogućoj smrti, i nadamo se da će nam se uskoro javiti. Obavestiću te čim saznam nešto. Sad loše vesti: nema otisaka na markama, osim batlerovih, tako da smo se vratili na početak.

Čim smo završili razgovor, stigla mi je nova poruka. Bila je od Pola iz Londona. Poslao sam mu sinoć fotografije dve marke i zatražio od njega informacije.

Zdravo, šefe. Mislio sam da si u penziji. Jednom pandur, uvek pandur! Poslao sam fotografije laboratoriji. Obavestiću te ako saznaju nešto. Uživaj u provokativnom pisanju.

Odupro sam se iskušenju da mu pošaljem zajedljiv odgovor i popio sam kafu pre nego što sam ušao sa ostalima u salu za sastanke, na podnošenje izveštaja. To je bilo onoliko sramotno koliko sam se bojao. Kao prvo, Agata i Elejn su vrlo vešto prešle s procesa zavođenja na konkretne stvari i morao sam da sedim tamo i trudim se da se ne trzam dok su sedamdesetogodišnjakinje opisivale seksualni čin znatno bolje nego što bih ja mogao. Odakle im nadahnuće?

Stvari su se pogoršale kad je Šarlot opisala dvoje ljudi koji sede kraj bazena i onda izvode stvari koje nisam mogao da izvedem ni kad sam imao dvadeset, a kamoli s pedeset. Situaciju su pogoršali iskusni pogledi ostalih polaznika. Bilo je jasno kako su čvrsto uvereni da smo Šarlot i ja sad par – i pritom vrlo inventivan i pokretljiv par.

Ručak mi je predstavljao dobrodošlo olakšanje i imao sam nameru da kasnije izađem u šetnju, kad me je Marija odvukla u stranu.

– Sećate li se da ste mi pričali kako biste možda kupili kuću ovde i preselili se? Pa, malo sam se raspitala i senjora Leonardo, jedna od komšinica, rekla mi je da ima kućicu koju bi rado izdala ili možda čak prodala. Ako želite da je vidite, daću vam adresu.

– To bi bilo sjajno, mnogo vam hvala. Jeste li joj rekli da imam psa?

– Da, jesam, i vrlo je zadovoljna.

– Sjajno, hvala. Dobro, gde se nalazi, molim?

– Vrlo je blizu. Deset minuta kolima ili pola sata pešice. Zašto ne biste poveli Oskara? Napokon, ako se odlučite za to, to će biti i njegova kuća. Kazala je da je slobodna ovog popodneva, ako želite.

Nakon kratkog telefonskog razgovora, sastanak je zakazan za tri sata. Otišao sam po veselog psa nakon dva i krenuli smo, prateći Marijina uputstva. To je uključivalo hodanje istom stazom koju sam koristio za jutarnje trčanje i skretanje desno na vrhu, a onda silazak u narednu dolinu. Bio je to još jedan veličanstven letnji dan i pejzaž je bio spektakularan, i hodali smo između vinograda prekrivenim grožđem veličine graška i drevnih kamenih zidova nastanjenih preplašenim gušterima. Srećom, nismo videli njihove beznoge rođake. Uvek sam mrzeo zmije.

Ta kućica je bila smeštena na uzvišenje iznad doline i do nje je vodila staza od belog šljunka, oivičena lepim čempresima. Izgledala je kao prizor iz promotivnog videa za Toskanu, i već sam zavoleo to mesto i pre nego što sam stigao do njega.

Kuća je bila kamena, sa od sunca izbledelim ružičastim crepom na krovu. Jedan stari dukato stajao je ispred, a gospođa od najmanje osamdeset godina sedela je na staroj klupi u hladu, čekajući me. Oskar je otrčao tamo mašući repom, da se pozdravi, i to je bio dobar znak. Krenuo sam za njim.

– Dobar dan, sinjora Leonardo? Zovem se Den Armstrong.

Rukovali smo se i predstavila se pre nego što se okrenula i pokazala artritičnim prstom na kuću. – To je nekad bila kuća našeg predradnika, u vreme kad je moj muž imao farmu. Nažalost, obojica su mrtvi, i iznajmila sam zemlju jednom od suseda. Previše sam stara da bih obrađivala polja.

– Šta ste gajili?

– Uobičajeno: masline i grožđe. – Pogledala me je i video sam sjaj u njenim očima. – Ali još imam redovnu isporuku ulja i vina. Moj muž je uvek govorio da je naše ulje najbolje u Toskani.

Dosad sam već počinjao da se navikavam na činjenicu da je gotovo svako koga sam upoznao ovde tvrdio da proizvodi najbolje ulje i vino u Italiji – što je, naravno, značilo i najbolje na svetu ako pitate Toskance – ili je poznavao nekog „čovečuljka" koji je to radio. Dobra vest je bila da, ako kupim ovu kuću, neću oskudevati u lokalnim proizvodima.

– A gde vi živite, sinjora?

Pokazala je desno i video sam jednu lepu kamenu seosku kuću usred šumarka, nasred narednog brežuljka. – Zasad sam još u staroj kući, ali prevelika je za mene. Verovatno ću se preseliti u Montevolpone u skorije vreme. Moja ćerka živi tamo i želi da budem s njima. – Tiho je uzdahnula. – Farma mi je bila dom toliko godina, i bolelo bi me da odem, ali tako stoje stvari... Dobro, dozvolite mi da vam pokažem kuću.

Već je otključala stara drvena vrata – ne onoliko otmena kao ulazna vrata u vili *Volpone*, ali lepa na neki rustičan način – i uvela me unutra. Ušao sam pravo u polumračnu kuhinju/dnevnu sobu, koja je zauzimala gotovo čitavo prizemlje. Tavanicu su držale debele drvene grede, grubo istesane rukom, a pod je bio prekriven drevnim pločicama od terakote, uglačanim od prolaska bezbrojnih stopala tokom vekova. Na sredini se nalazio dugačak sto, s čvrstim klupama sa obe strane i neočekivano savremenom sudoperom i velikim frižiderom kraj zida.

– U kupatilu pozadi nalazi se mašina za pranje rublja, a u zadnjem dvorištu je konopac za veš. Nažalost, šporet je na izdisaju, ali kupiću novi ako odlučite da se uselite. Ovde nema gasovoda, tako da koristimo plinske boce. Da li ste ih koristili?

Nisam, ali nije izgledalo previše komplikovano. Pored starog šporeta nalazila se velika crvena boca s gasom, iste visine kao labradorova glava, i još starije gumeno crevo povezivalo je vrh boce sa zadnjim delom šporeta. Bilo mi je drago što namerava da ga zameni. Na osnovu izgleda creva, nesreća samo što se nije dogodila. Ipak, osim toga, kuća mi je izgledala divno. Nisam bio siguran šta bi Helen mislila o tome, ali podsetio sam sebe to više nije bilo važno.

Tu je bilo prilično mračno ali video sam velika zastakljena vrata u jednom prolazu nasred zadnjeg zida. Sinjora Leonardo je otišla tamo, otvorila balkonska vrata, a onda otvorila i teške drvene kapke sa žaluzinama. Svetlo je preplavilo sobu i našao sam se pred spektakularnim pogledom preko vinograda, do doline ispod. Pas i ja smo izašli na natkrivenu terasu s rustičnim stolom i četiri čvrste drvene stolice, prekrivenim debelim slojem toskanske prašine. Tu se osećao povetarac i da, mislio sam, mogu da zamislim da provodim mnogo vremena tu.

Gore su bile dve spavaće sobe, obe s čvrstim bračnim krevetima, i iznenađujuće savremeno kupatilo. *Sinjora* je objasnila da je kuća imala septičku jamu i mada nisu imali vodovod, bunar nikad nije presušio u poslednjih trista godina. Pogled odozgo bio je još bolji nego iz prizemlja i mogao sam zauvek da stojim i gledam kroz prozor. Nije bilo sumnje: mogao sam da zamislim da živim tu.

Kad smo se vratili u prizemlje, sinjora je kazala koliko bi iznosila mesečna zakupnina i dao sam sve od sebe da prikrijem čuđenje. Ispostavilo se da je to upola manje od onog što sam plaćao za stančić u Bromliju, a ovo je bila čitava kuća! Pitala me je kad bih se uselio i morao sam da zastanem i razmislim.

– Da budem potpuno iskren, sinjora Leonardo, verovatno bih voleo da se uselim odmah ako je moguće. Moj kurs u vili se završava u subotu, a to je za svega četiri dana. Problem je što su svi moji čaršavi, posteljina i takve stvari u Londonu, i moram da se vratim i donesem ih ili kupim nove ovde.

– Ne brinite za to. Kao što sam rekla, moram na svemu da prištedim. Mogu da vam dam svu potrebnu posteljinu, a isto se odnosi na posuđe, pribor za jelo i kuvanje. Ako vam treba još nešto, samo mi recite, i sigurno ću moći da vam obezbedim to.

To je zvučalo savršeno, tako da sam prelomio. Dao sam joj trista evra iz novčanika kao depozit i pitao je da li je u redu da joj ostatak platim sutra. Rekao sam joj da ću morati da otvorim račun u banci i tako dalje, ali ako joj ne smeta da bude plaćena u kešu prvih mesec-dva, voleo bih da se uselim ovog vikenda. Nije ni trepnula i rekla mi je da će se njena ćerka pobrinuti da kuća bude useljiva u subotu popodne. To mi je rešilo dilemu oko povratnog leta i odlučio sam da se uselim ovde za vikend – iako će na početku to biti više nalik na kampovanje – i postepeno ću se odomaćivati tokom leta.

Nakon što je sinjora zaključala vrata i odvezla se, Oskar i ja smo seli u senku zadnje terase, za koju sam sad znao da je zovu lođa, i opustili se. Vazduh je ovde bio znatno svežiji, ali nipošto hladan i uživao sam u pogledu preko vinograda prema šumarku na dnu dolinice, za koju mi je sinjora Leonardo rekla da skriva bazen u potoku, gde je bilo moguće plivati. Čak i ako se ispostavi da je to tek nešto više od velike bare za psa, to je bio neočekivan bonus. Naslonio sam leđa na drevni kameni zid – sinjora je rekla da je kuća stara oko trista godina – i razmišljao sam o ogromnoj promeni u svom životu.

Pre manje od godinu dana bio sam glavni inspektor Armstrong iz Jarda, radio sam dvanaest sati dnevno – ako sam imao sreće – i prolazio kroz bolne poslednje dane nesrećnog braka. Sad sam bio na najlepšem mestu na svetu, nadomak potpuno nove faze svog života. Ovde ću moći da se opustim i pišem. Možda će ovo biti mesto gde ću postati novi Ijan Fleming, živeti tu s vernim psom, šetajući se stazama i puteljcima toskanskih brežuljaka, potpuno bezbrižno, dok mi se račun u banci postepeno puni naknadama za autorska prava od mojih uspešnih knjiga.

S druge strane, naravno, ovo bi moglo biti mesto gde će mi se raspasti snovi o književnoj slavi i gde ću doživeti neuspeh. Ovde bih mogao da završim vodeći sve usamljeniji život, odvojen od ljudi kilometrima zemljanog puta – kao stranac koga lokalna zajednica nije prihvatila. Pokušao sam da zamislim ovo mesto zimi, s kišom koja šiba po krovu i ledenim vetrom koji duva sa Apenina i ledi mi kosti. Moja umanjena penzija – nakon što Helen verovatno uzme veći deo – možda neće biti dovoljna da kupim drva za ogrev. Palo mi je na pamet da nisam video nikakav uređaj za grejanje u kući, osim velikog kamenog ognjišta u kuhinji. Posledica toga mogla bi da bude da će bivšeg glavnog inspektora Armstronga pronaći jednog ledenog zimskog jutra smrznutog kao Skota na Antarktiku, ili će ga verni ali izgladneli pas pojesti.

Pogledao sam Oskara, koji je legao na stari ciglani pod, i protrljao mu stomak stopalom. – Ti me ne bi pojeo, zar ne?

Otvorio je jedno oko i liznuo mi gležanj, verovatno da proveri kakvog sam ukusa.

Helen me je uvek optuživala da sam nepopravljivi optimista, dok je ona uvek bila oprezna, ako ne i potpuni pesimista. Za nju čaša nikad nije bila polupuna; uvek je ležala razbijena na podu. Da li sam bio nepopravljivi optimista? Što se tiče mojih književnih težnji, možda, verovatno, ali šta s tim? Što se tiče uklapanja ovde, to me je manje brinulo. Sve dosad su me svi koje sam upoznao lepo dočekali. Tu je bio Tomazo iz bara, prodavačica cipela, sinjora Leonardo, Virđilio i Lina – i mogao sam da osetim početak stvarno lepog prijateljstva – a tu su i ljudi iz vile. Pod pretpostavkom da uspemo da pronađemo ubicu i dokažemo nevinost Marije i Antonija, bio sam siguran da ćemo postati dobri prijatelji. A onda, možda, tu će biti i Šarlot...

Naravno, prva stvar koju treba da uradimo je da uhvatimo ubicu.

Kad sam se vratio u vilu, odveo sam vidno umornog Oskara u kuhinju i zatekao Mariju kako sedi tamo sama. Podigla je pogled kad smo ušli i odmah sam video da je plakala. Brišući suze nadlanicom, uspela je ipak da se osmehne.

– Šta mislite o kući? Valja li?

– Valja li? Divna je. U stvari, dogovorio sam da je iznajmim. – Prišao sam i potapšao sam je po ramenu. – Mnogo vam hvala. To je upravo ono o čemu sam sanjao.

– Tako sam zadovoljna. Ova oblast je veoma lepa... vrlo ruralna, ali na svega sat vremena od Firence. Sigurna sam da ćete uživati ovde. – Zvučala je srećno zbog mene, ali i dalje je izgledala uznemireno.

– Dobro, čim se smestim, nadam se da ćete doći da me posetite. – Oklevao sam i onda pomislio, *Đavo da ga nosi*. – A možda i Antonio može da pođe s vama, kad sve ovo bude gotovo. – Nije bilo potrebe da joj objašnjavam šta znači „sve ovo".

– Kad mislite da će biti gotovo, Dene? Trenutno se osećam potpuno izgubljeno. Stvari kao da postaju sve gore i gore. – Ponovo je obrisala oči i dala mi znak da sednem. Seo sam s druge strane stola i čuo pucketanje pruća kad se Oskar svalio u svoju korpu kraj ognjišta.

– Uskoro, nadam se. – Nisam znao šta drugo da kažem. – Inspektor proverava nekoliko stvari. Da li znate još nešto o onim pretećim pismima? Na primer, da li ste ikad videli neko pismo, možete li se setiti da li je adresa bila napisana rukom ili pisaćom mašinom?

– Pisaćom mašinom, sigurna sam. Inspektor mi je postavio isto pitanje. Ali što se tiče pronalaženja, pretpostavljam da ih je Džona uništio. Tražila sam ih svuda. – Podigla je pogled sa svojih šaka i izraz na njenom licu govorio je o potpunom očaju. – Ne znam da li vam to pomaže, ali upravo sam otkrila još nešto što me je zaprepastilo.

– Šta to?

– Zaboravila sam na sef. Nisam ga otvarala godinama i setila sam ga se za vreme ručka. U sefu su uvek bile dve fascikle s dokumentima, po jedna za svakog od nas. Znate, važne stvari kao što su krštenice, potvrde, diplome i takve stvari. Nikad nisam pregledala Džoninu fasciklu, i dok sam je pretraživala pre sat vremena, pronašla sam ovo. Stavio je unutra neobeležen koverat i zalepio ga je, verovatno kako ja ne bih videla. – Ustala je i s vrha frižidera uzela jednu veliku zelenu fasciklu. Izvadila je pismo napisano pisaćom mašinom i dodala mi ga je. – To nije preteće pismo, ali sigurno se nisam nadala da ću pronaći nešto takvo.

Uzeo sam pismo i pogledao ga. Bilo je napisano na memorandumu *Univerziteta u Ekseteru* i sadržaj je bio jasan. U martu 1999, Džona Mur nije dao otkaz da bi se bavio pisanjem; otpušten je. Tačne okolnosti njegovih prestupa nisu navedene, ali tekst je bio jasan.

Kao posledicu višestrukog kršenja pravila ponašanja profesora prema studentima, nismo imali drugog izbora nego da raskinemo ugovor o radu s vama.

Potpisao je zamenik direktora. Džona je dobio otkaz. Spustio sam pismo na sto. – I nikad vam to nije pomenuo?

– Ne. U stvari, rekao mi je da je napustio posao nakon uspeha svoje prve knjige kako bi se u potpunosti posvetio pisanju. Baš sam pogledala. *Ponovljene laži*, njegov bestseler, objavljene su tek 2002. Tri godine kasnije.

– Niste znali za to i nemate predstavu zašto je otpušten?

– Ne... ali... – Oklevala je. – Imam osećaj da to ima veze s nedoličnim ponašanjem prema studentkinjama. – Glasno je uzdahnula. – Nisam slepa, Dene. Znala sam sve vreme da me Džona vara.

Takva mu je priroda. Nije bio rođen za vernog muža, ali sam ga, uprkos svemu, volela. – Pogledala me je i video sam kako joj se suze skupljaju u očima. – Znala sam da nije svetac, ali ipak sam ga volela. – Reči joj je prekinulo jecanje.

Svetac? Daleko od toga. Ovo pismo je potvrdilo, ako je potvrda bila potrebna, da moj prvi utisak o Džoni nije bio pogrešan. Čekao sam dok se Marija nije pribrala, pre nego što sam postavio važno pitanje. – Postoji li neka žena s kojom je nedavno bio u vezi? Možda neka s ljubomornim mužem, dovoljno ljubomornim da ga ubije?

Nije podigla oči sa svojih ruku. – Pitala sam se to isto, ali mislim da nije. Retko je izlazio. Sigurna sam da bih znala da je imao vanbračnu vezu. Išao je u Englesku na potpisivanje knjige prošle jeseni, ali išla sam s njim, i ne mislim da je postojao neko, makar poslednjih nekoliko godina. – Podigla je pogled. – Žao mi je.

– Hvala, u svakom slučaju. I meni je žao, ali morao sam da pitam. – Dodirnuo sam pismo. – Smem li da ga zadržim zasad? Voleo bih da ga pokažem inspektoru Pizanu i pošaljem ga svojim ljudima u Skotland jardu da ga malo istraže. Mislim da bismo svi voleli da znamo šta se dogodilo pre dvadesetak godina, zar ne?

Odlučivši da ne časim ni časa, otišao sam u svoju sobu, fotografisao pismo i poslao ga Polu, izvinjavajući se na smetnji, ali moleći ga da neko proveri zbog čega je Džona otpušten. Onda sam pogledao na sat, video da je pola pet i krenuo prema automobilu. Odvezao sam se do Firence i bio sam u Virđiliovoj kancelariji za manje od četrdeset pet minuta.

– *Ciao*, Dene. Zar ne bi trebalo da se negde zabavljaš?

Rukovao sam se s njim i obavestio ga o događajima u vili. Iskopirao je pismo sa *Univerziteta u Ekseteru* i zahvalio mi se što sam zamolio Pola da proveri. Zatim mi je postavio isto pitanje koje me je mučilo na putu od Montevolponea.

– Pretpostavimo na trenutak da je nedozvoljeno ponašanje žrtve koje je dovelo do otkaza uključivalo neku ženu, da li misliš da ga je ta žena, iz nekog razloga, možda ubila dvadeset godina kasnije? To je nategnuto, u najmanju ruku.

– Znam, ali događale su se i čudnije stvari. Makar bi to trebalo da pruži dokaz da je bio ženskaroš. Pored toga, njegova žena mi je danas rekla da je oduvek znala za njegove vanbračne veze, mada ne može da se seti nijedne žene s kojom je možda imao vezu, a koja je mogla da ga ubije.

– Ali čak i da postoji takva žena, kako je neka nepoznata osoba ušla u vilu a da je niko ne vidi?

– Možda je imala pomoć iznutra. U svakom slučaju, ima li nekih vesti iz Šri Lanke?

– Ne, ali to je verovatno ćorsokak. – Pogledao je na sat. – Baš mi se pije nešto hladno. Imaš li deset minuta?

– Nego šta.

Izašli smo iz policijske stanice na kasno popodnevno sunce i dok smo hodali, ispričao sam mu o svojoj velikoj odluci i opisao kućicu na brežuljku. Zvučao je iskreno oduševljeno i uverio me je da će me provesti kroz birokratski lavirint kako bih dobio boravišnu dozvolu, račun u banci i najvažnije od svega, *codice fiscale*. Izgleda da je poreski broj bio ključni u Italiji, pre nego što uradiš išta drugo, i rekao mi je da će, čim bude imao malo slobodnog vremena, otići sa mnom u sve potrebne službe. Bio sam mu izuzetno zahvalan, jer sam se ježio od tog dela postupka. Proslavili smo ledenim bezalkoholnim pivom i kad smo se rastali, počeo sam da se osećam stvarno uzbuđeno zbog mogućnosti da pustim korenje ovde.

Pre nego što sam se vratio do automobila, svratio sam do bankomata i podigao što sam više mogao novca, kako bih dao sinjori Leonardo ostatak depozita za kuću. Dok sam bio tamo, slučajno sam prošao kraj jedne prodavnice skupe tehničke robe, koja je imala sve od električnih otvarača za boce do poslednjeg krika mode za bogate Firentince: mali mlin za proizvodnju domaćeg maslinovog ulja. Tu se, zauzimajući s ponosom mesto na sredini izloga, nalazilo metalno postolje opremljeno zavrtnjima od nerđajućeg čelika, namenjeno za čuvanje suve šunke. Veličanstven nož s drvenom drškom virio je iz držača pored. Sećajući se svog zaveta od pre neki dan, ušao sam i pitao za cenu. Na takvom mestu nije bilo cena u izlogu. Kao što sam očekivao, nije bilo jeftino, ali osećao sam da to nekako predstavlja fizički simbol moje velike odluke o budućnosti, i kupio sam ga. Naredni korak bio je kupovina šunke, ali mislio sam da je najbolje da sačekam useljenje. Pored toga, morao sam da se raspitam i vidim koji „čovečuljak" pravi najbolju šunku u okolini.

Dok sam se vraćao prema vili, primetio sam da bi trebalo da dospem gorivo i, da bih zadovoljio radoznalost, sačekao sam dok nisam stigao u Montevolpone i zaustavio sam se ispred jedne zapuštene benzinske stanice, koja se hvalila natpisom *Autofficina Marinetti*. Cena goriva na oglasnoj tabli bila je prilično viša nego u Firenci, ali to će mi verovatno dati priliku da upoznam Pupa Marinetija, prijatelja Marijinog prvog muža. Nažalost, uslužio me je jedan mladić od možda šesnaest ili sedamnaest godina, i nije bilo ni traga vlasniku. Započeo sam razgovor s njim i rekao sam mu da sam turista, i da sam prvi put u Toskani. Pitao me je odakle sam i kad sam rekao London, izgledao je znatno zainteresovanije za taj grad nego za svoj, ali postepeno sam skrenuo razgovor ka benzinskoj stanici i otkrio da se momak zove Arturo i da mu je Pupo, vlasnik, stric. Nakon što sam platio za gorivo, odvezao sam se do kapije vile i pozvao Virđilija telefonom. Odmah se javio.

– *Ciao*, Dene.

– *Ciao*, Virđilio, možda nije previše važno, ali upravo sam razmišljao o nečemu. Da li ti je pri ruci izjava svedoka koji je dao alibi vlasniku benzinske stanice u Montevolponeu, Pupu Marinetiju? Ako je tako, možeš li mi reći ime tog svedoka?

– Samo malo. – Usledila je kratka tišina pre nego što se javio. – Arturo Negri... zašto pitaš?

– Da li se u izjavi pominje da je taj momak Marinetijev bratanac?

Još nekoliko sekundi tišine. – Ne, ne pominje se. – Čuo sam ga kako nezadovoljno frkće. – To je loše. Moj čovek je trebalo da proveri to. Misliš da je svedok mogao da izmisli alibi da bi pomogao stricu?

– Ne znam, ali možda bi vredelo proveriti.

– Pozabavićemo se time. Hvala, Dene.

Odvezao sam se do vile na vreme za večeru i seo sam kraj Šarlot. Nije bilo veliko iznenađenje – i nipošto neprijatno iznenađenje – kad sam osetio njenu ruku na butini pre nego što smo pojeli predjelo.

– Jesi li imao dobar dan?

– Bez sumnje. Iznajmio sam kuću. – To je privuklo pažnju većine ostalih ljudi za stolom i ukratko sam im opisao kućicu na brežuljku i rekao sam im za svoju odluku da se preselim u Toskanu. Martin/Majki je, začudo, prvi reagovao i zvučao je vrlo oduševljeno.

– To je sjajno, Dene. Zavidim vam na tome. Da vam kažem nešto? Sanjao sam da uradim nešto takvo. Njujork je dobar kad si tamo, ali kad dođeš na ovakvo mesto, shvatiš da u životu ima važnijih stvari od novca.

To mi je zvučalo kao da čovek za koga se sumnja da je kriminalac želi da napusti posao. Na tren sam pogledao Vila i video zaprepašćenje u njegovim očima. Nadao sam se da je Majki ozbiljan. Uz federalce tako željne da ga uhvate da su trošili mnogo novca da ga prate širom sveta, to je bilo samo pitanje vremena. Bilo bi gadno ako ga gvozdene rešetke odvoje od nove verenice do kraja života.

Agata me je takođe pohvalila. – Vidim vas, Dene, kako sedite na terasi s laptopom, i pišete bestseler za bestselerom.

– Nastavite da verujete u to, Agata. Potrebna mi je sva moguća podrška.

– Ima li napretka u lovu na ubicu?

Iznenada se napeta tišina spustila na sve oko stola. Dugo i polako sam gledao njihova lica. Pod pretpostavkom da su moji instinkti ispravni, i Marija i Antonio nisu krivi, ubica ili ubice mora da sede među nama večeras. To je bila otrežnjujuća misao.

Odlučio sam da iskušam sreću i pokušam da isteram krivce na čistinu i progovorio sam samouvereno, iako se nisam osećao tako. – Da, verujem da možda ima. Video sam se sa inspektorom pre nekoliko sati i rekao mi je da samo čeka neke informacije iz inostranstva i onda se nada da će možda već sutra moći da uhapsi nekog.

Napeta atmosfera pretvorila se u zaprepašćenu tišinu. Za slučaj da se pitate kakva je razlika, to je kombinacija zvuka – ili odsustva zvuka – i izraza na licima ljudi koji mogu da idu od iznenađenja do potpune panike. Gledao sam ljude naspram sebe, ali naravno, nisam mogao da vidim one na svojoj strani stola. Na osnovu odsustva reakcija Amerikanaca, Majkija, Džen, Vila i Rejčel, shvatio sam prekasno da sedim na pogrešnoj strani stola. Video sam delić

Milisentinog lica, ali video sam samo iznenađenje na njemu, a ostali su bili skriveni od mog pogleda, osim Emili i Gavina na suprotnom kraju stola. Izgledao je iskreno zadovoljno, dok sam imao osećaj da sam primetio uznemirenost na licu njegove devojke. To je trajalo samo delić sekunde i možda sam pogrešio, ali to je bilo zanimljivo. Da li je to značilo da je ona ubica? Ako jeste, zašto? Da ne pominjem kad i kako? Bilo je razočaravajuće što nisam video lica ostalih.

– Dobro, mislim da su to odlične vesti. – Očekivano, Agata je bila prva koja je progovorila. Trenutak kasnije, Antonio se pojavio na vratima s poslužavnikom i ona je odmah promenila temu. – Oduševljena sam što su najavili lepo vreme za narednih nekoliko dana. – Bilo je jasno u koga je ona sumnjala.

Razgovor se postepeno nastavio i prešao na manje sporne teme i zapitao sam se da li će moja mala najava navesti ubicu, ili ubice, da preduzme nešto. Bila je to verovatno uzaludna nada – napokon, nisu napuštali ovo mesto – ali to je davalo rezultate u prošlosti.

Nakon večere, izašao sam na terasu i zagledao sam se u noćno nebo, pitajući se, ponovo, ko bi mogao da bude krivac. Ako sam uočio nešto neobično na Emilinom licu, kako je ona mogla da bude uključena? Da li je ona ta ljubomorna žena? Mada je Džona bio poznati ženskaroš, izgledalo je neuverljivo da je tako mlada žena mogla da bude u vezi s dvostruko starijim muškarcem. Naravno, takve stvari su se događale i nastaviće da se događaju – da ne pominjem Majkija i Džen, koji su sedeli na drugoj strani stola – ali naredno pitanje je gde i kako? Navodno je putovala po inostranstvu pre nego što se smuvala s Gavinom, dok Džona navodno nije napuštao Italiju osim tokom kratkih putovanja. Stajao sam tamo, izgubljen u mislima, kad sam osetio nečiju ruku na svojoj. Bila je to Šarlot.

– Obećao si mi izlazak, znaš. – Imala je lažno prekoran ton. – „Izvešću te na večeru", rekao je. „Ja častim", rekao je. Pusta obećanja.

Okrenuo sam se prema njoj i osmehnuo. – U pravu si i izvinjavam se. Šta kažeš na sutra uveče? Doći ću po tebe u sedam. Ležerna odeća, kao što bi Milisent rekla.

– Radujem se tome.

Nakon nekog vremena, nas dvoje smo se šetali kroz šumarak do klupe kraj ograde, gde smo seli. Nekoliko trenutaka kasnije, osetio sam kako me ponovo hvata za ruku i steže je. To mi je baš prijalo i ne znam kako bi se sve završilo da se nije pojavio nezvani gost. Iznenada nas je nevaspitano prekinulo glasno lajanje. Na moje zaprepašćenje, to je bio Oskar, i dizao je veliku galamu. A njegova agresija bila je jasno usmerena na moju pratilju. Brzo sam ga umirio. Napokon, ako postane moj pas, nisam želeo da laje na ljude... posebno ne na ljude koji mi se mnogo sviđaju.

– Oskare, smiri se. To smo samo mi. Poznaješ i mene i Šarlot. Prekini odmah!

Pas mi je, nevoljno, dozvolio da ga umirim i uskoro je sedeo kraj mene, naglašeno dalje od Šarlot. Međutim, čim sam usmerio pažnju na svoju pratilju, skočio je na noge i ponovo glasno zalajao. Spustio sam mu ruku na glavu da ga umirim i pomazio sam ga po ušima, pre nego što sam se okrenuo prema Šarlot.

– To je čudno. Bio je oduševljen kad te je poslednji put video tu. Sećaš se da je pokušao da ti se popne u krilo i da ti je pokvasio haljinu?

– Znaš šta mislim, Dene? Mislim da je tvoj četvoronožni prijatelj možda ljubomoran. Vas dvojica ste se prilično zbližili u poslednjih nekoliko dana. Svaki put kad sam videla, uvek te je pratila crna senka.

– Možda znaš da mi ga je Marija poklonila. – Nastavio sam da joj pričam o Marijinoj alergiji i kako se to poklopilo s mojom željom da nabavim psa. Međutim, dok sam govorio, shvatio sam da je pravi trenutak prošao. Romansa više nije bila u vazduhu.

Na kraju se sama vratila do vile – jer je pas tvrdoglavo odbijao da joj dozvoli da ode sa mnom – i sedeo sam tamo s Oskarom i mahao mu prstom ispred nosa.

– Slušaj, prijatelju, volim i ja tebe, i obećavam da ti neću smetati ako kući dovedeš neku lepu prijateljicu, ali to isto važi za mene. *Capito*?

Sad kad je Šarlot nestala iz vidokruga, samo mi je uputio širok pseći osmeh i mahnuo repom. Njegov rival za moju pažnju je otišao, tako da je ponovo bio srećan pas.

12.

Sreda

Sreda je počela kao svaki drugi dan. Ustao sam u pola osam i otišao na trčanje. Lažni Kanađani nisu bili tu jutros, ali pošto im se zadatak/odmor završava za tri dana, verovatno su imali druge brige, i krenuo sam sâm.

Nije bilo ni traga Oskaru, i rešio sam da ga odvedem u dugu šetnju popodne, kad budem išao do kuće sinjore Leonardo kako bih dao ostatak depozita za novu kuću. Pomisao na njega podsetila me je na prethodnu noć. Oskarova intervencija bila je nezgodna i neočekivana. Da li je stvarno bio ljubomoran? Večeras, kad budem vodio Šarlot na večeru i, još važnije, kad se budemo vratili, nameravao sam da držim svog četvoronožnog prijatelja dalje od nas.

Temperatura je već bila visoka i izgledalo je da će dan biti vreo. Kad sam došao na vrh brežuljka, zastao sam da se malo odmorim, i još sam mislio na to šta bi moglo ili ne bi moglo da se dogodi večeras sa Šarlot. Nekoliko trenutaka sam se osećao više kao tinejdžer nego kao sredovečan muškarac. Prošlo je mnogo vremena otkako sam se osećao tako i potrudio sam se da se ne zamaram previše tokom jutarnjeg trčanja. Uostalom, više nisam bio mladić.

Prepodnevno predavanje sastojalo se od vežbe upoređivanja kako se erotsko pisanje razvijalo tokom godina, uključujući razne pisce od razvratnih Grka, Bokača, Čosera i pisaca iz dvadesetog veka, kao što je D. H. Lorens. Za vreme pauze, dobio sam poruku od Pola iz Londona, koja je bila zanimljiva, ali ne i previše informativna.

Preliminarni izveštaj identifikovao je najmanje dva slova u reči na okruglom štambilju. Nedostaje datum i samo su pronašli slova E i R s razmakom iza, što znači da se ime tog mesta završava na ER. Ima mnogo mesta u Velikoj Britaniji od Čestera do Lestera koja mogu da dođu u obzir, pa verujem da ti to ne pomaže mnogo. Zdravo.

P.S. Univerzitet u Eksteru je obećao odgovor u vezi sa Džonom Murom najkasnije do sutra.

Sedeo sam i pijuckao kapučino dok sam razmišljao o toj informaciji. Pol je bio u pravu: izbor mestâ koja se završavaju na ER bio je veliki, ali jedno ime mi je palo na pamet i Pol ga je upravo pomenuo. Nisam znao u tom trenutku koliko je to značajno. Džona je proveo deset godina života kao profesor na *Univerzitetu u Ekseteru*. Možda su preteća pisma stigla iz Eksetera? Da li je tamo postojao neko ko je i dalje mrzeo Džonu posle toliko godina? Nadao sam se da će izveštaj koji će stići kasnije sadržati neke korisne informacije. Štaviše, da li je neko od drugih polaznika kursa imao veze s tim gradom? Otišao sam do drugog kraja terase gde me niko ne može čuti, i pozvao sam Virđilija. Rekao sam mu šta mi je Pol napisao i izneo sam nekoliko predloga.

– Virđilio, mogao bi da pozoveš ljude iz Velike Britanije koji su ti poslali podatke o polaznicima kursa i proveriš da li imaju neke veze s gradom Ekseterom. Možda da provere mesta rođenja i brakove, škole i univerzitete, kao i podatke o zaposlenju. Moguće je da je neko od tih ljudi poznavao Džonu odranije. – Shvatio sam, naravno, da to isključuje Emili kao osumnjičenu. Tad je bila beba. Ipak, neko od drugih mogao bi da bude povezan.

– Dobro razmišljanje. Prepusti to meni. Možda potraje dan ili dva.

– Ima li vesti iz Šri Lanke?

– Nikakvih. Nadam se da će ih biti. Saznaćeš čim bude bilo nešto novo.

Pomisao na Šri Lanku odvela me je do Serene. – Uzgred, zar mi nisi rekao da je Serena Kempton živela u Mančesteru nakon povratka iz Šri Lanke? Ako je tako, to je još jedan grad koji se završava na ER.

Pogledao je dosije i potvrdio da je živela tamo. Možda je ona napisala ta pisma? Kao i pre, ponovo smo imali više sumnjivaca.

Nakon ručka, poveo sam Oskara i šetali smo se preko brežuljka, do kuće sinjore Leonardo. Kad sam video kućicu koja će mi od subote postati dom, primetio sam da je tamo jedan beo kombi, ovog puta uz još jedan plav kombi sa imenom firme koja prodaje *eletrodomestici* sa strane. Viknuo sam da sam došao da platim ostatak depozita i zatekao sam sinjoru u kuhinji, s dva muškarca koji su upravo završavali ugradnju modernog novog šporeta, creva i plinske boce.

– Dobar dan, sinjora Leonardo, došao sam da vam dam novac koji vam dugujem.

– To je vrlo ljubazno. Jeste li videli svoj lepi novi šporet?

– Da, izgleda vrlo moderno. Hvala vam.

Jedan od muškaraca mi je objasnio kako se koristi i dao mi je veliki ključ, posebno napravljen za odvrtanje i zavrtanje ventila na plinskoj boci. Zatim je izvadio posetnicu i rekao mi da ako želim još plina, samo treba da pozovem njega ili donesem praznu bocu do Montevolponea, gde će mi dati punu. Nakon što su on i kolega otišli, sinjora mi je pokazala gomilu pribora za kuvanje, posuđa, čaša, lonaca i tiganja koji su sad ispunjavali kredence i izvadila je bocu vina – naravno, neobeleženu – i kazala mi da ga probam, jer je ono iz njenog starog vinograda, koji sad obrađuje komšija. Bilo je stvarno vrlo dobro i pitao sam je mogu li da kupim malo, a ona je brzo rekla da.

Dok smo razgovarali, čuo sam buku odozgo i sinjora je objasnila. – To je moja ćerka, Izabela. Gore obavlja veliko spremanje. Zašto ne odete gore da je upoznate? Ja ću vam pričuvati psa dok idete da je vidite. Moja stara kolena ne vole stepenice i zato ću sačekati ovde, ako vam ne smeta. Zanima je da upozna čuvenog engleskog pisca.

Odlučio sam da je ne razuveravam. Ako želi da misli o meni kao o čuvenom piscu, to mi ne smeta. Samo sam se nadao da ću pronaći nadahnuće ovde i da ću uspeti da napišem bar jednu knjigu kako bih opravdao deo opisa. Gore sam zatekao prijatnu damu mojih godina ili malo stariju. Oduševio sam se kad sam video da Izabela nije samo očistila spavaće sobe nego je i stavila čistu posteljinu na oba kreveta i klečala je u kupatilu, temeljno čisteći pod. Bio sam zadivljen i vrlo zahvalan. Izgledalo je da ovde neću samo kampovati.

Kad sam se vratio u prizemlje, nakon što sam predao ostatak novca sinjori, uputila me je kako da siđem do bazena u potoku, gde Oskar može da pliva. Rukovali smo se i dogovorili se da se nađemo ovde u subotu u podne, da uzmem ključeve i započnem novi život.

Pas i ja smo išli uskom stazom nizbrdo, kroz još vinograda. Drveće i žbunje na dnu doline raslo je uz potok i bilo je lako pronaći bazen koji je sinjora pomenula. Na moje iznenađenje i veliko zadovoljstvo, bazen, mada znatno manji nego onaj u vili, bio je širok gotovo kao moja spavaća soba u vili i, po načinu na koji je Oskar plivao u njemu, voda je verovatno bila dovoljno duboka i za mene, ako budem došao ovde po vrućini. Na nekoliko trenutaka sam razmišljao da se svučem i pridružim mu se u vodi, ali urođena stidljivost me je sprečila u tome, i samo sam seo u hlad, bacajući psu štapove u bazen, da ih donese. Svaki put kad bi srećni pas izašao iz vode sa štapom, otresao bi se i pokušavao sam da predvidim pljusak i sakrijem se da ne bih bio isprskan vodom s mirisom labradora. Obojica smo se zabavili, a onda mi je zazvonio telefon. Bio je to Virđilio.

– *Ciao*, Dene, imam vesti iz Šri Lanke. Upravo sam dobio izveštaj.

– Zanimljive vesti?

– Lihini Devar je provereno mrtva. Oduzela je sebi život dvadeset prvog avgusta prošle godine, u Kolombu, u Šri Lanki. Imala je svega dvadeset šest godina. Nije bilo predoziranje. Pogodi koji je uzrok smrti.

– Cijanid?

– Upravo tako. – Zvučao je zadivljeno. – Smrt mora da je bila trenutna. Telo joj je pronašao policajac, u jednoj sporednoj ulici, nekoliko sati nakon smrti.

– Zna li se zašto je to uradila?

– Ništa nije pomenuto, ali pojavila se jedna činjenica. Bila je u zatvoru *Velikada* pet godina, od dvadesete do dvadeset pete godine, zbog optužbi da je povezana s Tamilskim tigrovima. Jesi li čuo za njih?

– Nešto malo. Tamo je bio građanski rat, zar ne? Ako je ona bila tamilka, pitam se da li je zato oduzela sebi život, ili je to možda povezano s našim slučajem? Da li su obavili autopsiju?

– Ne, njena smrt nije uzbudila nikog. Što se tiče vlasti, ona je bila bivša robijašica koja se ubila. Ako čitamo između redova u policijskom izveštaju, to znači jedan manje potencijalni terorista, i ko je šiša.

– Jadnica. Samoubistvo u bilo kojim godinama je gadno, ali s dvadeset šest? Hoćeš li da sednem sa Serenom sad kad imamo tu informaciju? Možda će joj to biti podsticaj da progovori, i možda nam kaže nešto više o tome zašto je poseta njene devojke vili prošle godine bila katastrofa.

– Mislim da je to vrlo dobra ideja. Želiš li da dođem u Montevolpone, ili ti ne smeta da sâm razgovaraš s njom?

– Ako ti ne smeta, mislim da je bolje da je vidim prvo nasamo. Izgledala je vrlo uznemireno. Očigledno ju je pogodila Džonina smrt i ne želimo da je uplašimo. Pobrinuću se da razgovaram s njom popodne ili uveče.

– Dobro, u redu, hvala. Uzgred, ponovo smo proverili vlasnika benzinske stanice i njegovog bratanca i bio si u pravu: dečak je pokrivao strica, uglavnom zato što mu je, da nije to uradio, naš prijatelj Pupo pretio da će ga otpustiti.

– Prijatan čovek. Dakle, da li ga to dodaje na spisak sumnjivaca?

– Nažalost, ne. Ispostavilo se da je, nakon dodatnog ispitivanja, Pupo priznao da vara suprugu s komšijinom ženom poslednjih šest meseci, i tog popodneva je bio s njom. Ona je potvrdila to, ali bila je veoma ljuta što se saznalo za to. Stekao sam utisak da ta veza neće potrajati. U svakom slučaju, izrekli smo i Pupu i bratancu zvanično upozorenje o traćenju policijskog vremena i suština je da možemo da ih isključimo.

– Šteta. Žao mi je što sam ti traćio vreme.

– Nipošto, vredelo je proveriti to. Bojim se da će se tvoj odmor pretvoriti u radni odmor.

– Znaš šta, Virđilio? Ne smeta mi. U stvari, sviđa mi se. Dobro je da radim nešto, a ako ti pritom pomažem, tim bolje. Pokušaću da razgovaram sa Serenom što pre budem mogao. Pozvaću te nakon razgovora s njom.

Kad smo se vratili u vilu, Oskar je bio gotovo potpuno suv, a ja sam se radovao plivanju, ali prvo sam morao da razgovaram sa Serenom. Nakon što sam ostavio psa u kuhinji sa Antoniom, otišao sam u salu za sastanke i izašao na terasu, gde sam se oduševio kad sam je video. Sedela je sama, i kao i obično izgledala potpuno odsutno duhom. Malo dalje su sedele Agata i Elejn, i nisam želeo da nas slušaju.

– Serena, pitam se da li imate nekoliko minuta da razgovarate sa mnom.

Zatreptala je i podigla glavu. – Da, naravno, Dene. Da li se nešto dogodilo?

– Pretpostavljam da jeste. Kao što sam rekao, moramo da razgovaramo, negde nasamo.

– Zašto ne dođete do sobe u kuli? Dajte mi pola sata da se sredim i sastaćemo se tamo i niko nas neće uznemiravati.

– Dobro.

Pitao sam šta misli kad je rekla da mora da se sredi.

Otišao sam u svoju sobu i popio veliki gutljaj mineralne vode iz boce kraj kreveta, pre nego što sam se istuširao. Bilo je već prošlo pet, a trebalo je da se sastanem sa Šarlot u sedam i, u zavisnosti do dužine razgovora sa Serenom, izgledalo je da će moje plivanje možda morati da sačeka do sutra. Iako sam ostavio otvoren prozor, u mojoj sobi je bilo vrelo i vazduh je bio još vreliji dok sam se peo stepenicama do kule, nekoliko minuta kasnije. Serena je sedela tamo i čekala me je, izgledajući, kao uvek, kao da je u svom malom svetu. Primetio sam da se presvukla. Sad je bila odevena u zadivljujući zlatan sari i podigla je kosu, gotovo kao da je krenula na bal. Neobično je bilo to što je nosila samo jednu minđušu.

– Zdravo, Dene, dođite i sedite. – Mada joj je glas bio tih, a ton odmeren, odmah sam osetio neku napetost. Uradio sam kako mi je rekla i gledao sam je nekoliko trenutaka, čekajući da prva progovori. Jedini zvuk je bio gukanje dva zaljubljena goluba na krovu napolju, možda dalekih rođaka ptica koje su živele ovde dok je postojao golubarnik.

– O čemu ste želeli da razgovaramo, Dene? – Glas joj je i dalje bio veoma miran.

Odlučio sam da ne okolišam i pređem na stvar. – Zašto ne bismo razgovarali o Lihini, njenoj smrti od trovanja cijanidom, i onom što se dogodilo prošlog leta u vili?

– Shvatam. – Očekivao sam vatromet, možda ogorčenost, moguće je i suze, ali u njenom glasu sam čuo samo mirenje sa sudbinom.

– Hoćete li mi ispričati sve o tome?

Polako je klimnula glavom. – Bila sam u Kolombu kad je uradila to.

– Bili ste s njom kad je oduzela sebi život?

– Ne. Bila sam u hotelskoj sobi. Kazala mi je da ide u apoteku i nikad se nije vratila. Policija mi je sledećeg jutra rekla šta se dogodilo.

– A zašto je uradila to? Devojka od dvadeset šest godina, pred kojom je bio čitav život, zašto se ubila?

Dugo sam čekao na odgovor. Kad je došao, izgovoren je toliko tiho – gotovo šapatom – da sam jedva razumeo reči. – Otkrila je da je trudna.

– A-ha... – Počeo sam jasnije da vidim stvari. – A otac... – Čekao sam dvadeset sekundi pre nego što sam ponudio odgovor. – Džona?

Naglo je podigla pogled sa svojih šaka i zagledala se pravo u mene, a oči joj više nisu bile prazne nego ispunjene mržnjom. – Džona! – Otrov u njenom glasu bio je nepogrešiv.

– Kako se to dogodilo?

– Organizovana je zabava za kraj kursa. Tako zovemo večeru koju imamo u vili svake godine na kraju letnjeg kursa, kad svi polaznici odu kući.

Ton joj je bio neobično ravnodušan. Kao da je opisivala neke svakodnevne događaje. Samo je jedna nabrekla vena na njenom čelu govorila o unutrašnjem nemiru.

– Dosta smo popili, i na kraju smo ostali samo Džona, Lihini i ja. Otišla sam u krevet dok su oni ostali da popiju još po jedno piće.

– Oborila je pogled i ćutala čitav minut, ali nisam je zapitkivao. Na kraju je nastavila, ali sad joj se čula napetost u glasu.

– I dalje krivim sebe svakog dana što sam otišla i ostavila je. Bila sam umorna, pomalo pijana, i nisam mislila da će životinja kao što je Džona pasti tako nisko. – Ponovo je podigla glavu i jasno joj se video bes na licu. – Drogirao ju je. Ne znam šta je upotrebio – *rohipnol* ili nešto slično, pretpostavljam – ali, šta god da je bilo, imalo je dejstvo koje je on želeo. Ne znam koliko je sati bilo kad se vratila u sobu – mora da sam brzo zaspala – ali kad sam se probudila ujutro, ona je bila uzela svoje stvari, pozvala taksi i otišla.

– Nije vam rekla šta se dogodilo?

– Nisam imala priliku da razgovaram s njom. – Po prvi put sam video suze u uglu njenih očiju. – Stvari među nama su bile tako dobre sve dotad, i iznenada je napustila moj život.

– I pratili ste je u Šri Lanku?

Klimnula je glavom. – Da, ali morala sam da čekam mesec dana pre nego što mi je Džona platio, kako bih mogla da kupim kartu. Odletela sam u Kolombo i uspela da je pronađem. Bila je u užasnom stanju. Bilo mi je potrebno nekoliko dana da je navedem da mi kaže šta se dogodilo u Toskani i kazala mi je da je prekasno. – Pogledala me je. – Znate, menstruacija joj je kasnila. Bojala se da možda nosi Džonino dete.

Sabrao sam dva i dva. – Šta je htela da kupi u apoteci? Test za trudnoću?

Serena je ponovo klimnula glavom. – Mora da je uradila test pre povratka u hotel i kad je shvatila da je trudna, oduzela je sebi život. – Prvi put sam video suze kako teku niz Serenine obraze i ostavio sam je na miru nekoliko minuta. Ustao sam i otišao do prozora koji gleda na vrt i uočio sam tamnu senku na četiri noge koja luta preko trave, potpuno bezbrižno. Za razliku od napaćene žene kraj mene. Iz razmišljanja me je trgao zvuk njenog glasa.

– Znala sam šta moram da uradim. – Okrenuo sam se i video da su joj oči crvene, ali zvučala je odlučnije. – Jeste li ikad čuli za tamilce?

– Znam da je Lihini bila tamilka. Zato je bila u zatvoru, zar ne?

– I mučili su je... – Obrisala je suze nadlanicom i duboko udah-nula. – To im se dogodilo, znate. Kad bi vladine snage uhvatile ne-kog za koga misle da je tamilski terorista, one su ga tukle, mučile i radile nezamislive stvari. Imala je sreću da ode u zatvor, umesto da je ubiju. Borci – nazivali su sebe Tigrovima – znali su šta će se dogoditi ako ih uhvate, i zato su mnogi od njih nosili otrovne pilule.

– Cijanid?

– Da, jer deluje vrlo brzo. Neki ljudi su nosili male ogrlice s otrovnim perlicama oko vrata, drugi su ih zašivali u okovratnik ko-šulje, a neki su ih nosili kao minđuše. Lihini je više bila simpatizer nego terorista i nije imala otrov kod sebe kad su je uhvatili. – Zagle-dao sam se u nju dok je govorila i video da je sad skinula minđušu i da su joj uši bez nakita. – Od trenutka kad su je pustili iz zatvora, uvek je nosila minđuše. – Glas joj je sad bio miran. – I nakon njene smrti, razgovarala sam s njenim bratom – i dalje se krije od vlasti, ali znala sam kako da stupim u kontakt s njim – i nabavio mi je dve. Nosila sam ih otad.

– Ali ne i danas.

– Više nema potrebe. – Glas joj je bio vrlo ozbiljan.

– A upotrebili ste jednu da se osvetite Džoni?

– Da.

– A onda ste ga i uboli.

Oštro me je pogledala. – Ne, nisam. To je ono što je uvrnuto oko čitave te stvari. Da, otrovala sam vino u čaši, ali nisam ga ubola. – Sad je gledala kroz prozor, gotovo kao da misli da je sama ovde. – Bilo je tako lako. Napustila sam popodnevno predavanje, rekavši da idem u toalet. Znala sam da će biti u trpezariji i piti, tako da sam ušla i sela na sto kraj njega. – Zadrhtala je. – Znate li šta je uradio? Spustio mi je ruku na butinu i iskezio mi se. Bila sam zgađena. Ako sam imala neke sumnje da li želim da ga ubijem, nestale su i sipala sam sadržaj perlice iz minđuše u njegovu vinsku čašu. Nije ništa primetio i nepun minut kasnije, uzeo je čašu i popio veliki gutljaj.

– I umro je.

– Umro je gotovo trenutno, ali dok se grčio, gledao je pravo u mene i nagnula sam se i kazala mu da je to zbog onog što je uradio

Lihini. Sigurna sam da je čuo šta sam rekla, iako nije mogao da reaguje. Videla sam mu to u očima. Gledala sam ga kako umire i onda sam izašla iz sobe i vratila se na predavanje. – Glas joj je sad bio jači. – I uradila bih to ponovo kad bih mogla.

– Ali poričete da ste ga uboli? – Morao sam da budem siguran.

– Naravno. Zašto bih ga ubola? Znala sam da je mrtav. – Zvučala je odlučnije. – Nameravala sam da se vratim u svoju sobu, pošaljem poruku svojoj mami, a onda progutam sadržaj druge minđuše. Ali niko nije pominjao otrov. Samo su pričali o bodežu u srcu i čekala sam, pitajući se da li bi ta druga osoba mogla da me oslobodi sumnje.

– A sad?

– A sad znam šta moram da uradim. – Zvučala je izuzetno odsutno, pomireno sa sudbinom. – Hvala vam što ste me saslušali, Dene. Sad se osećam mnogo bolje. Neću da idem u zatvor, i zato *ciao...*

Pre nego što sam stigao da reagujem, čuo sam oštar prasak kad je slomila nešto između zuba i odmah se trgla, razrogačenih očiju, tupo zureći ispred sebe. Nekoliko kapljica bele pene pojavilo joj se u uglu usta i onda je, gotovo istovremeno, pala napred. Uhvatio sam joj glavu dok je padala i držao je dok je klizila na pod. Nežno joj razmičući prste leve šake, pronašao sam ostatak minđuše, sad bez središnje perlice. Opipao sam joj puls i uverio se da je sve gotovo.

Serena je bila mrtva.

Zašto bih ga ubola? Znala sam da je mrtav.

Zaustavio sam snimak i pogledao u Virđilija. Već je preslušao čitav razgovor i vratio sam se na taj deo jer sam hteo da on bude siguran šta je ona rekla. Dva muškarca su upravo ubacila Serenino telo u crnu vreću i spremali su se da ga odnesu niza strme stepenice koje vode od golubarnika. Polako je odmahnuo glavom, i dalje pokušavajući da se pomiri sa onim što je čuo. Podsetio sam ga.

– Dvaput je prilično određeno porekla da ga je ubola. S obzirom na to da je upravo priznala Džonino ubistvo i verovatno već imala otrovnu perlicu u ustima kad mi je to rekla, ne vidim šta je mogla da dobije laganjem. Po mom mišljenju, ako kaže da ga nije ubola, nije ga ubola.

– I ja tako mislim. Sad imamo samoubistvo žene koja je ubila Džonu Mura, ali i dalje ne znamo ko je pokušao da ga otruje sokom oleandera niti ko mu je zabio bodež u srce.

Bio sam podjednako razočaran. – Nameravao sam da je pitam za oleander, ali nisam imao vremena. Ali, opet, ne mislim ni da je to uradila. Naglasila je da je sipala otrov u vinsku čašu, a ne u bocu. Mislim da moramo da priznamo: i dalje tražimo najmanje jednog ubicu – ili ubicu u pokušaju – i to je neko iz kuće.

– I naravno da nisi imao priliku da je pitaš da li je pisala preteća pisma. Možda su bila njena, iz Mančestera, kao što si mislio...

Nas dvojica smo stajali ćutke dok su posmrtne ostatke jedne nesrećne žene nosili niza spiralne stepenice. Da, izvršila je ubistvo, ali u mojim očima odgovornost za celu tu tragičnu epizodu leži u žrtvi: Džoni Muru. Njegovo sebično i bezobzirno ponašanje izazvalo je tri smrti: a jedna od njih bila je njegova.

– Stvarno mi je žao što nisam predvideo da će se tako ubiti. To ostavlja izvesna pitanja bez odgovora, zar ne?

Virđilio se kiselo osmehnuo. – Zavisi od toga koliko očajnički želimo odgovore. Razgovarao sam sa svojim šefom dok sam dolazio, i znaš li šta mi je rekao kad sam to pomenuo? Rekao mi je da zaboravim na sve. Što se njega tiče, slučaj Džone Mura je zatvoren. Imamo priznanje počiniteljke, koja nas je, srećom, spasla truda da je hapsimo, i zašto onda traćiti radne sate na nešto drugo?

– Shvatam ga... otprilike. Napokon, patolog je definitivno potvrdio da je Serenin cijanid ubio Džonu i zato, s obzirom na to da je već bio mrtav, ostale potencijalne ubice mogu da budu samo optužene za pokušaj ubistva u najboljem slučaju, ili skrnavljenje leša, ili šta god da italijanski zakon propisuje. – Pogledao sam Virđilija u oči. – Nemoj pogrešno da me shvatiš. Mrzim nerazjašnjene slučajeve. Činjenica je da postoji makar još jedna osoba spremna da ubije drugo ljudsko biće, i ako je to uradila jednom, može da uradi ponovo.

– I ja tako mislim. – Video sam ga kako donosi odluku. – Dobro, znaš li šta ću uraditi? Izjaviću da je slučaj zatvoren. Serena Kempton je ubila Džonu Mura, i to je kraj priče. To znači da će moj šef biti zadovoljan i mogu da raspustim tim. Vratićemo svima pasoše sutra i reći im da mogu slobodno da odu kad god požele. Ti i ja znamo da je najmanje jedna osoba pokušala da ga ubije i, ako si spreman, nastavićemo da motrimo. Ko zna? Možda ćemo imati neke nove tragove kad dobijemo odgovore iz Velike Britanije o mogućim vezama sa žrtvom dok je radila tamo.

– Uz tebe sam, Virđilio, ali pošto svi idu kući u subotu, to nam ne ostavlja mnogo vremena. Nadajmo se da će se ubica opustiti i možda se odati.

Pogledao je na sat. – Pola osam. Ostali polaznici su verovatno već na večeri, zar ne?

Sranje... Šarlot! Uza sve što se dogodilo u poslednjih nekoliko sati, potpuno sam zaboravio na naš dogovor. – Da, vreme je za večeru.

– Onda mislim da je najbolje da okupim sve i dam zvaničnu objavu. U redu?

– Sigurno, ali prvo moram da se izvučem iz škripca. – Kao odgovor na podignutu obrvu, objasnio sam mu za Šarlot.

– Oduševljen sam što si nastavio sa životom, Dene. Blago tebi. I ne brini što ćeš malo zakasniti kod dame. Ako joj se sviđaš, neće ti zameriti.

Šarlot je bila puna razumevanja kad je čula šta se dogodilo i zajedno smo odlučili da odustanemo od odlaska na večeru, makar do sutra, i pridružili smo se ostalima u sali za sastanke da čujemo Virđilija. Sela je kraj mene i naslonila mi se na ruku, dok smo ga slušali kako se obraća svima u prostoriji. Antonio i Marija su takođe bili tamo, uz Anarozu, kuvaricu. U stvari, jedini stanar vile koji nije bio tu bio je Oskar, ali reći ću mu kasnije.

Bilo je pomešanih osećanja kad je objavljeno da je Serena ubila Džonu i onda oduzela sebi život. Bila je omiljena članica grupe. Bez iznošenja mnogo pojedinosti, Virđilio je objasnio da je smrt Serenine devojke uticala na izmenu njene svesti i da je htela da se osveti Džoni zbog onog što je uradio i tako naveo Lihini, a kasnije i Serenu da oduzmu sebi život. Gledao sam Marijino lice dok je govorio, ali video sam samo tugu, što me nije iznenadilo. Možda mi je rekla da je volela svog muža, ali očigledno je bila sasvim svesna koliko se grozno ponašao. Sažaljevao sam je, ali bilo mi je drago što ga se zauvek oslobodila. Nadao sam se da je više nikad neće verbalno ili fizički zlostavljati neki muškarac.

Svi u prostoriji su osetili olakšanje nakon vesti da je ubistvo rešeno i da više ne živimo sa ubicom u kući. Meni je bilo teško da zaključim da li su ti izrazi olakšanja bili podstaknuti saznanjem da nema ubice ili da više nisu osumnjičeni. Dao sam sve od sebe da analiziram sva lica, ali nisam ništa zaključio. Ako je naš počinilac koji piše preteća pisma, pravi domaće otrove i zabija bodeže (ili ubice) među nama, niko nije pokazivao vidljive znake krivice.

Otpratio sam Virđilija do ulaznih vrata. Neko je već skinuo traku s trpezarije i jedini znak policijskog prisustva bila su Virđilijeva kola i vozač ispred. Otišli smo zajedno do parkinga. Svesni da nas verovatno prate mnogi pogledi, rukovali smo se zvanično, kao da je to stvarno kraj istrage i dok smo to radili, uputio sam mu poziv.

– Da li biste ti i Lina došli na večeru u subotu? Voleo bih da vam pokažem svoju novu kuću. Obucite staru odeću i ne očekujte sjajnu hranu, jer sam se tek uselio, ali voleo bih da vas vidim oboje i uzvratim malo gostoprimstva. – Objasnio sam mu kako da dođe do kuće i uverio me je da će rado doći. Na rastanku, dok je ulazio u auto, rekao je: – Vidimo se tad, ali nadam se da ću pre toga imati neke vesti iz Engleske. *Ciao* i hvala.

Raspoloženje za večerom bilo je pomešano. Naravno da je bilo olakšanja, ali ono je bilo prožeto velikom tugom zbog Serenine tragične sudbine. Nisam se iznenadio kad sam čuo da Agata govori kako ne sumnja u to šta se dogodilo Lihini.

– Silovanje, to je bilo silovanje, i ne možemo to poreći. – Pogledala je Mariju iskosa, a ja sam pratio njen pogled. Marija je tek sela, sa šakama u krilu, i gledala je u sto. – Bila sam ovde prošle godine i bilo je bolno očigledno, meni i svima nama, da Džona žudi za Sereninom devojkom. To je bilo odvratno. Izvini, Marija, ali prilično sam sigurna da su njegovi postupci, i samo njegovi postupci, razlog zbog koga se Lihini ubila. A sad joj se sirota Serena pridružila. – Glas joj je zadrhtao na tren. – Sirota Serena.

Sad su svi gledali Mariju. Polako i odlučno, podigla je glavu i pogledala prema Agati. – Sigurna sam da ste u pravu, Agata. Izvinite, želim da budem sama. – Glas joj je bio kontrolisan, ali svi smo čuli duboka osećanja iza reči. Ustala je i izašla iz prostorije, ostavljajući nas da sedimo u tišini, koju je, najzad, prekinuo jedan američki glas.

– Gospođo, sigurno znate kako da kažete pogrešnu stvar u pogrešno vreme. – Majki/Martin je odmahivao glavom s nevericom, dok je gledao preko stola u Agatu, s jedva prikrivenim prezirom. – Upravo je izgubila muža i dobru prijateljicu, zaboga. – Popio je veliki gutljaj vina i skrenuo pogled.

Što se nje tiče, Agata je bila dovoljno pristojna da reaguje kako treba. – Žao mi je... Samo sam osećala da to treba reći, ali ovo možda nije bilo pravo vreme... – Na čast joj je služilo što je tad ustala. – Razgovaraću s Marijom. Izvinite me.

Pojavila se nekoliko minuta kasnije, ali Marija nije. Agata je ostala neuobičajeno tiha do kraja večere i niko nije pomenuo to što je blatila pokojnika. Postepeno se atmosfera za stolom popravila.

Da sam dodeljivao nagrade za osobu koja je osećala najveće olakšanje, prva nagrada bi otišla, bez ikakve sumnje, Antoniju. Bio je drugi čovek. Dobro, i dalje je izgledao kao grof Drakula, ali sumorni pokrov koji ga je obavijao prethodnih dana sad se podigao i korak mu je postao lak dok je hodao oko stola, služeći velike porcije Anarozinih domaćih raviola. Bili su punjeni kozjim sirom, spanaćem i parmezanom, i bili su ukusni.

Vino se pilo u velikim količinama i osmesi su se postepeno vratili. Šarlot, koja je sedela kraj mene, stalno je pričala nešto, a ja sam davao sve od sebe da odgovaram dok mi je mozak pokušavao da analizira reakcije ostalih polaznika. Oblak sumnje još je visio iznad nje u mojim mislima, nakon trenutne zabrinutosti na njenom licu kad sam objavio da Virđilio ima novi trag. Da li je njena očigledna radost izazvana spoznajom da je upravo izbegla optužbu za ubistvo?

Milisent nije izgledala ni izbliza oduševljeno, ali nju, iskreno, nisam mogao da zamislim da se oduševljava zbog bilo čega. Profesorka Dajana i sedokosa Elejn su veselo razgovarale o seksualnim igračkama, a Gavin je vodio opušten razgovor s Vilom o jedrenju. Odavno sam odbacio Majkija/Martina kao mogućeg krivca, i osim ako se ne ispostavi da je ispravan moj osećaj kako je neko od Britanaca povezan s Ekseterom, izgledalo je da će Virđiliov šef dobiti ono što je želeo i da je slučaj stvarno zatvoren.

Nakon testenine poslužen je čudesan riblji paprikaš s krompir-pireom i, kao poslastica, domaći tiramisu. Kad je Antonio poslužio kafu i spustio na sto bocu grape, da proslavimo, bio sam prijatno sit i pomalo pripit. Većina nas je sipala to bezbojno piće, koje nije bilo vatrena voda kakvu sam očekivao, već prilično prijatno ozbiljno alkoholno piće. Primetio sam da su Agata i Elejn popile triput više od ostalih. Mora da imaju čelične želuce.

Nakon večere, Šarlot i ja smo otišli u vrt da se prošetamo, i držao sam oči otvorene za slučaj da Oskar dotrči i pokaže ljubomoru. Da budem siguran, proveo sam je kroz kapiju od pruća – koju sam zatvorio za nama – i seli smo jedno kraj drugog na ležaljku s druge strane bazena. Nije bilo mnogo izgleda da će nas pas ovde uznemiravati. Vladala je potpuna tišina i uz odsjaj zvezda na vodi atmosfera je bila romantična. Pitao sam se da li i Šarlot oseća to.

Jedva da smo seli kad su se upalila svetla ispod površine vode i pojavili su se agenti DEA. Šarlot je ubrzo naveliko pričala s Rejčel, dok sam ja ležao na ležaljci i, na svoju sramotu, zaspao. Dobro, pretpostavljam da je to bilo zbog mešavine onog što se dogodilo danas, obilnog obroka i previše pića, ali što se tiče romantičnog završetka večeri, to nije bilo ono što sam očekivao. Kad sam se probudio, video sam da je jedan ujutru i da sam ostao sâm, osim malog roja komaraca. Šarlot me je ostavila da spavam.

Toliko o romansi.

Neko je ugasio svetla i vratio sam se do vile po mrklom mraku. Nisam se iznenadio kad sam zatekao ulazna vrata zaključana u to doba, i otišao sam do kuhinje i pokušao da uđem na zadnja vrata. I ona su bila zaključana, a moje petljanje oko kvake sigurno je probudilo neki čuvarski nagon u labradoru, jer je počeo glasno da laje iznutra. Sagnuo sam se i prineo usta ključaonici, očajnički pokušavajući da ga navedem da ućuti, kad sam iza sebe začuo neki zagrobni glas.

– Mogu li da vam pomogne, sinjor Dene?

– Bože... Antonio!

Nisam ga čuo kako se približava i od zaprepašćenja sam poskočio, udarivši pritom glavom u tešku kvaku. Ustao sam i masirao čelo dok je on otključavao vrata, a veseli pas je istrčao. Nameravao sam da se izvinim Antoniju što uznemiravam ukućane, kad se on izvinio meni.

– Izvinite što sam zaključao dok ste bili napolju. Nisam znao da je neko ostao van kuće. – Primetio sam da Drakula sad ima na sebi plavo-belu prugastu pidžamu i papuče. Nekako ni u jednom horor filmu koji sam video tokom godina zloglasnog vampira nisu prikazali u takvoj odeći. – Mogu li da vam donesem nešto, sinjor Dene?

Odmahnuo sam glavom. – Vrlo ste ljubazni, ali ne treba. Žao mi je što sam vas uznemirio.

– Nema problema. Nisam spavao. Nakon značajnih vesti večeras bio sam previše srećan da bih zaspao. Kao da mi je neko vratio život.

– Za razliku od sirote Serene.

– Da, sirota Serena.

13.

Četvrtak

Probudio sam se narednog jutra s glavoboljom, koja nije imala nikakve veze sa udarcem glavom u kvaku nego ju je izazvao alkohol. Pogledao sam se u kupatilskom ogledalu i prekorio sâm sebe. Više nisam bio tinejdžer i trebalo bi da pokušam da se ponašam kao odrasla osoba. Imao sam jedva primetnu modricu na čelu od udarca u kvaku i nekoliko crvenih uboda komaraca na vratu. Jedina dobra stvar bila je što Helen nije tu da mi popuje.

Da sam se obrijao, verovatno bih izgledao malo pristojnije, ali odlučio sam da odmah odem na vrlo oprezno trčanje, nadajući se da neću naleteti na Šarlot u takvom stanju. Na moje oduševljenje, dok sam sporo trčao kroz šumarak, sreo sam starog prijatelja koji me je srdačno dočekao. Makar mu izgleda nije smetalo što mu budući vlasnik ima mamurluk i izgleda kao da je spavao u žbunju.

– *Ciao*, psu. Ideš li u šetnju?

Nije bilo potrebe za odgovorom i nas dvojica smo krenuli stazom uzbrdo. Moje oprezno trčanje pretvorilo se u oprezno hodanje kad smo stigli do vidikovca na vrhu i bio sam obliven znojem. Dobra vest je bila da mi je glavobolja popustila. Seo sam na sad poznate ostatke kamenog zida i gledao oko sebe dok sam u glavi pravio spisak stvari koje moram da uradim. Pre subote sam morao da nabavim neke stvari za novu kuću, da uložim u neke stvari kao što su sapun, prašak za pranje rublja i, naravno, pseću hranu. Ali pre toga, imao sam druge dve obaveze. Trebalo je uhvatiti ubicu s bodežom i izviniti se Šarlot što sam zaspao sinoć. Od ta dva zadatka, drugi je izgledao teže.

Kad sam se vratio u vilu dugo sam se tuširao, dvaput oprao zube, i obrijao se najbolje što sam mogao. Onda sam obukao čistu majicu s kragnom, koja je prikrila ubode insekata, izvadio jedine preostale čiste bermude i sišao dole da se hrabro suočim s problemom. Zatekao sam Šarlot u sali za sastanke, sa zdelom voćne salate pred sobom i Dajanom pored. Kad su nam se pogledi sreli, spremio sam se za oštar prekor, ali video sam samo naznaku veselja.

– Vidi, vidi, vidi, da to nije Uspavana Lepotica. Da li te je lepi princ konačno probudio poljupcem?

– Slušaj, Šarlot, stvarno mi je žao...

– Ne brini se. Juče je bio težak dan za sve nas, ali posebno za tebe. Mora da je bilo grozno što si bio sa Serenom kad se ubila, i naravno da ti ne zameram. Dođi i sedi kraj mene.

Osetio sam talas olakšanja. – Sjajno, hvala. Da li još važi dogovor za večeru?

– Ja sam za, ako si i ti.

– Bez sumnje. Mislio sam možda da odemo u onaj restoran u Montevolponeu, umesto da idemo čak do San Minijata. Tip za šankom je rekao da Da Đepo ima najbolje meso s roštilja u Toskani.

– Zvuči divno.

U tom trenutku se pojavio Antonio sa uobičajenim kapučinom i kroasanima. Nisam ga primetio, ali on je sigurno video mene i, besprekoran konobar kakav jeste, naslutio je moje potrebe. Zahvalno sam pijuckao kafu dok sam mu se još jednom izvinjavao za sinoćno uznemiravanje. Čak mi se osmehnuo – pravim osmehom, ne nekom grimasom ili jedva primetnim trzanjem usana. Stvarno se osmehnuo.

– U redu je, sinjor Dene. Kao što sam rekao, nisam spavao.

– Pa, ipak hvala. – Pogledao sam oko sebe. – Kako je Marija jutros?

– Dobro je, mislim. Bila je vrlo uznemirena sinoć, ali danas izgleda i zvuči bolje. Možete da se uverite sami; uskoro će doći ovamo.

Stigla je nekoliko minuta kasnije, u pratnji Milisent. Nijedna se nije osmehivala, ali obe su izgledale manje napeto nego pre. Marija je sela kraj mene i nežno mi spustila ruku na mišicu.

– Htela sam da vam se zahvalim, Dene, na svemu što ste uradili da pomognete meni... nama. Ovo se pretvorilo u radni odmor za vas, zar ne? Nadam se da vam detektivski posao nije pokvario kurs.

– Nipošto. Kao što sam rekao inspektoru, uživao sam da ponovo budem policajac na nekoliko dana. Drago mi je što sam uspeo da otkrijem ko je ubio Džonu, ali žao mi je što je Serena tako skončala. Uz dobrog advokata i saosećajnog sudiju, mogla je da se pozove na neuračunljivost zbog onog što se dogodilo njenoj devojci i verovatno bi dobila blažu kaznu.

– Sirotica. – Marija je tužno klimnula glavom. – Agata je bila u pravu. Za sve je kriv Džona.

– Zašto ste se udali za njega, Marija? – pitala je Šarlot, tiho i saosećajno. – Zar niste videli kakav je?

Marija je čak uspela da se osmehne. – Ko je ono rekao da je ljubav slepa? Kad je bio mlađi, Džona je umeo da bude vrlo šarmantan, čak i uviđavan. Pretpostavljam da se ljudi menjaju s godinama.

– Nisam sigurna u to. – Šarlot je sad zvučala odlučnije. – Prema mom iskustvu, jednom preljubnik, uvek preljubnik.

– Jeste li imali neka loša životna iskustva? – Marija je zvučala saosećajno.

– Zar ih nismo svi imali? – Šarlot je uzdahnula. – Ali makar sam imala dovoljno sreće da upoznam divnog muškarca. Prava je šteta što sam ga izgubila.

Na moje iznenađenje, ako ne i svačije, Milisent se oglasila, a ton joj je bio zamišljen i neuobičajeno žestok. – Gubitak voljene osobe je grozan.

Usledila je duga tišina. Posvetio sam se kafi i kroasanu i odlučio sam da se držim van toga. Koliko sam znao iz iskustva, razvod je takođe mogao da bude bolan, ali ako bih morao da rangiram bol, pretpostavljam da bi Šarlotin gubitak voljenog muža bio na vrhu, a onda Milisentin otrovani verenik, a onda moj gubitak Helen. Smrt ljigavca kao što je Džona bio je na dnu, što se mene tiče, ali, opet, nisam ja bio zaljubljen u njega i u braku s njim... sirota Marija.

– Iznenađena sam što niko od vas ne zna da je „ljubav je slepa" citat iz *Romea i Julije*, uzgred. – Bilo je gotovo olakšanje što se Milisent vratila u uobičajeno zajedljivo raspoloženje. – Jutros ćemo imati predavanje koje će uključivati pisanje u parovima, pa se nadam da ćete biti prigodno kreativni. – Osetio sam kako je pogledala Šarlot i mene na trenutak. – Ja ću odrediti parove i pokušaću da razbijem postojeće parove, pa ćete svi biti u istom položaju.

Nisam bio siguran da li sam zadovoljan ili razočaran.

Kad je predavanje počelo, sparila me je sa Agatom. Srećom, danas nam je izričito rečeno da ne pišemo o seksu i da se usredsredimo na stvaranje „atmosfere". Pomisao da sedim i pišem seksualne prizore sa Agatom bila je strašna, i bio sam vrlo srećan što je odabrala da piše o pastoralnom prizoru iz engleskog sela. Predložila je da napišemo priču o nedirnutom, pastoralnom raju, i rado sam prihvatio to nakon što sam na Guglu potražio šta znači „pastoralan". Dok smo pisali, razgovarali smo o događajima od prethodne dve nedelje i uskoro sam otkrio da se njeno mišljenje o Džoni nije popravilo.

– I dalje ne mislim da je zaslužio da bude ubijen, ali bio je gadan, osvetoljubiv čovečuljak.

Odlučio sam da je ne podsećam da je Džona bio viši od metar i osamdeset, ali zainteresovao me je njen opis. – Zašto „osvetoljubiv", Agata? Zašto ste to rekli?

– Zbog njegovog bloga, naravno. Umeo je da bude užasno surov.

– Imao je blog? – To je bila novost.

– Da, sigurno ste ga videli? Zvao se *Jevanđelje po Džoni*, i to je najzlobnije, najpogrdnije internet zlostavljanje koje sam ikad videla.

To je bilo zanimljivo. Ako je Džona imao siledžijski blog, onda je ko zna koliko ljudi uvredio ili povredio tokom godina? Možda ga je neko dovoljno mrzeo da ga zauvek ućutka. Kad je počela jutarnja pauza, otrčao sam u svoju sobu da pogledam blog na laptopu. Naravno, čak i ovlašno čitanje poslednjih Džoninih tekstova otkrilo je zlobne napade na poznate pisce i veoma surove i obeshrabrujuće napade na one manje poznate. Agata je bila u pravu: stvarno je bio zloban i gadan.

Nameravao sam da se vratim u salu za sastanke kad mi je laptop zapištao i video sam poruku od Pola iz Skotland jarda.

Zdravo, Dene,
Upravo sam dobio izveštaj od Univerziteta u Ekseteru. Izgleda da je Džona Mur otpušten zbog „ljubakanja" sa studentkinjama, a jedna je imala svega sedamnaest. Neke su

se ispisale zbog toga, jedna je možda pokušala samoubistvo, ali to nikad nije dokazano, a trinaest žena je podnelo zvaničan prigovor protiv njega, u periodu od deset godina. Da se to dogodilo sad, nečija glava bi odletela zbog toga što ga nisu izbacili ranije. Obećali su da će mi poslati spisak imena što pre budu mogli, za slučaj da ti neko od njih nešto znači. Poslaću ti ih kad ih dobijem.

Srećno.

Pol

Pogledao sam izveštaj i, kao Pol, bio sam zadivljen što nisu ranije preduzeli nešto protiv Džone. Danas bi ga obesili za muda pre nego što dobiju trinaest pritužbi. Bilo bi zanimljivo videti imena tužilja, za slučaj da je neka od njih sad ovde. Svi ti slučajevi su se dogodili tokom devedesetih, kad je Džona imao tridesetak godina. Brz proračun mi je rekao da su, ako su mu žrtve tad imale između sedamnaest i dvadeset jednu godinu, te iste žene sad imaju između četrdeset pet i pedeset, godinu manje ili više. Jedine žene ovde koje su se uklapale u taj profil bile su Dajana i Šarlot, a možda i Rejčel iz DEA, ako je ikad bila u Ekseteru. Pod pretpostavkom da nikad nije bila tamo i da nema veze s tim, ostaju Dajana, koja je tvrdila da je spavala tokom ubistva, i Šarlot, koja je bila sve vreme na bazenu sa Emili i Gavinom. Od njih dve, Dajana je jedina sumnjivica koja je imala priliku, ali kod nje nisam primetio ni naznaku krivice. Međutim, možda je samo bila sjajna glumica.

Poslao sam poruku Polu i zahvalio mu se na trudu, i ponovo mu se izvinio što ga gnjavim. Onda sam pozvao Virđilija da mu kažem za izveštaj i blog, ali njegov narednik mi je rekao da je na nekom sastanku i da će biti slobodan tek posle tri. Pošto sam morao da idem u kupovinu tog popodneva, odlučio sam da ubijem dve muve jednim udarcem i svratim kod njega kad budem u Firenci.

Kad sam sišao u prizemlje, sipao sam sebi šolju čaja i potajno posmatrao Dajanu. Virđilio je rekao da ima četrdeset sedam godina, i imala je negde između sedamnaest i dvadeset sedam u vreme kad je Džona bio u Ekseteru. Na licu je imala bore koje nije imala pre dvadeset ili trideset godina, ali i dalje je bila zgodna žena. S kožom nalik na abonos i sjajnim očima, bez sumnje je privukla pažnju predatoru kao što je Džona. Nažalost, nisam imao dodatne podatke o predavanjima koja su slušale te žene, jer bi mi to pomoglo da neke eliminišem. Mada je Dajanino zanimanje sad bilo istorija, moguće je da je slušala engleski, čak i kao drugi predmet, i tako došla u kontakt s njim. Odlučio sam da je pažljivo motrim. Takođe ću motriti Šarlot, ali to nije bilo obavezno zbog toga što sam je smatrao ubicom.

Nakon ručka sam odveo Oskara u kratku šetnju, razmišljajući o mogućim sumnjivcima za ubadanje i važnijim praktičnim pitanjima useljenja u kućicu, koje će se dogoditi za manje od četrdeset osam sati. Prvo sam se setio prevoza. Iznajmljivanje kola bi bilo preskupo, i morao sam da kupim auto. Kod kuće u Bromliju – pod pretpostavkom da ga zlikovci nisu maznuli – imao sam trinaest godina star ford, koji sam kupio na aukciji prošle godine kad sam prepustio kuću i druga kola Helen. Ford je nekad bio policijski auto i prešao je preko trista pedeset hiljada kilometara, tako da nisam mogao da očekujem da ću se njime dovesti ovamo, pod punim opterećenjem, bez problema. Dakle, morao sam da nabavim drugi auto, i s obzirom na to da je moj novi dom bio na kilometar udaljen od glavnog puta, možda bi bilo pametno da nabavim neki terenac.

Odlučio sam da iznajmljujem auto još nedelju dana, dok se ne smestim, a onda ću odleteti kući. Obavestio sam stanodavca u Velikoj Britaniji pre dva dana, i dao mi je mesec dana otkaznog roka, pre nego što budem morao da iznesem svoje stvari. Plan je bio da se otarasim starih kola, kupim nova, napunim ih svojim stvarima i dovezem se do Toskane. Pogled na četvoronožnog prijatelja podsetio me je na obavezu koju sam imao prema njemu. Nisam mogao da ga ostavim ovde dok radim sve to, i kad sam se vratio u kuhinju, objasnio sam sve Mariji, koja je rado prihvatila da ga primi.

– Naravno, ostavite ga kod nas. A to se odnosi i na druge situacije. Antonio će ga rado čuvati dok niste tu, a meni je drag, iako ne smem da mu se približavam.

Pronašao sam jedan veliki supermarket nedaleko od Firence i svratio tamo da kupim sve od toalet-papira do soli i bibera, uz desetak dvolitarskih boca vode. Jedna od mana života u maloj kući bila je činjenica da nema vodovodske vode, i mislio sam da je pametnije da pijem flaširanu vodu dok ne testiram vodu iz bunara. Nakon što sam ubacio sve u kola, odvezao sam se u Firencu i svratio kod Virđilija. Pozdravio me je sa uobičajenim osmehom, a onda je odmahnuo glavom.

– *Ciao*, Dene. Nema ničeg novog. Ima li nečeg kod tebe?

Izvadio sam telefon i pročitao ono što mi je Pol rekao o Džoninim „ljubakanjima". Mudro je klimnuo glavom i nije izgledao iznenađeno. Zatim sam mu ispričao šta mi je Agata rekla o Džoninom blogu i tužno je odmahnuo glavom.

– Naravno, to otvara mogućnost da je krivac bilo ko od nezadovoljnih pisaca. Imaš li predstavu da li je opanjkavao nekog od polaznika u vili?

– Ne bih se iznenadio, ali nisam imao vremena da proverim. Uradiću to večeras i obavestiću te.

– Dakle, i dalje nemamo ništa konkretno. Makar smrt Serene Kempton znači da sam skinuo šefa s grbače, ali bilo bi lepo razjasniti sve pre nego što svi odu, a to je prekosutra, zar ne? Uzgred, kako se snalaziš sa crvenokosom?

– Pa, zaspao sam u njenom društvu juče uveče, tako da početak nije bio sjajan, ali večeras je vodim na večeru. To će biti malo čudno jer je ona i dalje potencijalna sumnjivica. Mada ima jak alibi, ona i Dajana su jedine koje zbog godina mogu biti potencijalne žrtve nemirnih Džoninih ruku.

– Ne misliš valjda da je ona umešana?

– Nije imala ni priliku niti motiv, koliko znam, ali nisu imali ni ostali.

– Mislim da je profesorka Dajana najverovatnija kandidatkinja. Ona i ona visoka, brbljiva, Agata Kakosezvaše, mogle su to da urade. Tvrde da su bile u svojim sobama, ali ne mogu da dokažu to. Nemaju alibi.

– Ali ni motiv... još.

* * *

Pre nego što sam izašao te večeri, seo sam i pažljivije pregledao Džonin uvredljivi blog. Na desnoj strani se nalazio spisak svih knjiga za koje je napisao prikaze i uglavnom ih oštro kritikovao. Pretražio sam spisak, ali nisam video knjige Felisiti Farnboro (ili Agate), niti Sabrine Baterflaj (ili Serene). Ipak sam otkrio nekoliko knjiga Fani Lavsit, Elejninog alterega.

Tu su se nalazili prikazi tri njene knjige, između ostalih i *Umiruća ljubav*, koju sam pročitao. Bilo bi suviše blago reći da su prikazi bili negativni, jer je Džona na njih poslao cunami uvreda i poruge. Dobro, ona koju sam pročitao nije mi se previše svidela, ali nema sumnje da su ljubitelji takvog štiva uživali u tome. Smatrao sam da je knjiga dobro napisana i terala me da je pročitam svu. Prema mom mišljenju, Džonin prikaz je bio neutemeljen i više je odražavao njegovu ogorčenu i nadmenu ličnost nego ozbiljnu književnu kritiku. Pod pretpostavkom da je Elejn videla te prikaze, imala je pravo da se oseća nezadovoljno, ako ne i besno. Ali da li je bila dovoljno besna da ga zaspe pretećim pismima ili mu sipa otrov u vino? Možda čak zarije bodež u njega? Iznenada je Dajana imala društvo na spisku mogućih sumnjivaca.

U sedam sati sam se odvezao sa Šarlot do restorana u Montevolponeu. *Da Đepo* je bio blizu Tomazovog bara i svratili smo do letnje bašte ispod suncobrana da popijemo aperitiv. Ona je naručila kampari sa sodom, a ja bezalkoholno pivo. To nije bilo samo zato što sam vozio. Večeras sigurno nisam nameravao da ponovo zaspim u njenom društvu.

Tomazo je izašao i pokazao da radio Mileva u Montevolponeu radi izuzetno dobro. Vesti o Sereninoj krivici i samoubistvu već su se nekako proširile, i svi su pričali o tome.

– Mora da osećate olakšanje. Sigurno ne biste uživali da boravite u kući sa ubicom na slobodi. Firentinska policija zna šta radi.

– Bez sumnje. – Kad je otišao da posluži druge goste, preveo sam Šarlot šta je rekao. – U pravu je, lepo je znati da više nismo u društvu ubice, zar ne?

Šarlot je klimnula glavom. – Naravno. Da li si je *ti* uhvatio ili je to bio inspektor?

– Dobri stari policijski posao. Proveravanje alibija, proveravanje prošlosti, znaš, sve to doprinosi.

– Nikad ne bih pomislila na Serenu. Izgledala je tako ćutljivo, tako smireno.

– Izgled može da zavara. Ko zna šta se događa u glavama ljudi.

Uzela je veliki gutljaj kamparija. Tamnocrvena boja naglasila je boju njenog ruža i izgledala je još poželjnije. – Možeš li da pretpostaviš o čemu sad razmišljam?

– Da si gladna?

– Pokušaj ponovo.

– Da se raduješ što ćeš prekosutra otići kući?

– To je nešto čemu se radujem, ali dogodiće se pre toga.

Iznenada sam poželeo da ima alkohola u mom pivu, ali sam ipak popio veliki gutljaj. – Ovaj, nešto što će se dogoditi pre toga, kažeš? Nešto što će se dogoditi danas, večeras?

– Pogodak. Shvatio si. – Popila je još jedan gutljaj pića. – Da li ti je iko rekao da si privlačan muškarac, Danijele Armstronže?

Popio sam još jedan gutljaj piva, osećajući se nespretno. – Nije već dugo, dugo i ne kad je trezan.

– Pa, mislim da jesi. A i pametan si.

Obrok u *Da Đepu* je bio vrlo dobar, ali ipak tvrdim da je odrezak koji sam pojeo kod Virđilija bio najbolji koji sam ikad probao. Večeras, nakon salate sa sirovim vrganjima, dimljenom šunkom i prepeličjim jajima, odabrali smo mešano meso za dve osobe. Doneli su nam ga na velikoj dasci i sastojalo se od hrskavih jagnjećih kotleta, koje smo jeli prstima, začinjenih kobasica i komada pilećih grudi mariniranih lokalnim začinima, uz brdo pečenih mladih krompirića. Kasnije je Šarlot naručila panakotu, a ja sam se opredelio za sorbe od limuna. Razgovarali smo tokom obroka, i dok smo razgovarali počelo je da se događa nešto neobično.

Sve je pokrenuo njen komentar na račun tena. Kavaljerski sam joj rekao koliko volim pegice, a ona je odmahnula glavom i rekla mi da takva koža ima svoje mane.

– Čak i premazana kremom za sunčanje s faktorom pedeset, ne mogu da ostanem na suncu duže od nekoliko minuta. Znaš li to? Mogu da izgorim i ispod suncobrana.

Saosećao sam s njom, ali sve vreme mi je kroz glavu prolazilo to kako je provela čitavo popodne na bazenu sa Emili Gavinom, onog dana kad se dogodilo ubistvo? Prvo, prema onom što mi je rekla, to je zvučalo kao poslednja stvar koju bi uradila i drugo, ako je to tačno, zašto nije izgorela nakon tolikog boravka na suncu? Sećam se da je bila pomalo crvena, ali ništa više od toga. Čim sam počeo da razmišljam o tome, gotovo sam čuo kako mi u glavi odjekuju Helenine reči: *Baš ne možeš da prihvatiš ljude takve kakvi su. Uvek sumnjaš, sumnjaš, sumnjaš.*

Dao sam sve od sebe da izbacim iz glave sumnje u svoju ljupku pratilju, ali to je bio uzaludan trud. Samo nekoliko minuta kasnije, kad nam je konobar doneo kafu, nešto drugo mi je palo na pamet. Kazala mi je da je radila u nekoj štampariji u Bridžvoteru, i morao sam da pomislim na činjenicu da su poslednja dva slova u imenu tog grada veoma poznata. Da li je ona napisala ta preteća pisma, i ako je tako, zašto? Koji je razlog imala da uradi nešto tako? Ili nešto još gore?

Sve to zajedno me je iznenada navelo da posumnjam da će se naša veza razviti onako kako je ona nagovestila i čemu sam se radovao – mada uz strepnju. Šta ako je ona stvarno trovačica, ili čak ubica s bodežom? Možda me je samo zavaravala da me opusti i sazna kako istraga napreduje. U stvari, to bi u priličnoj meri objasnilo zašto se tako privlačna žena toliko zanima za mene. Shvatio sam još nešto: svaki put kad je sedela ili stajala kraj mene ili išla nekud sa mnom, uvek je zapitkivala – oprezno i nenametljivo – kako inspektor napreduje. A onda sam se setio da je ona bila prva osoba kojoj sam ispričao za inspektorovu posetu u ponedeljak, i nakon toga je neko presekao trake i ušao na mesto zločina. Da li sam bio u društvu mogućeg ubice?

Misli su mi se rojile dok smo se vozili prema vili. Na početku večeri sam sumnjao u Dajanu i Elejn, ali sad sam stvarno sumnjao i u Šarlot. Da li paranoja tako izgleda? Nemoguće je da je to bila ona, rekao sam odlučno sebi. Ima nepobitan alibi. Bila je na bazenu u društvu dvoje potpunih neznanaca: Emili i Gavina. Oboje su potvrdili da je ona bila tamo čitava dva sata, a Emili je potvrdila taj alibi pred svima prošlog utorka popodne. Gotovo je izgledalo kao da ga je spremila. Ali zašto bi Gavin i Emili lagali za nekog koga ne poznaju?

Postojalo je samo jedno logično objašnjenje.

Kad smo se vratili u vilu, predložio sam šetnju po vrtu i Šarlot je rado pristala. Priljubila se uz mene dok smo hodali travnjakom do šumarka, prateći stazu na svetlosti zvezda, stigli smo do klupe kraj ograde, gde smo seli jedno kraj drugog. Dok sam se trudio da smislim kako najbolje da kažem to što moram, pridružio nam se vrlo bučan saputnik. Nema potrebe naglašavati da je Oskar, kad je spazio Šarlot, počeo ponovo glasno da laje.

Dok sam ga polako smirivao, doživeo sam prosvetljenje. Iznenada sam shvatio šta mi poručuje. Nije lajao iz ljubomore. Da li mi je jedini živi svedok onog što se dogodilo u trpezariji prošlog utorka govorio ko je krivac? Pomazio sam ga po glavi i pogledao Šarlot. Iznenada sam bio siguran da sam doneo logičan zaključak. Nazirao sam joj lice u tami i gledao sam ga pomno dok sam joj postavljao pitanje.

– Emili je tvoja ćerka, zar ne?

Šarlot je poskočila kao da je ubodena, i pas je ponovo zalajao. Bio mi je potreban minut pre nego što sam ga umirio ponovo. Nije odgovorila, pa sam je ponovo pitao.

– Sve to se dogodilo na *Univerzitetu u Ekseteru* pre gotovo trideset godina, zar ne? I zato si odlučila da ubodeš Džonu.

Video sam kako joj se oči sijaju na svetlosti zvezda. – Zašto si, zaboga, rekao to? – To su bile prazne pretnje, video sam to.

– Imam svedoka koji mi je rekao šta se stvarno dogodilo prošlog utorka. – Činjenica da je taj svedok bio labrador bilo je nešto što sam izostavio. – Za slučaj da gajiš neke iluzije, zatražio sam podatke o rođenju, braku i školovanju od britanske policije, uz spisak trinaest žena koje su podnele prijavu protiv Džone. To si bila ti, Šarlot, i oboje to znamo.

Nije odgovorila, tako da sam se usudio da nagađam još malo. – Emili je rođena nakon veze s Džonom, zar ne?

– Veze? To nije bila veza. – Glas joj je postao piskav. – To je bilo silovanje. Napio me je. Prvo što sam saznala o tome bilo je buđenje u žbunju ispred studentskog doma, s napola pocepanom odećom.

– Da li si otišla u policiju?

– Naravno da sam otišla u policiju i u sekretarijat fakulteta, ali naišla sam na zatvorena vrata. Na univerzitetu nisu hteli ni da me saslušaju, a šta sam dobila od tvojih kolega? Ništa. Alkohol u mojoj krvi ih je ubedio da sam sama kriva za to. Znaš li šta su ti prokletnici rekli? – Glas joj je sad bio smireniji, ali jasno su se čula osećanja. – „Sledeći put budi pažljivija, srce." Srce! Srce nema nikakve veze s tim.

– Ali zašto si dosad čekala da se osvetiš? – Usledila je duga pauza i zapitao sam se da nisam preterao, ali konačno je odgovorila. Ovoga puta glas joj je bio tek nešto jači od šapata.

– Kad sam saznala da sam trudna, Džona je porekao svoju umešanost i ostavio me je da se snalazim sama. Morala sam da napustim školovanje, i da nije bilo podrške mojih roditelja, bila bih potpuno izgubljena. – Sad je gledala u zemlju i glas joj je bio tih. – Ričard, moj muž, znao je celu priču. Upoznala sam ga pet godina nakon Emilinog rođenja i venčali smo se dve godine kasnije. Napokon, imala sam malo dete koje nije imalo oca. Rekao mi je da Džona nije vredan toga i uspeo je da mi pomogne da prebolim to. Dugujem Ričardu sve: posao, sreću i zdrav razum. Kad mi je tako surovo oduzet prošle godine, ponovo sam potpuno pošizela.

Pažljivo sam slušao. Moja pretpostavka je bila ispravna, ali nisam bio oduševljen. Šarlotina tragična priča okončala je ono što smo mogli da izgradimo zajedno. Džona je ponovo pobedio.

– Kako si završila ovde?

– Emili me je naterala na to. Ispričala sam joj sve o pravom ocu kad je bila tinejdžerka, ali nikad nije želela da stupi u kontakt s njim. U stvari, nakon što je čula priču, mislim da ga je zamrzela koliko i ja. Ali jednog dana jesenas, sasvim slučajno, videla sam oglas u novinama za potpisivanje knjige u Bristolu, za Džoninu novu knjigu i iz nekog razloga odlučila sam da odem i vidim kakav je i da li me se seća. Deo mene želeo je da odem tamo i glasno kažem svima kakva je propalica.

– Da li je Emili pošla s tobom?

– Nije, nisam joj rekla za to i otišla sam sama.

– I šta se dogodilo?

Pogledala me je. – Šta se dogodilo? Ništa se nije dogodilo, eto šta. Nije me prepoznao, i čak i kada sam mu rekla svoje ime, devojačko prezime, i dalje nije reagovao. Možeš li zamisliti kako sam se osećala? Kako možeš da zaboraviš majku svog deteta?

Sad je plakala i dao sam joj malo vremena pre nego što sam ponovio pitanje.

– I kako si odlučila da dođeš ovamo? Pomenula si Emili.

Izduvala je nos i obrisala oči pre nego što je nastavila. – Delili su letke na potpisivanju knjige, reklamirajući ovaj kurs kreativnog pisanja koji organizuje Džona. Emili me je posetila nekoliko nedelja kasnije i videla je da sam donela jedan kući. Kad je videla ime, ubedila me je da se prijavim za kurs, dođem ovde i razgovaram s njim, da pokušam da dođem do nekakvog zaključka. Kazala je da će poći sa mnom da me podrži.

– Ali zašto nije došla kao tvoja ćerka? Čemu tajanstvenost?

– To je bila njena ideja. Videla sam da se užasava susreta s njim i želela je da može da ostane u pozadini ako se on i ja posvađamo na kraju. Pored toga, znala je da bi Gavina zanimao kurs.

– A Gavin je pristao na tu obmanu?

– Gavin i dalje ne zna da sam Emilina majka. Smuvali su se pre nekoliko meseci i mnogo su putovali po inostranstvu. Upoznala sam ga prošle nedelje ovde.

– A šta je Emili mislila o ocu kad ga je upoznala?

– Kazala mi je da se ježi od njega. – Na trenutak sam se setio gađenja na Emilinom licu kad je prvi put ugledala oca, prve večeri ovde.

– A na dan ubistva, da li je znala da ćeš razgovarati s njim?

Šarlot je odlučno odmahnula glavom. – Ne, nisam joj rekla. Ona i Gavin su čvrsto spavali. Čekala sam dok oboje ne zaspe i iskrala sam se. Kad sam se vratila dva sata kasnije, Gavin je i dalje hrkao.

– Ali Emili je bila budna i shvatila je da si išla kod Džone tog popodneva? – Šarlot je klimnula glavom i nastavio sam. – I rekla si joj šta si uradila i zamolila je da ti obezbedi alibi?

– Morala sam nekom da kažem. Odvela sam je u stranu, dok je Gavin čvrsto spavao, i priznala sam joj sve, a ona je bila zgrožena. I ja sam bila zgrožena sobom. Znala je da sam nameravala da raspravim stvari sa Džonom, ali to je bilo sve. I bila sam iskrena. – Pogledala me je i video sam joj suze u očima. – Nisam otišla tamo da ga ubijem. Moraš da mi veruješ. Otišla sam tamo da mu kažem kako mi je uništio život, i da ću ispričati sve njegovoj ženi i uništiti mu život kao što je on meni.

– Zašto si ga ubola?

Usledila je duga pauza pre nego što je odgovorila. – Iz nemoći, valjda. Kad sam stigla tamo, videla sam da je već mrtav. Oči su mu bile širom otvorene i nije reagovao. Sad znam da ga je Serena otrovala, ali u tom trenutku samo sam pretpostavila da je imao srčani udar. Svako je video da je bio debeli alkoholičar i tako nešto bilo je gotovo neizbežno. Stvar je u tome što sam tako dugo stvarala jednu sliku u glavi, i osećala sam se prevareno. Bilo je nepošteno da tako umre u trenu, ne shvativši kako mi je uništio život. Zbog njega mi se život zauvek promenio. Izgubila sam nadu da ću završiti fakultet i postati nastavnica. Pretvorila sam se iz vesele i bezbrižne studentkinje u samohranu majku koja jedva spaja kraj s krajem. – Glas joj je zadrhtao, ali nije ponovo zaplakala.

– I ubola si ga iz nemoći, iako si znala da je mrtav?

Video sam je kako klima glavom. – Bio je to trenutak čiste, glupe nemoći. Uzela sam njegov dragoceni bodež – simbol njegovog preteranog samoljublja – i zarila sam ga u njega, misleći da će me to osloboditi goruće mržnje koju sam osećala svih tih godina, ali samo mi se smučilo. Otrčala sam u svoju sobu i povratila. Zatim sam shvatila šta sam uradila i iznenada sam pomislila da sam možda ostavila otiske prstiju na dršci bodeža, i otrčala sam tamo i obrisala ga. Zbog toga mi se ponovo smučilo i morala sam po drugi put da odem u svoju sobu da povratim. Provela sam mnogo vremena tamo plačući, pre nego što sam se konačno vratila na bazen.

– A tad si zamolila ćerku da laže za tebe?

Skrušeno je klimnula glavom. – Da budem iskrena, osećam veću krivicu zbog toga nego zbog zarivanja bodeža u Džonu.

– A preteća pisma?

– Kakva preteća pisma? – U njenom glasu se jasno čula zbunjenost. – Na šta misliš?

– Neko mu je slao preteća pisma pre nego što je umro. Kažeš da to nisi bila ti?

– Naravno da nisam. Možda je to bila Serena?

– Možda. – U jedno sam bio gotovo siguran: na osnovu njene reakcije, Šarlot nije napisala ta pisma.

– I mogu li da smatram da nisi imala nikakve veze s pokušajem njegovog trovanja?

Sad je izgledala sluđeno. – Ne, naravno da nisam. Sigurno je i to bila Serena, zar ne? Kao što sam ti rekla, nisam imala nameru da ga ubijem. Želela sam da pati, kao što sam ja patila: iznutra. Taj čovek je bio bezosećajna, nemilosrdna zver. – Glas joj je bio pun besa.

– Sigurno nije bio dobar čovek.

– I šta će se sad dogoditi sa mnom? – Dugo je ćutala. – Pretpostavljam da ne možeš da zaboraviš ovaj razgovor, zar ne?

Postavljao sam sebi isto pitanje otkako je počela da priča svoju priču. Bilo mi je žao nje i bio sam ljut zbog mrtvačeve bezosećajnosti, ali napokon, zarila je nož u srce drugog ljudskog bića. Postoje neke granice koje ljudi ne treba da prelaze, i za mene je to bila jedna od njih. Činjenica da će to zauvek da prekine sve romantične veze koje su se možda stvarale između nas bila mi je jasna, ali nisam imao drugog izbora. Nisam mogao da živim sa spoznajom da sam prećutao tako surov čin, koliko god razumeo njene motive. Znao sam da moram da kažem Virđiliju, ali odlučio sam da ga zamolim za milost.

– Bojim se da ne mogu to da uradim. Ali reći ću mu da si sama došla kod mene i svojevoljno priznala i da ti verujem – i verujem ti – kad kažeš da si znala da je Džona već bio mrtav kad si ga ubola, a izveštaj patologa potvrđuje to. Pronađi dobrog advokata i prilično sam siguran da je najgora optužba koja te čeka skrnavljenje leša, ili kako god da to zovu ovde. Iznenadio bih se ako bi ti izrekli išta više od uslovne kazne.

Glasno je uzdahnula. – Hvala ti, Dene. – Video sam kako se svetlost zvezda presijava na suzama u njenim očima. – Uzgred, za slučaj da se pitaš, bila sam ozbiljna kad sam rekla da mi se sviđaš, znaš. Uskoro ćeš veoma usrećiti neku ženu.

– Sumnjam u to. Moji rezultati na tom polju nisu sjajni.

14.

Petak

Šarlot su odveli na ispitivanje, ali su je brzo pustili uz kauciju. Nije se vratila u vilu. Emili je pokupila majčine stvari u petak, i ona i Gavin su otišli u neki hotel. Otišao sam do automobila da se pozdravim s njima. Gavin, za koga je sve to bilo ogromno iznenađenje, zbunjeno se nasmejao kad me je video.

– Kakva zbrka!

Klimnuo sam glavom i pogledao Emili. – Trudite se da se ne brinete previše. Ona će biti dobro, siguran sam u to. Rekao sam inspektoru kako čvrsto verujem da nije imala nameru da ubije Džonu.

– Ispričala mi je. Hvala, Dene, ne mogu dovoljno da vam se izvinim. – Bila je na ivici suza. – Dolazak ovamo bio je moja ideja. Mislila sam da će joj to dati neku vrstu zaključka nakon toliko godina. Da sam i na tren pomislila da će se završiti ovako, nikad ne bih pomislila da uradim to.

– Siguran sam da ne biste. – Možda je govorila istinu, a možda je to bila dobra gluma, ali nije bilo svrhe da dalje istražujem. Uostalom, Džona joj je dovoljno zagorčao život svojim bezosećajnim ponašanjem. – Obećajte mi da ćete odsad motriti na svoju majku, u redu? Sviđa mi se i zaslužuje vašu podršku.

– Obećavam. I hvala vam, Dene.

Virđilio mi je javio da javni tužilac i dalje lista zakonik da vidi kakva bi se optužnica mogla podići protiv Šarlot, ako se uopšte i podigne. Sigurno je izgledalo da nema govora o nečem tako ozbiljnom kao što je pokušaj ubistva. Napokon, već smo imali izveštaj patologa u kojem piše da je Džona umro sat ranije, a ne možete da ubijete nekog ko je već mrtav. Nadao sam se da će proći bez zatvorske kazne. Samo bogovi znaju kako će nastaviti svoj život nakon svega toga, i želeo sam joj sve najbolje uprkos svemu što se dogodilo.

Petak je bio poslednji dan našeg kursa i svi su bili ćutljivi tokom ručka. U poređenju sa atmosferom od pre nekoliko dana, sad su bile četiri prazne stolice, i uskoro smo saznali da će uveče još četiri biti prazne.

Dok smo jeli hladnu salatu od morskih plodova i špargle iz vrta, Majki/Martin je izjavio da on i Džen odlaze popodne. Nameravali su da odu na jug i nastave odmor, mada nisu kazali kuda tačno idu. Bilo mi je očigledno da će, kud god da krenu, tamo otići i Rejčel i Vil iz DEA, tako da će uveče ostati svega šačica nas.

Na kraju ručka, dok sam stajao na terasi i pio kafu, osetio sam veliku šaku na ramenu i kad sam se okrenuo, zatekao sam Majkija/Martina kako stoji tamo.

– Došao sam da se pozdravimo, Dene. Drago mi je što sam vas upoznao.

– I meni. Uzgred, razmišljao sam o nečem što ste rekli. Kad sam vam kazao da ću se skrasiti ovde, zvučali ste ozbiljno u vezi sa promenom u svom životu.

– To zvuči izazovno. Divim vam se što imate petlju da uradite nešto tako radikalno.

Pogledao sam naokolo, ali bili smo sami. – Učinili ste mi uslugu u vezi sa Antoniom i pištoljem, i rekao sam vam da vam dugujem. Dozvolite mi da pokušam da vam se odužim. Verovatno vam ne treba moj savet, ali ipak ću vam ga dati. Video sam vas i Džen zajedno, i jasno je koliko usrećujete jedno drugo. Obećajte mi da ćete odvojiti nekoliko minuta da zamislite kako bi vam život izgledao da ste godinama razdvojeni. – Pogledao sam ga pravo u oči. – Prema onome što čujem, živite pozajmljeno vreme. Nameravaju da vas uhvate, i uspeće u tome... Majki.

Začkiljio je i spremio sam se za udarac koji nikad nije došao. Umesto toga, uhvatio me je u medveđi zagrljaj koji me je gotovo odigao s tla, pre nego što se odmakao, i dalje me držeći za ramena. – Vi ste dobar momak, Dene. Hvala vam. – Grubo lice mu se zgužvalo u osmeh. – Agenti DEA su vrlo uočljivi, i već sam to shvatio. Nekako sam zavoleo Rejčel i Vila, ali umoran sam od skrivanja. Možda ste u pravu. Obećavam da ću razmisliti o tome. Čuvajte se, Dene, i još jednom hvala.

Bio sam kraj bazena sat kasnije, trudeći se da se setim šta je Helen pričala Triši i meni o čekanju pre nego što uđemo u bazen nakon obroka, kad su se pojavili agenti DEA. I oni su odlazili, kako sam očekivao.

– Majkl Korniš i njegova dama odlaze, a mi idemo za njima. – Vil se široko osmehnuo. – Sve dok ne pronađe tragač koji smo mu postavili u auto. Čestitamo vam na rešavanju slučaja.

– A vas dvoje? Hoćete li saopštiti svojim šefovima da ste sad par? Rejčel je klimnula glavom. – Čim se vratimo.

– Pa, želim vam sreću. Uživajte u zajedničkom životu, i ako budete u prolazu, svratite da me posetite.

– Uživajte u novom životu u Toskani.

Kako nas je ostalo vrlo malo na večeri, Anaroza nas je stvarno počastila: kamenice, omlet sa artičokama i dimljenom šunkom, a onda izdašan gulaš od divlje svinje, navodno od nekog razbojničkog vepra kojeg je upucao neki komšija prekjuče, nakon što mu je uništio pola vinograda kidajući grozdove kljovama. Šteta za vepra, korisno za nas. Bio je ukusan, uz dodatak prženih pečuraka i pečenih krompira. Antonio je otvorio boce lokalnog penušavog belog vina i neko skupo crno vino iz vile Antinori, a Anaroza je završila obrok domaćim sladoledom i svežim jagodama, posluženim uz ukusne puslice.

Nakon obroka, dok smo sedeli i pili kafu, a Agata i Elejn cugale količine grape koje oštećuju jetru, poslednji put sam pokušao da otkrijem identitet osobe koja je sipala otrov od oleandera u vinsku bocu. Napokon, svi prisutni su mogli da urade to. I Agata i Dajana su pisale o sličnim biljnim otrovima, a Džonine grozne kritike Elejninih knjiga pružale su mogući motiv. Pod pretpostavkom da su Marija i Antonio isključeni – a bili su – ostala je samo Milisent, koja nije imala motiv i priliku, ali imala je iskustvo sa otrovnim biljkama. Započeo sam jednostavnim pitanjem.

– Da li je neko od vas eksperimentisao s pravljenjem otrova?

Dajana je odgovorila prva, izgledajući kao da se pomalo stidi.

– Da budem iskrena, uradila sam to jednom. Koristila sam recept – može li se reći „recept" za otrov? – sa interneta i uspela sam da proizvedem potencijalno smrtonosnu gustu tečnost od zdrobljenih bobica tise. Bilo je izuzetno lako. – Pogledala me je i osmehnula se. – To je bilo za moju knjigu, znate. Uvek prvo probam stvari pre nego što pišem o njima.

Budući da nam je rekla kako u njenoj knjizi ima dosta uvrnutog seksa, pitao sam se koliko je daleko bila spremna da ode u istraživanju, ali nisam ništa rekao dok je nastavljala.

– Problem je bio šta da uradim s njim kad sam ga napravila. Pošto nisam htela nikog da otrujem, nisam znala kako da ga se otarasim. Mislila sam da ga bacim u klozetsku šolju, ali onda sam se zapitala da li nekako može da zagadi vodu. Razmišljala sam da ga bacim u more, ali onda sam pomislila da bi ribe mogle da ga pojedu, a potom ljudi pojedu ribu i umru. Baš sam se namučila oko toga.

– I šta ste uradili? Da li ga i dalje imate? – Agata je zvučala zadivljeno i uskoro sam saznao zašto. – Zar to ne bi bila sjajna ideja za krimić? Pisac napravi svoj otrov, i onda on padne u pogrešne ruke i okrive pisca.

Dajana je oduševljeno klimnula glavom. – Sve to mi je prolazilo kroz glavu, i na kraju sam ga spalila.

– Spalili ste otrov?

– Da, zapalila sam vatru i sipala otrov u jednu od onih plastičnih posuda u kojoj se kupuje piletina i bacila je u vatru. Otrov je polako nestajao pred mojim očima, a onda se plastična posuda zapalila i eto. Gotovo.

Ponovio sam pitanje, za svaki slučaj. – Nijedna od ostalih dama nije pokušala da spremi svoj otrov?

– Naravno da nismo. – Agata me je oštro pogledala. – Zašto postavljate ta pitanja, glavni inspektore? Mislila sam da je istraga gotova.

Odlučio sam da ne škodi da upotrebim nevinu laž. – Ne, ovo je za moju knjigu. Čitao sam o Medičijevima, i bilo je mnogo trovanja u to vreme. Samo sam radoznao.

– Važna stvar o otrovima... – Svi su se okrenuli prema mirnoj Elejn, koja dosad nije govorila. – Morate da budete sigurni da je doza prava. Nema svrhe dati nekom litre otrova ako je dovoljno nekoliko kapi. Takođe... – Vrlo oštro me je gledala preko stola i kunem se da joj je oko zasijalo. – Nije namera svakog trovača da nekog ubije. Neki ljudi ne zaslužuju da umru, ali zaslužuju da se osećaju vrlo loše, kako bi naučili lekciju.

Pogledao sam je u oči. – A kakva bi to lekcija mogla da bude?

– Poniznost, ljubaznost, čovečnost... takve stvari. – Zastala je na tren. – Neki ljudi umeju da budu vrlo surovi.

– Sigurno umeju. Naravno, jednostavniji metod prevaspitavanja ljudi je razgovor s njima, licem u lice ili posredstvom pisama. – Namerno sam naglasio poslednju reč, ali nije zagrizla mamac. Samo je sedela tamo, osmehujući se kao sfinga.

Sačekao sam neko vreme, a onda izneo naizgled nedužan predlog. – Znate da ću živeti ovde, zar ne? Pa, mislio sam da vam svima dam svoju adresu, da bismo ostali u kontaktu. Ako neko od vas ponovo dođe, svratite kod mene. U stvari... – Trudio sam se da zvučim što sam opuštenije mogao, kao da sam se upravo setio toga. – Zašto ne razmenimo adrese?

Taj predlog je naišao na opšte odobravanje i Milisent je donela A4 beležnicu papir i dala ga prisutnima, pre nego što je otišla da napravi kopije za sve. Dok sam pio ostatke grape koju je Agata insistirala da mi sipa, pregledao sam adrese, posebno poslednja dva slova imena mesta. Milisent je bila iz Vorika, Dajana iz Bristola, Agata iz Litlhemptona, a takođe i, mislio sam, Elejn. Ali onda sam se bolje zagledao. Njena adresa je bila jedno selo blizu Litlhemptona po imenu Lajminster, a poslednja dva slova su mi privukla pažnju. Da li je moguće? Nakon njene pričice o doziranju otrova, ne bi me iznenadilo, ali nisam imao dokaze.

Agata je juče bila organizovala skupljanje priloga i kupila je Milisent i Mariji poklone od tog novca. Bila je šteta što je toliko polaznika otišlo, ali to je nije sprečilo da ustane i održi govor zahvalnosti dostojan grčkih govornika pred poluparaznom prostorijom, zahvaljujući se obema na vrlo korisnom kursu pisanja. Pridružio sam se aplauzu. To su bile zanimljive dve nedelje. Nije pomenula Džonu niti Serenu, i nastavila je zahvaljujući se Antoniju i Anarozi na tako divnom gostoprimstvu, pre nego što me je Elejn iznenadila velikim poklonom umotanim u papir, s mašnom na vrhu. To je očigledno bio njen poklon za useljenje, i bio sam iskreno dirnut. Gurnula ga je preko stola i dobrodušno se osmehnula.

– Svaki put kad ga vidite, pomislićete na mene, Dene. – I namignula je.

Poklon je bio lep oleander u saksiji.

Zahvalnice

Hvala mojoj divnoj urednici, Emili Raston, i svima u *Boldvud buksu* na veri u mene i moje krimiće. I najsrdačnija zahvalnost mojim prijateljima koji su pronašli vremena da pročitaju i komentarišu prvu verziju rukopisa i koji su mi pomogli da poboljšam knjigu: Elejn Brent, Džon Dirden, Džudi Hends i Triša Vajli. Hvala svima.

Beleška o autoru

T. A. Vilijams je napisao preko dvadeset ljubavnih bestselera i sad se posvetio opuštenim krimićima, smeštenim u njegovu voljenu Italiju. Glavni junak te serije je glavni inspektor Armstrong i njegov labrador Oskar. Trevor živi u Devonu, sa suprugom Italijankom.

Knjige T. A. Vilijamsa
u izdanju Izdavačke kuće TEA BOOKS d.o.o.
(digitalna i/ili štampana izdanja)

Serijal Armstrong i Oskar

1. Ubistvo u Toskani
2. Ubistvo u Kjantiju
3. Ubistvo u Firenci